Jörg Steinleitner

Tegernseer Seilschaften

Ein Fall für Anne Loop

Piper München Zürich

Mehr über unsere Autoren und Bücher:
www.piper.de

Mix
Produktgruppe aus vorbildlich bewirtschafteten
Wäldern und anderen kontrollierten Herkünften
www.fsc.org Zert.-Nr. GFA-COC-001223
© 1996 Forest Stewardship Council

Originalausgabe
1. Auflage März 2010
2. Auflage September 2010
© 2010 Piper Verlag GmbH, München
Umschlag: semper smile, München
Umschlagfoto: VISUM
Autorenfoto: Nana Klaass
Satz: Filmsatz Schröter, München
Papier: Munken Print von Arctic Paper Munkedals AB, Schweden
Druck und Bindung: CPI – Clausen & Bosse, Leck
Printed in Germany   ISBN 978-3-492-25787-9

Auch zur Erinnerung an

Maria Steinleitner
   (*1889 in Tegernsee, †1964 in Lindenberg)
und
Gabriele Fauser
   (*1948 in Bochum, †2008 in München)

Prolog

Es war bereits April, doch die Wiesen waren noch weiß. Nur im Wald waren einige Stellen schon schneefrei; sumpfig, nass und weich der Boden.

Der Mann wischte ein Stück der eingeschneiten Bank am Waldrand frei, legte den Rucksack darauf und setzte sich. Der Platz befand sich etwas oberhalb der Stadt Tegernsee, auf halber Höhe des Leebergs, sodass der Mann den See gut sehen konnte. Die glatte Wasserfläche glitzerte.

Der Mann hatte noch nie in seinem Leben jemandem etwas zuleide getan, geschweige denn daran gedacht, einen anderen Menschen zu töten. Doch nun hatte seine Vernunft entschieden: Es musste sein. Dabei sagte ihm sein Bauchgefühl, dass es falsch war. Eindeutig falsch. Die Sache konnte nicht gut gehen. Konnte sie gut gehen?

Soweit er wusste, wurden Mörder fast immer erwischt. In der Zeitung hatte er einmal von einer sechsundneunzigprozentigen Aufklärungsquote gelesen. Das war natürlich niederschmetternd. Aber die Wirtschaftskrise bedrohte ihn und seine Familie, und er hatte es in der Hand, sie alle zu retten. So war es ihm gesagt worden. Und wenn er darüber nachdachte, wusste er auch, dass es ging. Letztlich musste er nur diese eine Sache erledigen: Jemanden umbringen. Wie sich das anhörte, jemanden umbringen!

Die Person, die er töten sollte, war unbedeutend, er kannte sie nur vom Sehen, da bestand keine wie auch immer geartete Verbindung. Nur, einen Menschen umzubringen, das ist etwas, das man eigentlich nicht tun will, nicht tun kann – also jedenfalls, wenn man halbwegs normal ist. Warum dieser Mann sterben musste, wusste er nicht. Dahinten hörte er ihn, wie er mit dem Traktor auf dem Weg in den Wald war, von dem aus man den auf der anderen Seite des Sees liegenden Wallberg sehen konnte. Der Mann würde heute Holz machen wollen, Birken, Buchen, Fichten in meterlange Stücke zersägen. Aber wenn alles glattlief, würde der Mann in seinem Leben keinen Baum mehr fällen.

Teil 1

Es war gegen achtzehn Uhr gewesen. Kurt Nonnenmacher hatte gerade die Brotzeitdose geschüttelt, um zu überprüfen, ob die Gelben Rüben, die ihm seine Frau am Morgen in bester Absicht eingepackt hatte – Gelbe Rüben wirken stuhlanreichernd –, mittlerweile nicht wie von Zauberhand verschwunden waren. Leider nicht. Daher hatte er die lächerliche rote Plastikbox, die jetzt, da diese Neue in die Polizeidienststelle kommen würde, aus Gründen des guten Stils unbedingt ersetzt werden musste, geöffnet und die Gelben Rüben in den Papierkorb befördert; dann hatte er das Behältnis wieder geschlossen und in seine Aktentasche gesteckt, um sich anschließend auf den Boden zu knien und die Gelben Rüben wieder aus dem Abfall herauszufischen. Weil man Essen nicht wegwerfen darf! Das hatte ihm schon seine Urgroßmutter beigebracht, die Bäuerin gewesen war, und die hatte nicht nur *eine* Krise überlebt. Vielleicht konnte er die Rüben ja dem Bauern Nagel seiner Frau geben, die haben Hasen, die freuen sich, dachte er. Aber er, Nonnenmacher, Dienststellenleiter der Polizei in Bad Wiessee, war nun mal kein Hase, sondern ein Mann, wenngleich einer mit nervösem Magen.

Während er diesen Gedanken nachhing, klingelte das Telefon. Nonnenmacher zog kurz in Erwägung, es durchklingeln zu lassen, denn sein Dienst war für heute vorbei, der Sepp war dran.

Aber Nonnenmacher mochte seinen Beruf, und der Sepp war, das sah er durchs Bürofenster, draußen auf dem Parkplatz, um Frostschutzflüssigkeit nachzufüllen. Und es war ja ziemlich unwahrscheinlich, dass jetzt am Abend noch etwas Wichtiges passieren würde. Am Tegernsee war die Welt im Großen und Ganzen noch in Ordnung, sah man einmal von dem Mord an der Gattin des Musikprofessors aus Gmund ab (der Akademiker selbst war es gewesen), der vor einigen Monaten – oder waren es Jahre? – die Region erschüttert hatte. Aber sogar dieses schwere Verbrechen hatte man ja recht schnell aufgeklärt. Sonst war hier im Tal verbrechensmäßig wenig los, gerade abends, und deshalb konnte Nonnenmacher jetzt getrost den Hörer abnehmen.

»Polizeiinspektion Wiessee, Nonnenmacher.«

»Kurt, ich bin's, die Evi. Der Ferdl ist weg.«

Die Alteingesessenen am Tegernsee kannte Nonnenmacher praktisch alle, obwohl allein die Stadt Tegernsee rund viertausend Einwohner zählte und die anderen Seegemeinden, also Gmund, Bad Wiessee und Rottach-Egern, sogar noch mehr. Aber Nonnenmacher machte den Job jetzt schon seit vierzehn Jahren. Und er war vor vierundfünfzig Jahren selbst in Tegernsee geboren worden und dann zur Schule gegangen; hatte in seinem Leben zahllose Wald-, Wein- und Seefeste erlebt sowie unzählige Schlosskonzerte und Hoagaschten, wie man hier die Stubenmusikabende nannte, wie auch viele vom würzigen Tegernseer Hellen beflügelte Blasmusiktage und immerhin einige Heißluftballon-Montgolfiaden. Die Oldtimertreffen fand er ein bisschen »schickimicki« – wer konnte sich in der heutigen Zeit schon so eine alte, aufpolierte Blechkarosse leisten? –, und auf die Märkte musste er wegen seiner Frau. Das war nicht so sein Ding, aber da traf man natürlich auch alles, was Rang und Namen hatte in der Region. Es war also sonnenklar, dass die besorgte Evi am Telefon die Evi Fichtner aus Tegernsee war und der Ferdl, der jetzt auf einmal verschwunden sein sollte, ihr Mann, der Ferdinand Fichtner; von Beruf Bauer, nicht unbeliebt im Dorf, auch wegen seines unspektakulären Lebenswandels, seiner selten ruhigen Art; ein echter urbayerischer Tegernseer eben, so wie der Nonnenmacher Kurt selbst.

Leicht genervt fragte Nonnenmacher: »Was ist mit dem Ferdl?«

»Der ist heute Morgen ins Holz zum Leeberg rauf, und zum

Mittag wollt' er wieder da sein, war er aber nicht. Und jetzt ist's schon sechs Uhr vorbei, und er ist immer noch nicht da.«

»Ja hast schon mal ins Holz geschaut, ob er da vielleicht noch ist?«, fragte Nonnenmacher etwas unwirsch. Denn es war nun nicht nur schon sechs vorbei, sondern schon dreizehn Minuten nach sechs, und eigentlich war das jetzt längst schon dem Sepp seine Schicht. Ehe Evi Fichtner antworten konnte, schob er deshalb noch hinterher: »Der wird vermutlich im Bräustüberl sitzen.«

»Ich mach' mir halt Sorgen«, entgegnete sie.

»Dann schau jetzt erst einmal nach, ob er nicht im Bräustüberl ist, und dann sehen wir weiter. Aus Tegernsee ist schließlich noch keiner nicht verschwunden. Und wenn er nicht im Bräustüberl ist, dann kannst du dich noch einmal bei uns rühren. Der Sepp hat heute Dienst, der kümmert sich dann gern um die Sache, falls noch etwas sein sollte.«

Bevor Nonnenmacher die Dienststelle verließ, überprüfte er mit kritischem Blick seinen Arbeitsplatz und rückte noch schnell ein paar Zimmerpflanzen zurecht – Schusterpalme, Drachenbaum, Zimmertanne. Dann instruierte er seinen jüngeren Kollegen Sepp Kastner, der gerade hereinkam, der Putzfrau zu sagen, dass sie heute besonders ordentlich putzen solle, gerade auch die Damentoilette, da morgen um vierzehn Uhr die Neue komme. Dabei versuchte Nonnenmacher möglichst beiläufig über die Neue zu sprechen, was ihm gar nicht leichtfiel, weil er schon ein Foto von dieser Anne Loop gesehen hatte; und wenn die nur halb so gut aussah wie auf dem Bild in der Personalakte, dann würde das eine aufregende Zeit werden am Tegernsee.

Dem Sepp hatte er das Foto nicht gezeigt. Der war sechsunddreißig und alleinstehend, also praktisch vierundzwanzig Stunden am Tag auf Frauensuche, und Nonnenmacher war sich nicht sicher, ob der Sepp sich würde zurückhalten können bei einer so gut gewachsenen Frau. Was ihn selbst anging, hatte Nonnenmacher da keine Bedenken, er war ja schon sehr lange mit seiner Frau verheiratet und erfahren genug, jeglicher Versuchung zu widerstehen. Glaubte er.

Die Sache mit dem Ferdl erwähnte er dem Sepp gegenüber gar nicht erst, der Ferdl bestellte sich wahrscheinlich sowieso gerade das dritte Tegernseer Helle und war weit davon entfernt, ein amtlicher Vermisstenfall zu werden.

Für Anne Loop lief die ganze Sache unter dem Arbeitstitel »Experiment«. Natürlich hatte sie sich um die Stelle in Bad Wiessee beworben, natürlich war die Initialzündung für diese Landpartie von ihr selbst ausgegangen, aber sicher war sie sich nicht, ob das mit ihr und dem Land gut gehen würde. Ihre Beurteilungen an der Polizeischule waren hervorragend gewesen, und sie hätte mit an Sicherheit grenzender Wahrscheinlichkeit auch in den meisten anderen Regionen Bayerns eine Stelle gefunden, vor allem in den für Polizisten wegen der hohen Lebenshaltungskosten unattraktiven Metropolen München, Augsburg, Nürnberg und wie sie alle hießen. Aber sie wollte das mit dem Land jetzt einmal ausprobieren – auch ihrer Tochter zuliebe. Lisa sollte dieselbe Chance auf eine normale Kindheit haben wie sie, Anne, auch wenn diese dann so plötzlich hatte enden müssen. Außerdem schien alles wunderbar zu passen: Man hatte ihnen sofort einen Kindergartenplatz zugesagt, und Lisa konnte noch in diesem Jahr in Tegernsee eingeschult werden. Dass sie erst einmal in dem kleinen Tegernseer Ferienhaus der Eltern von Bernhard, ihrem »Freund«, wie sie sagte – korrekt wäre wohl die Bezeichnung »Lebensabschnittsgefährte« gewesen –, wohnen konnten, war natürlich auch ein Argument für das »Experiment« gewesen. Er konnte weiter an seiner Doktorarbeit schreiben und sollte den Haushalt führen. So war das ausgemacht. Mal sehen, ob dieses Modell funktionieren würde.

»Mama, darf ich zum See?«, wurde Anne von ihrer Tochter in ihren Gedanken unterbrochen.

»Allein?«

»Ja, wieso denn nicht?« Lisa schaute sie verdutzt an.

»Bernhard, meinst du, sie kann da schon allein hin? Ist das nicht ein bisschen gefährlich, wo es noch halb Winter ist? Außerdem schneit es doch so stark, Lisa. Da wirst du patschnass. Ist der See eigentlich zugefroren, Bernhard?«

Bernhard schleppte gerade eine Umzugskiste in den Raum, der sein Arbeitszimmer werden sollte. Mal sehen, ob es ihm hier gelingen würde, endlich seine Doktorarbeit über die Philosophie der Verantwortung zu Ende zu bringen, die seit acht Jahren sein Leben blockierte.

»Lisa, warte kurz, ich trage noch schnell diese Kiste rein, dann haben wir es sowieso schon.« Zu Anne gewandt, die gerade in der Küche herumräumte, meinte er: »Mann, bin ich froh, dass wir hier nicht auch noch neue Möbel reinschleppen müssen!«

»Na ja, also ich bin mir nicht so sicher, ob ich mich in der cremefarbenen Wohnwelt deiner Mutter auf Dauer wohlfühlen werde. Hat sie diese Edelstahllampen eigentlich aus einem Raumschiff rausgeklaut? Ich möchte dann auf die Dauer eigentlich schon was Eigenes für uns suchen.«

»Jaja, jetzt warte erst einmal ab, ob du in der hiesigen Dienststelle überhaupt mit den Leuten klarkommst. Vielleicht ziehen wir eh in einem halben Jahr schon wieder um.«

»Das werden wir sicher nicht tun. Wir werden Lisa doch nicht mitten im Schuljahr aus der Schule reißen!« Anne trat von der Küche in den Hausflur. »Aber diese fürchterlich altbackene Kommode, Bernhard, die muss möglichst bald raus.«

»Komm, Anne, wir haben wichtigere Probleme. Jetzt lass doch meine Eltern erst einmal herkommen, dann können sie sehen, dass wir hier nicht alles total verändern. Die sollen den Eindruck haben, dass wir uns hier in den von ihnen gestalteten Räumen wohlfühlen. Wir sollten da wirklich behutsam vorgehen, finde ich.«

»Bernhard, wann kommst du endlich, ich will zum See!«

»Gleich, Lisa.« Zu Anne gewandt, meinte er: »Ich habe mich übrigens ein bisschen umgehört: Der Nonnenmacher und der Kastner von der Dienststelle sind wohl wirklich nett. Der Nonnenmacher ist auch von hier, der macht das schon seit Jahren. Und vielleicht«, er versuchte zu lächeln, »wirst du es sogar ein bisschen genießen, dass es hier weniger Verbrechen gibt als anderswo.«

»Und mich schon mal auf meine Pensionierung vorbereiten, was?«

»Nein, aber dann können wir uns endlich mehr auf unser Privatleben konzentrieren.«

»Wo du ja so einen Stress hast, mit deiner Doktorarbeit«, höhnte Anne, obwohl sie dies eigentlich gar nicht hatte sagen wollen, doch sie war einfach zu müde von den Strapazen des Umzugs.

»Anne, du weißt, dass ich solche Sprüche nicht mag«, wies Bernhard sie zurecht, um dann versöhnlich fortzufahren: »Stell dir nur vor, wie wir im Sommer auf dem See rudern und mountainbiken gehen, das wird super! Man kann hier wirklich schön leben.«

»Ist ja gut.« Anne wollte nicht streiten, schon gar nicht mit ihm.

»Bernhard, wenn du jetzt nicht kommst, dann geh' ich allein!«

Lisa stand schon auf der Terrasse, von der aus man einen herrlichen Blick auf Rottach-Egern hatte, das auf der anderen Seite der Bucht lag. Bis zum See waren es nur wenige Meter. Er war nicht zugefroren, denn das kam nur alle paar Lichtjahre vor.

Kurt Nonnenmacher konnte es nicht leiden, wenn man ihn dienstlich zu Hause anrief. Bei aller Liebe zu seinem Beruf, fand er, auch ein Polizist und Dienststellenleiter hat einen Anspruch auf seinen Feierabend. Wütend nahm er das Funktelefon aus der Hand seiner Frau entgegen, die neugierig den Worten ihres Mannes lauschte.

»Sepp, was willst du? Ich habe Feierabend! ... Wenn der nicht im Bräustüberl ist, dann wird er halt beim Schandl, in der Ostiner Stuben, beim Zotzn oder was weiß ich wo sitzen. Haben's im Wald schon geschaut? ... Ob sie im Wald schon geschaut haben? ... Dann sollen's halt erst einmal im Wald nachschauen. Der Ferdl ist ein erwachsener Mann. Der darf mal einen Abend nicht nach Haus kommen. Das ist noch kein Verbrechen ... Dann haben's halt nicht genau genug geschaut. – Und was ist mit seinem Handy? ... Sag ihnen Folgendes: Die Buben vom Ferdl sollen jetzt noch einmal zum Leeberg raufschauen, und wenn sie ihn da nicht finden, dann sollen die sich alle erst einmal hinlegen und eine Nacht drüber schlafen. Der ist wahrscheinlich bloß auf Sauftour. Und falls er morgen noch nicht da ist, dann machen wir eine Suchaktion, und wenn da nix rauskommt, eine Fahndung. Aber jetzt ist das noch zu früh.«

Mitten in der Nacht wachte Anne auf. Hörte Poltern. Wo war sie?
»Bernhard?«
Im Dunkeln tastete sie nach ihrem Freund. Drückte sanft seinen Arm. Es war kurz nach vier.
»Bernhard, hörst du das?«
»Was?«, fragte dieser verschlafen.
»Da läuft jemand auf dem Dachboden rum.«
Beide lauschten. Die tapsenden Geräusche verebbten. Dann: ein Schaben, Scharren, Kratzen.
Annes Herz schlug schneller. Anschließend ertönte erneut das Geräusch. Es klang tatsächlich, als liefe jemand über die Dachbodendielen des alten Hauses.
»Meinst du, da wohnt heimlich jemand? Wie kommt man eigentlich auf den Dachboden?«
»Das ist ein Tier«, sagte Bernhard.
»Was bitte für ein Tier?«, wollte Anne leicht gereizt wissen.
»Ein Marder oder eine Katze oder ...« Ein lauter Knall war zu hören. Bernhards Gesichtshaut schimmerte grau in dem nicht ganz dunklen Zimmer.
»Ein Tier, Bernhard?«

»Das war jetzt ein Fensterladen.«

»Erst ein Tier, Bernhard, und jetzt ein Fensterladen?«

Bernhard stand auf und schob den Vorhang beiseite. Draußen tobte ein Schneesturm. Die Bäume im Garten schwankten hin und her, trotz der Dunkelheit war alles weiß, auch die Luft, der Himmel. See und Horizont gingen stufenlos ineinander über.

»Das ist der Wind, Anne, und vielleicht ein Tier.«

»Willst du nicht mal nachsehen?«

»Na hör mal, du bist doch die Polizistin!«

»Aber es ist dein Haus, Bernhard, du kennst dich hier aus. Ich finde das unheimlich.«

Bernhard schnaufte kurz, stand auf, holte mit den nackten Füßen seine Schlappen unter dem Bett hervor und schluppte nach draußen in den Flur. Dort war das Geräusch zwar leiser, aber dennoch zu hören. Anne blieb allein im Zimmer zurück. Jetzt vernahm sie nur noch das Schlagen des Fensterladens.

Bernhard stieg die knarzende Holztreppe zum Erdgeschoss hinunter, ging erst zur Haustür, um zu überprüfen, ob sie abgesperrt war, dann in die Küche, sah aus dem Fenster und warf einen Blick ins Wohnzimmer, stieg wieder nach oben, öffnete vorsichtig die Tür zu Lisas Zimmer und sah, dass sie ruhig schlief. Alles normal, bis auf das Geräusch vom Dachboden.

»Alles okay«, sagte er, nachdem er sich wieder zu Anne ins Bett gelegt hatte. »Was das genau ist auf dem Dachboden, werden wir morgen herausfinden.«

Anne konnte nicht mehr einschlafen, dämmerte nur noch vor sich hin. Das Poltern blieb. Konnte es wirklich sein, dass da jemand auf dem Dachboden wohnte? War es die richtige Entscheidung gewesen, aufs Land zu ziehen? Als Lisa um halb sieben an ihrem Bett stand, fühlte sie sich wie gerädert. Beste Voraussetzungen für einen ersten Arbeitstag.

»Mama, es hat die ganze Nacht geschneit, schau mal raus, wie toll das aussieht!«

Müde stand Anne auf und folgte ihrer Tochter ans Fenster.

Sie musste doch eingeschlafen sein, denn draußen war schönstes Wetter, kein Sturm mehr, und der Schnee glitzerte in der Sonne.
»Darf ich meine neue rosa Schneehose in den Kindergarten anziehen? Und das gestreifte Kleid?«
»Klar, darfst du.«

Um 13.57 Uhr stand Anne vor ihrer neuen Arbeitsstelle, Polizeiinspektion Bad Wiessee, Hügelweg 1, gelbes Haus, komische Jalousien. Nicht schön, nicht hässlich, funktional, eine Polizeidienststelle eben.
Anne hatte Lisa gemeinsam mit Bernhard in den Kindergarten gebracht und dann noch ein wenig im Haus herumgeräumt. Dabei hatte sie durch die Wohnzimmerfenster immer wieder auf den See und die dahinter liegenden majestätischen Berge geblickt. Sie war nachdenklich gestimmt. Erlebte man nicht überall ab und an schlaflose Nächte? Vielleicht war das hier ja doch der richtige Ort, um in ein neues Leben zu starten.
Sie sog noch einmal tief die frische Luft ein, dann betrat sie das Gebäude.
An der Empfangstheke wurde sie von einem Uniformierten nach oben in den ersten Stock geschickt, wo der Dienststellenleiter sein Büro hatte. Dort angekommen, klopfte sie kurz und trat nach einem vernehmlichen »Ja, bitte?« ein.

Der Raum, in dem ein bärtiger Mann saß, roch ein wenig muffig, ungelüftet.
Der Bärtige blickte nur kurz auf, sagte: »Grüß Gott, nehmen Sie Platz, ich muss das noch schnell fertigschreiben« und fuhr fort, mit zwei Fingern den nicht mehr ganz neuen Computer zu bearbeiten.
Anne hatte also Zeit, sich umzusehen, und erblickte Grünpflanzen, Büromöbel, ein Telefon, ein Schwarzes Brett mit Telefonnummern und Dienstplänen, einen Kalender mit Bergfotos, auf dem noch das Januarblatt zu erkennen war.

»So, jetzt hab' ich's«, sagte der Mann und sprang auf. »Grüß Gott, Frau Loop, ich bin der Nonnenmacher Kurt, Dienststellenleiter hier, entschuldigen Sie, dass es jetzt noch einen Moment gedauert hat, aber wir hatten heute schon einen Selbstmord, und das haben wir nicht alle Tage.« So cool hatte er das eigentlich nicht sagen wollen, das war ihm im Bann dieser schönen Frau jetzt einfach so herausgerutscht.

»Ein Selbstmord?«, fragte Anne überrascht und vergaß dabei völlig, ihren neuen Chef zu begrüßen.

»Jaja, leider auch noch ein – ich sage jetzt mal – Ureinwohner. Der Ferdl ist ein g'standener Bauer, hier aufgewachsen, es ist an sich unerklärlich, dass sich so einer umbringt, aber ...«

Nonnenmacher dachte nach, sodass eine Pause entstand, in die Anne hineinfragen konnte, wann sich zuletzt jemand in Tegernsee das Leben genommen habe.

»Hier, ja mei, also hier bringt man sich an sich nicht um. Wissen Sie, der Tegernsee, das ist quasi ...«, Nonnenmacher suchte nach den richtigen Worten, »... das Paradies auf Erden. Hier ist die Welt noch in Ordnung, und keiner hat einen Grund, sich umzubringen.«

»Und wie hat der Mann sich umgebracht?«, fragte Anne interessiert.

»Aufgehängt.« Nonnenmacher wurde dieses Gespräch etwas lästig, auch wegen der vielen Fragerei, und weil die Neue durch diesen Start ja einen völlig falschen Eindruck vom Alltag hier bekommen konnte. Deshalb meinte er: »Aber soll ich Ihnen nicht erst einmal unsere Polizeidienststelle zeigen? Sie bekommen natürlich einen eigenen Schreibtisch mit Telefon und PC, wir sind hier in der Ermittlungsgruppe ja nur zu dritt – und ich selbst bin nebenbei auch noch Dienststellenleiter und von dem her nur halb für die Ermittlungen einsetzbar, weil ich eben einiges an Verwaltungsarbeit zu tun hab'.«

Nonnenmacher führte Anne in den Nebenraum.

»Das ist der Kastner Sepp – Sepp, das ist die Frau Loop, die heute bei uns anfängt.«

Etwas zu abrupt stand der Angesprochene auf, eine Akte rutschte vom Tisch, Blätter flogen auf. Die Hand, die er Anne zur Begrüßung reichte, war feucht. Kastner war aufgeregt, das sah man.

»Grüß Gott, Frau Loop«, sagte Kastner und starrte Anne an.

»Guten Tag, Herr Kastner«, sagte Anne und musterte den blonden Kollegen mit der breiten Nase. Dann befreite sie ihre Hand aus seinem Griff, da er keine Anstalten machte, sie loszulassen. »Freut mich, Sie kennenzulernen.« Und das stimmte wirklich.

»Ja, und das wär' Ihr neues Zuhause hier«, schaltete sich Nonnenmacher dazwischen, indem er auf den Platz gegenüber Sepp Kastners Tisch wies. Natürlich war ihm nicht entgangen, dass Kastner bei Anne Loops Anblick beinahe die Augen aus den Höhlen fielen. »Sie können sich hier ausbreiten, wie Sie wollen. Wir wollen, dass Sie sich hier wohlfühlen, quasi wie daheim.«

Sepp Kastner lachte etwas unbeholfen über Nonnenmachers »Scherz«, während Anne nur schmunzelte. Das Ganze war ein bisschen verkrampft, aber ihr Gefühl sagte ihr, dass die zwei ihr nichts Böses wollten. Mit den beiden würde sie schon klarkommen.

»So, dann zeige ich Ihnen noch den Rest unserer Inspektion.«

»Das kann ich auch machen«, stieß Sepp Kastner hastig und unsouverän hervor.

»Nein, nein, das mach' ich schon, Seppi«, sagte Nonnenmacher und stellte mit dem verkleinernden »i« die Hierarchie klar. »Halt du die Stellung am Telefon. Wer weiß, was heut noch alles für Untatenmeldungen hereinschneien, wenn die Frau Loop bei uns anfängt.« Wieder war Kastner der Einzige, der lachte.

Nonnenmacher führte Anne zurück ins Erdgeschoss, zeigte ihr erst den Vorraum mit der Empfangstheke, den sie schon kannte, dann das direkt dahinter liegende Dienstgruppenleiterzimmer mit den Einsatzcomputern und den Funkgeräten sowie die Vernehmungsräume, um sie anschließend wieder in den ersten Stock und in sein Büro zu führen.

»So, jetza, und das ist mein kleines Reich. Aber Sie können immer hereinkommen, also auch ohne Anklopfen. Die Tür soll aber immer zu sein, weil auf dem Gang auch mal was los ist, wenn ein Trupp Illegale, oder was weiß ich, vernommen werden oder ein paar aufg'scheuchte Touristen, wo das Fahrrad oder das Surfbrett weggekommen ist, und da wird man dann dauernd gestört. Aber wir Kollegen im Ermittlungsdienst, also der Sepp und ich und Sie jetzt auch, wir tun praktisch so, als wäre die Tür immer offen.« Nonnenmacher tippte sich mit dem Zeigefinger auf den Kopf, um zu zeigen, dass dies ein normaler Akt der Phantasie sei.

»Ach, Sie haben Kinder?«, stellte Anne fest, als sie die Familienfotos auf Nonnenmachers Schreibtisch erblickte.

»Ja, zwei, und eine Frau.«

»Na, da haben Sie ja was zu tun.«

»Jaja«, lachte Nonnenmacher. »Kinder machen Arbeit, aber auch Freude, das werden Sie auch noch sehen, wenn Sie einmal welche haben.«

»Ich habe eine Tochter.«

»Sie haben eine Tochter?« Nonnenmacher war überrascht. »Aber in Ihrer Personalakte steht, dass Sie ...«

»... ledig sind?«, ergänzte Anne lächelnd. »Schwanger werden geht ja bekanntlich trotzdem«, sagte sie anzüglicher als beabsichtigt. »Lisa ist fünf und geht seit heute in den Kindergarten in Tegernsee.«

»Ach so«, sagte Nonnenmacher und beschloss, vorerst nicht tiefer in diese Thematik einzudringen. Letztlich ging ihn das Privatleben seiner Mitarbeiter nichts an. Stattdessen wechselte er etwas ungeschickt in einen sachlicheren Ton.

»Nun denn, unser Revier, also unsere Zuständigkeiten und Örtlichkeiten, werden Sie dann im Lauf der Zeit noch kennenlernen. Jedenfalls sind wir für die Sicherheit von insgesamt dreißigtausend Menschen und zahlreichen Urlaubsgästen in

Tegernsee, Wiessee, Kreuth, Rottach-Egern, Gmund und Waakirchen zuständig. Das klingt viel, aber das Angenehme hier ist ja, dass bei uns außer Verkehrsunfällen, Kaufhausdiebstählen und Sachbeschädigungen an sich nicht viel passiert. Man kann also sagen, dass wir eine ... häm«, er räusperte sich, »ruhige Kugel schieben, wenn man so will. Deswegen überlege ich jetzt auch gerade, was Sie eigentlich heute noch machen könnten, damit Ihnen der Start bei uns auch Spaß macht ...«

»Was ist denn mit der Selbstmordakte?«, fragte Anne forsch.

»Ach die, ja die ... die ist geschlossen.«

»Dürfte ich da, wenn also gerade nichts Wichtigeres anliegt, also dürfte ich da vielleicht einmal einen Blick hineinwerfen, vor allem, weil es um einen Ureinwohner von Tegernsee geht?«

»Ja klar können Sie das, bloß, ich sage Ihnen gleich, viel zu holen ist da nicht. Ich war heute Vormittag selbst vor Ort, der Arzt war auch da. Der Ferdl hat sich aufgehängt, fertig aus. Schrecklich für die Familie, traurig für mich, nicht gut für unsern See, aber leider wahr. Hat er halt nicht mehr wollen, der Ferdl.« Nonnenmacher zuckte ratlos mit den Schultern.

Draußen donnerte ein Traktor vorbei. Die beiden gingen zurück in den Empfangsraum. Nonnenmacher nahm noch ein Blatt aus dem Drucker und steckte es in die Akte, die er dann Anne in die Hand drückte.

»Ach so, und die Damentoilette ist dahinten, und im Keller sind noch der Fitnessraum und die Umkleiden – Frauen und Männer natürlich getrennt. Und falls Sie mal jemanden festnehmen, dann gibt's da auch noch zwei Arrestzellen. Die brauchen wir auch manchmal, bei dem ein oder anderen Waldfest gibt's schon mal ein paar Besoffene, die wir dann vor sich selbst schützen müssen.«

Anne nahm die Akte und ging in ihr neues Büro, in dem Sepp Kastner noch immer in den Computer tippte, Zeigefinger linke Hand, Zeigefinger rechte Hand, Daumen rechte Hand.

»So, ja, das ist schön, dass Sie jetzt da sind«, sagte Kastner geschäftig. »Und schon gleich ein echter Kriminalfall, he?« Er deutete mit dem Zeigefinger seiner blassen rechten Hand auf die Akte in Annes Hand.

»Ja, der Selbstmord«, antwortete Anne ernst.

»Ach so, ja, das ist schon schade. Der Kurt, also der Herr Nonnenmacher, kennt den Ferdl – äh – hat den Ferdl ja auch gekannt. Seine Frau hat gestern Abend noch hier angerufen und gesagt, dass er, also der Ferdl, nicht nach Hause gekommen ist.«

»Und Sie haben dann gleich eine Fahndung ausgelöst.«

»Nein, der Kurt, also der, äh, Herr Nonnenmacher, hatte schon Feierabend und entschieden, dass man eine Nacht zuwartet.«

»Und Sie?«

»Und ich habe dann auch zugewartet, der Kurt, also der Herr Nonnenmacher, ist ja auch mein, also unser, Chef, selbst wenn er gerade Feierabend hat. Und ich hatte ja hier die Spätschicht und war allein, konnte also sowieso nicht weg. Einer muss am Telefon sein, falls es einen Streit gibt oder Ruhestörung.«

»Aber sind denn nicht rund um die Uhr Kollegen auf Streife?«

»Doch, klar, die vom Schichtdienst halt, aber ... also, die mussten nach Gmund, weil da Jugendliche bei der Statue von dem Schriftsteller herumrandaliert haben.«

»Thomas Mann?«

»Ja, irgendein Mann, der Bücher schrieb. Der steht da so am Ufer mit einem Hund, ich glaub', aus Eisen oder Bronze.«

Anne merkte, dass sich Kastner im Verlauf des Gesprächs zunehmend unwohl fühlte, und so verwunderte es sie nicht, als er plötzlich aufsprang und rief: »Herrschaftszeiten, da fällt mir was ein!«

Für Anne hörte sich das etwas geschauspielert an, aber wenn Kastner nicht im Zimmer war, konnte sie wenigstens in Ruhe die Akte durchsehen.

Kastner stapfte auf den Flur und sofort weiter in Nonnenmachers Zimmer.

»Die geht ja ganz schön ran«, flüsterte er mit rotem Kopf Nonnenmacher aufgeregt zu. Der dagegen saß ruhig hinter seinem Schreibtisch.

»Wie meinst du das?«

»Die fragt mich aus! Hat gleich gefragt, wie das war mit dem Selbstmord vom Ferdl.« Ehe Nonnenmacher etwas antworten konnte: »Du, die schaut doch aus wie die Angelina Jolie!«

»Ach ja, findest du?«, erwiderte Nonnenmacher cool, obwohl er das genauso sah. Er wollte nur kein Öl ins Feuer gießen. Der Sepp musste gebremst werden, die Anne Loop war nichts für ihn.

Doch Kastner ließ sich nicht beirren. »Ja, aber runtergerissen schaut die aus wie die Angelina! Die Haare, braun und lang, genau wie die von der Angelina, die großen Augen Scheinwerfer, die Lippen Airbags...« Er dachte kurz nach. »Jetzt haben wir eine Angelina vom Tegernsee. Wahnsinn!«

»Sepp, du bist ein Depp.«

»Wieso? Ich meine, du bist verheiratet, aber ich...«

»Die hat ein Kind.«

»Die hat ein Kind?«

»Ja.«

»Die ist doch aber ledig!«

»Als ob's bei uns am Tegernsee nicht auch ledige Mütter geben tät'«, entgegnete Nonnenmacher, ganz Mann von Welt.

»Und der Vater?«, fragte Sepp nach. »Wenn sie keinen Vater hat für das Kind, dann ist sie vielleicht doppelt froh...«

»Sepp, bitte lass es bei unserer alten Regel: Sex ist Sex, und Dienst ist Dienst – ja?«

»Aber wenn sich...«, er zögerte, »... was ergibt?«

»Sepp, bitte, die ist nicht deine Kragenweite, die schaut doch aus wie ein Model, aber du nicht wie der Pitt Brad – äh, Brad Pitt.«

»Aber sie hat keinen Ma-hann«, rief Kastner gerade, als die Tür einen Spaltbreit aufgestoßen wurde.

Es war Anne, die sich vorsichtig hereinschob.

»Entschuldigung, darf ich kurz stören?«

»Aber natürlich«, erwiderte Nonnenmacher beflissen. Insgeheim hoffte er, dass sie nichts gehört hatte. Sie sollte nicht glauben, dass sie ... Plötzlich wusste er nicht mehr, was er eigentlich denken wollte. Diese Frau brachte ja schon nach ein paar Minuten alles durcheinander.

»Ich habe eine Frage zu dieser Akte: Ich vermisse hier die ganzen Protokolle der Zeugenaussagen.«

Nonnenmacher sah Anne erstaunt an. »Da haben mir nix gemacht.«

Nun war es Anne, die überrascht schwieg.

»Aber wie können Sie dann ... von ... einem Selbstmord ausgehen?«

»Weil es keine anderen Anhaltspunkte gibt. Wer sollte den Fichtner Ferdl denn umgebracht haben? Der war doch im ganzen Dorf beliebt. Bei uns gibt es so etwas nicht, Mord.«

»Aber gibt es denn ein Motiv für Selbstmord?«

»Das weiß ich nicht«, antwortete Nonnenmacher unwirsch und spürte, dass ihn sein Beruf zum ersten Mal seit Langem wieder zum Schwitzen brachte, und das, obwohl er sich kein bisschen körperlich anstrengte.

»Einen Abschiedsbrief?«

»Nein. Also wir wissen bis jetzt von keinem.«

»Aber wie können Sie dann bereits die Akte schließen?«

Nonnenmacher fühlte sich nun richtig unwohl. Musste er sich das bieten lassen? Natürlich sah diese Frau blendend aus, und selbstverständlich hatten sie als zuständige Polizeidienststelle eine Aufklärungspflicht. Aber er kam von hier, er kannte seine Tegernseer. Hier gab es keine Schwerverbrecher. Die Loop kam aus München. Da gab es natürlich welche. Die Frau Loop musste lernen, dass hier die Uhren anders tickten. Das war es, was sie vor allem anderen lernen musste.

Deshalb sagte er: »Liebe junge Frau Polizeihauptmeisterin

Loop, ich mache das hier jetzt seit vierzehn Jahren. Ich kenne die Menschen hier. Wir sind nicht in München, wo am helllichten Tag Leute abgestochen oder Frauen in ihrem eigenen Hauseingang vergewaltigt werden.« Nonnenmacher hielt kurz inne, sah erst Anne scharf in die Augen, dann Sepp Kastner, und drückte währenddessen zweimal hektisch hinten auf den Kugelschreiber, den er in der Hand hielt, was überlegen wirken sollte, stattdessen aber einen etwas lächerlichen Eindruck hinterließ. Dann fuhr er mit leiserer Stimme fort: »Und auch wenn mir das wehtut, weil der Ferdl ein guter Bekannter von mir war und ein richtiger Einheimischer, muss ich sagen: Wenn hier einer tot an einem Baum im Wald hängt, und wenn es auch der Ferdl ist, dann hat der sich da selber hingehängt. Das ist sicher. Wie soll denn irgendein Mörder den schweren Kerl da hoch an den Baum hängen? Der Ferdl war über eins achtzig. Wie soll das gehen?«

»Es könnten ja mehrere gewesen sein«, warf Sepp Kastner ein. »Mehrere könnten ihn getötet und hochgehoben haben.« Kastner sagte dies nicht, weil er überzeugt war, dass Nonnenmacher falschlag, sondern weil er dieser Anne Loop beispringen wollte, die einfach eine Wucht war, als Frau, als Kollegin, als Mensch. Eine echte Erscheinung eben.

Anne spürte, dass sie jetzt nicht insistieren durfte, sonst würde die Atmosphäre gleich von Anfang an und irreparabel vergiftet sein. Sie dachte kurz an ihre Tochter, an Bernhard, an den Plan, hier mindestens einige Jahre zu bleiben, und beschloss, einen Gang zurückzuschalten.

»Gut, Herr Nonnenmacher, ich verstehe. Ich bin ja auch in erster Linie hier, um weiter dazuzulernen. Und von einem erfahrenen Beamten wie Ihnen kann ich natürlich nur lernen.« Nonnenmachers Gesichtszüge schienen sich etwas aufzuhellen.

»Aber darf ich mich trotzdem noch ein bisschen mit der Akte beschäftigen?« Jetzt klang Anne wie ein Mädchen, das darum bat, dass ihm jemand die Schnürsenkel band. Allen im Raum war völlig klar, dass Nonnenmacher ihr diese Bitte auf keinen Fall abschlagen konnte, auch wegen dieses Tonfalls in ihrer Stimme. Er nickte nur. Sollte sie nur machen. Augenblicklich gab es sowieso nichts Dringliches zu tun.

Als Anne die Tür aufsperrte, roch sie es gleich: Bernhard hatte gekocht, Schnitzel mit Gurken-Kartoffel-Salat. Ihrer aller Lieblingsspeise.

Sie ging in die Küche, wo er gerade den Schnittlauch für den Salat schnitt. Lachend fragte er sie: »Und? Wie war dein erster Arbeitstag?« Sie umarmten sich.

»Maaama, du musst in mein Zimmer kommen, ich habe schon alle meine Bücher eingeräumt. Wann baust du meinen Schreibtisch auf?«, schallte Lisas Stimme durch das Haus.

»Jetzt essen wir erst einmal.«

Als sie saßen, erkundigte sich Bernhard erneut: »Und, wirst du es hier ein paar Jahre aushalten? Wie ist der Nonnenmacher?«

Anne zögerte kurz, bevor sie sagte: »Er ist mir sehr sympathisch, aber er macht das hier vielleicht schon einen Tick zu lange. Die haben heute einen Bauern aus dem Dorf aufgehängt im Wald gefunden und haben diesen Fall nach einem halben Tag – stell dir das mal vor! –, nach nur einem halben Tag ad acta gelegt. So etwas muss man doch aufklären. Das kann doch auch eine Straftat sein!«

»Du meinst, es war Mord?«

»Was weiß ich, aber man muss es ordentlich prüfen. Die haben nicht eine einzige ernst zu nehmende Zeugenbefragung gemacht. Die sind da einfach hin, haben gesehen, da hängt der Ferdinand Fichtner am Baum, aha, der ist tot; aber Nonnenmacher sagt, hier am Tegernsee gäbe es keine bösen Menschen, also müsse sich der Mann selbst umgebracht haben. So geht das doch nicht!«

»Warum könnte er sich denn umgebracht haben?«

»Das ist ja der Witz: Die haben nicht einmal nach einem Motiv gesucht!«

»Das ist allerdings komisch. Meinst du, die wollen was verbergen?«

»Mama, die haben im Kindergarten eine Turnhalle«, schaltete Lisa sich ein.

»Echt? Ja, jetzt erzähl mal, wie war's?«

»Schon schön, aber ich kann da wahrscheinlich nicht mehr hingehen.«

»Wieso nicht?«

»Weil ich lieber bei euch zu Hause bin.«

»Wie meinst du das?«

»Ich finde es bei euch eben schöner. Deswegen habe ich beschlossen, dass ich nicht mehr in den Kindergarten gehen werde.«

Anne war kurz irritiert über die selbstständige Art, mit der ihre Tochter neuerdings Entscheidungen traf.

»Ja, aber du *musst* doch in den Kindergarten. Ich muss doch auch arbeiten. Und nachmittags bist du dann sowieso immer bei Bernhard und kannst im Garten spielen. Noch ein paar Wochen, dann kann man sogar schon im See schwimmen...«

Sie strich Lisa über die Haare, die im Gegensatz zu ihren ganz blond waren, und sagte dann: »Also, morgen gehst du auf jeden Fall noch einmal hin.«

»Sag mal, kennst du die Familie Fichtner zufällig von früher?«, fragte Anne später, als Lisa schon im Bett lag und sie und Bernhard im Wohnzimmer Kisten auspackten.

Bernhard schob ein Buch ins Regal und schaute Anne nachdenklich an.

»Fichtner? Da gibt's, glaube ich, mehrere hier in der Gegend. Was war der von Beruf?«

»Bauer.«

»Wie alt?«

»Neunundvierzig. Verheiratet, zwei Söhne, Hannes, zweiundzwanzig, und Andreas, vierundzwanzig.«

»Andreas Fichtner? Der Andi? Studiert der nicht Geschichte in München? Den kenne ich, glaube ich. Der hat sich, wenn ich ihn jetzt nicht verwechsle, mal bei mir gemeldet, weil er ein Zimmer gesucht hat. Ich glaube, das war der Andi. Der war eher schüchtern, aber das ist mindestens schon vier Jahre her. Ich weiß nicht mal, ob der noch studiert.«

»Bernhard, was soll ich denn jetzt tun? Ich kann das doch so nicht stehen lassen, ich meine, das ist handwerklich doch total verhunzt, wenn die diesen Fall einfach ohne Ermittlung abschließen.«

»Was steigerst du dich jetzt eigentlich so rein? Du hast hier doch gerade erst angefangen. Und außerdem: Was sagt dir denn, dass da was faul ist?«

»Ich weiß nicht, ich habe einfach so ein komisches Gefühl bei der Sache.«

Als Anne am nächsten Morgen von Tegernsee aus um den See herum in die Bad Wiesseer Dienststelle radelte, tropfte es von allen Dächern. Es war über Nacht um fünf Grad wärmer geworden. Doch Wallberg, Pfliegeleck, Riederstein und auch der Semmelberg waren noch schneebedeckt.

»Achtung!«, rief Sepp Kastner ihr entgegen, kurz bevor Anne am Vordereingang der gelb gestrichenen Polizeiinspektion ankam. Anne stoppte und schaute ihn erstaunt an. Kastner zeigte nach oben. »Da kommt gleich eine Dachlawine runter. Wäre doch schade, wenn es dich – äh, Sie – erwischen tät'.«

Während Anne das Fahrrad abstellte, schüttelte sie innerlich den Kopf über Kastner. Doch als die beiden bereits im lichtdurchfluteten Treppenhaus waren, machte es einen lauten Rums.

»Das war sie«, sagte Kastner triumphierend. »Habe ich Sie gerettet, Frau Loop.«

»Haben Sie mich gerettet, Herr Kastner, ich weiß gar nicht, wie ich Ihnen danken soll.«

Kastner wurde rot.

»Was meinen *Sie* denn: Warum hat sich der Fichtner umgebracht?«

Sepp Kastner fühlte sich, da er nach seiner Meinung gefragt wurde, geehrt und holte weit aus: Er erinnerte Anne an die Kämpfe um die Milchpreise in den vergangenen Jahren. Wies sie darauf hin, dass es den Bauern immer schlechter und schlechter gehe, dass die Forderung nach mindestens vierzig Cent pro Liter nicht nur Propagandageschrei des Bauernverbands sei, sondern dass diese Preishöhe auch aus seiner Sicht wirklich notwendig sei, um den Bauern das Überleben zu sichern. Dass die Discounter und die Milchindustrie immer mehr dazu übergingen, die Bauern zu erpressen, und dass es äußerst schwierig sei, als Bauer überhaupt noch von der Milch zu leben, gerade, wenn man nur einen eher kleinen Hof habe, wie es bei Fichtner der Fall gewesen sei. Das wisse er von seinem Onkel, der auch noch einen Hof habe. Wer heute als Landwirt überleben wolle, müsse das anders als der Fichtner machen. Andere Bauern im Tal zum Beispiel hätten schon frühzeitig neu gebaut, da gebe es jetzt außerhalb der Gemeinden schon Ställe, die sähen aus wie Hotelschwimmbäder, und dort würden die Kühe automatisch gefüttert, gemolken und geputzt, das spare Zeit und damit Geld; andere Bauern hätten umgestellt auf Biogas, Zuerwerb oder exklusiven Tourismus mit allem Pipapo, auch Urlaub auf dem Bauernhof in größerem Stil sei ein Ding, mit dem man sich als Landwirt noch über Wasser halten könne. Echte Bauern gebe es jedoch in Tegernsee ohnehin nicht mehr viele, und auch im Rest des Tals hätten sich touristische Geschäfte als wesentlich lukrativer erwiesen. Er, Sepp, könne sich vorstellen, dass der Fichtner einfach nur Angst bekommen habe, wegen der Zukunft und allem.

Dann fügte er hinzu: »Aber das ist jetzt nur so eine Vermutung von mir, weil sicher wissen tu' ich nichts, weil …«

»… niemand die Familie befragt hat«, vollendete Anne den Satz.

»Ja genau, aber es gab ja auch keinen Hinweis auf eine Straftat. Der Arzt hat auch alles normal gefunden.«

»Der Arzt war aber kein Rechtsmediziner, sondern der Kurarzt.«

»Ja, das stimmt. Aber wissen Sie, das wär' so kompliziert gewesen, die Rechtsmedizin kommt ja jetzt wegen so etwas nicht extra aus München her, sondern wir hätten denen die Leiche vom Fichtner bringen müssen, und dann hätten die sie in München obduziert. Das hätte ja viel länger gedauert. Und außerdem, wenn wir hier ermitteln täten wie in einem Mordfall, da könnten die Leut' ja denken, es gäb' tatsächlich einen Mörder am Tegernsee – was hätte das für Auswirkungen auf die Bevölkerung!«

»Ihnen ist es also lieber, wenn niemand darüber redet und alle heititeiti machen, dafür aber ein Mörder frei herumläuft.«

»Nein, nein, aber der Kurt, also der Chef, hat das jetzt halt so entschieden.«

Die beiden hatten inzwischen ihre Jacken aufgehängt und sich an die Bürotische gesetzt.

»Ich kann das so nicht akzeptieren«, sagte Anne. »Wir haben – auch unabhängig von den Weisungen unserer Vorgesetzten – Verantwortung zu übernehmen, Prinzipien zu beachten. Und eines der obersten polizeilichen Prinzipien ist die Aufklärungspflicht. Ich finde, wir sollten wenigstens ein paar Zeugen vernehmen, um herauszufinden, ob ein Motiv für Selbstmord vorliegt.«

Bevor Anne in Nonnenmachers Zimmer trat, klopfte sie dreimal.

»Herein!«, rief Nonnenmacher. »Guten Morgen. Wir hatten doch ausgemacht, dass wir hier nicht anklopfen. Was gibt's, Frau Loop?«

»Herr Nonnenmacher, ich habe mir alles noch einmal durch den Kopf gehen lassen. Ich finde, wir sollten wenigstens ein paar Zeugen, zumindest aber die beiden Söhne und die Frau von Herrn Fichtner vernehmen, um herauszufinden, ob es denn überhaupt ein Selbstmordmotiv gab.«

Nonnenmachers Gesichtsausdruck verfinsterte sich. Er schwieg, wandte seinen Blick zum Fenster, überlegte und hob an: »Frau Loop, jetzt sehen Sie es doch ein: Die Familie Fichtner ist doch schon gestraft genug, oder was meinen Sie? Die haben jetzt andere Probleme. Wer soll den Hof weiterführen? Soll er überhaupt weitergeführt werden? Wer erbt? Damit haben die jetzt zu tun. Wenn wir da jetzt daherkommen und fragen: ›Sagt mal, hat der Ferdl eigentlich einen Grund g'habt zum Sichumbringen‹, ja was meinen Sie, was da los ist? Und wenn der Bürgermeister erfährt, dass wir auch in Richtung Mord ermitteln? Uns steht hier eine herrliche Sommersaison bevor, Seefeste, Waldfeste, da reist die halbe Münchner Society an. Sogar der Uli Hoeneß hat sich jetzt in unserm schönen Wiessee ein Haus gekauft. Der Willy Bogner ist in Gmund, der Fritz Wepper in Finsterwald oder wo, der Santa Cruz war kürzlich da, der Herr Burda, der Herr Beisheim, alle fühlen sich hier wohl und sicher. Und so soll, ach was, so muss es bleiben. Wir wollen, dass die Urlauber über den Tegernsee reden, weil's bei uns so schön ist, und nicht, weil hier vielleicht ein Bauer aus der Mühlgasse umgebracht worden sein könnte, was völlig abwegig ist. Frau Loop, ich verbiete Ihnen hiermit, dass Sie weiter in der Sache ermitteln. Und ich bin hier der Chef. Sie geben mir jetzt sofort die Akte, ich quittiere Ihnen das auch, und dann setzen wir uns zusammen und überlegen uns ein schönes Konzept, wie wir den Tegernseer Kindern das verkehrsgerechte Radeln beibringen. Punkt.«

»Aber ...«

»Nichts aber, Punkt, habe ich gesagt.«

Plötzlich verspürte Anne Rückenschmerzen. Verspannungen. Sie ging zurück in ihr Arbeitszimmer und setzte sich. Sepp Kastner sah sie in einer Art und Weise an, die lieb wirken sollte, tatsächlich aber ein bisschen doof aussah, und fragte: »Hat er Sie geschimpft?«

Anne antwortete nicht.

»Soll ich uns einen Kaffee kochen?«

Anne schwieg.

Kastner überlegte, wie er sie auf andere Gedanken bringen könnte. »Ihren Namen«, sagte er, »den schreibt man ja nicht wie das Lob, das von loben kommt, gell?« Anne zeigte keine

Reaktion. »Sondern englisch mit zwei o. So wie den Looping, den Überschlag beim Fliegen, gell? Sind Sie eine Überfliegerin, haha?« Kastner lachte unbeholfen und war irritiert, weil Anne immer noch nicht reagierte. Dann meinte er nachdenklich: »Warum sagt man eigentlich nicht Loop mit u? Das wäre doch viel cooler!« Er sagte es ein paarmal vor sich her: »Frau Luup, Frau Luup, hello Mrs. Luup. Good Looping, Mrs. Luup ...«

»Weil wir hier in Deutschland sind und außerdem nicht cool sein wollen«, sagte Anne genervt.

»Ja«, fuhr Kastner trotz ihres ablehnenden Tonfalls fort, weil die neue Kollegin endlich geantwortet hatte, »ich habe im Internet nachgeschaut, es gibt da ja sogar einen Ort in Preußen, der wo Loop heißt, nicht wahr. Kommen Sie daher?«

»Nein«, antwortete Anne noch gereizter, zog den Haargummi aus ihrem Haar und machte sich einen neuen Pferdeschwanz.

»Aber Ihre Familie?«

»Nein.«

»Wo kommen Sie dann her?«

»Aus dem Rheinland.«

»Und wo da?«, hakte Kastner nach, doch ehe Anne antworten konnte, klingelte sein Telefon. Er hob ab, lauschte kurz, sagte dann »Ja, gut« und legte wieder auf.

»Ich soll dem Kurt die Akte bringen. Na ja, ich finde Ihren Namen jedenfalls saucool.«

Anne stopfte wütend alle Blätter in die Akte Fichtner, wobei einige zerknickten, und drückte das Ganze anschließend Kastner in die Hände. Als sie Kastners Schritte im Flur hörte, hatte sie bereits einen Entschluss gefasst. Der Nonnenmacher würde sich noch umschauen. Schließlich war sie nicht hierhergezogen, um Urlaub zu machen. Außerdem wollte sie zur Kripo. Und wenn das ohne Studium klappen sollte, dann musste sie durch Ergebnisse überzeugen. Denn der normale Weg war der akademische. Aber den konnte sie wegen Lisa zumindest in den nächsten Jahren abhaken.

Den Rest des Tages hatte Anne Sepp Kastner beim Abfassen eines Sachbeschädigungsprotokolls geholfen. Dann hatte sie überpünktlich und bewaffnet mit einer Taschenlampe die Inspektion verlassen, im Bad Wiesseer Spielwarengeschäft vier Tüten Bastelgips gekauft und war damit zum Tatort am Leeberg geradelt. Es dämmerte bereits, als sie den Baum, an dem man Fichtner gefunden hatte, erreichte. Er stand etwas abseits des Wegs, man musste also schon eigens von den normalen Pfaden abweichen, um zu ihm zu gelangen. Es war unheimlich im Wald, überall tropfte es von den Bäumen, im Dickicht raschelte es.

Anne leuchtete mit ihrer Taschenlampe den Boden ab. Einige Meter entfernt vom Baum fand sie die Spuren eines Traktors. Mit dem war Fichtner wohl an den Ort seines Todes gefahren. Anzeichen eines Kampfes oder Schleifspuren konnte Anne nirgends erkennen. Dennoch war sie überrascht, weil das Gelände nicht abgesperrt worden war. Denn ohne Mühe entdeckte sie am Boden einige Fußabdrücke. Als Anne nach einer knappen halben Stunde ihr heimliches Werk verrichtet hatte, war es fast ganz dunkel. Eilig machte sie sich auf den Rückweg.

Gegen 6.30 Uhr öffnete Anne das Gartentor zu dem kleinen Anwesen von Bernhards Eltern. Durch den Fahrzeuglärm der Schwaighofstraße drang von hinten die Stimme einer Frau an ihr Ohr.

»Ah, die Schwiegertochter, nehme ich an?«

Anne drehte sich um und erblickte eine etwas verwahrlost wirkende Frau um die sechzig, die einen Einkaufswagen hinter sich herzog.

»Grüß Gott. Was meinten Sie?«
»Dass Sie die Schwiegertochter der von Rothbachs sind.«
»Ach so, ja, sozusagen.«
»Halt nicht verheiratet, gell?«
»Nein.«
»Und das Kind?«

»Lisa.«
»Nicht von ihm?«
»Von wem?«
»Na ja, vom Bernhard halt.«
»Ach so, also, ich weiß gar nicht ... wer sind Sie überhaupt?«
»Na, wissen's, mich interessiert's ja nicht, ich frag' ja nur, bin halt die Nachbarin, gell. Meine Tochter hat auch eine Freundin, die wo ein lediges Kind hat. Das spielt ja heute keine Rolle mehr, gell. Tegernsee ist ja jetzt so ...«, die Alte suchte nach dem passenden Wort, »... modern geworden.«
»Ja, dann auf eine gute Nachbarschaft, Frau ...?«
»Schimmler, ja Ihnen auch – Frau Loop heißen Sie, gell, hab' schon viel von Ihnen gehört. Polizistin, gell?«
»Ja, also, Frau Schimmler, ich muss jetzt – meine Tochter, Bernhard, wir essen.«
Hastig schob Anne das Fahrrad in den Garten, schloss das Tor hinter sich und stellte das Rad an der Hauswand unter der Marienfigur ab, die sie so mochte, weil sie dem ansonsten etwas unscheinbaren Haus einen freundlich strahlenden Glanz verlieh.

»Sag mal, Bernhard, meinst du, es wäre sehr auffällig, wenn du mit Andreas Fichtner Kontakt aufnehmen würdest?«
»Ooch nein, Anne, du willst mich doch jetzt nicht zum Hilfskommissar machen, oder? Also dazu habe ich jetzt überhaupt keine Lust.«
Sie hatte schon damit gerechnet, dass Bernhard sich sträuben würde, da er der Auffassung war, dass es ihrer Beziehung guttue, wenn sie sich nicht in den Beruf des anderen einmischten. Wobei Anne sich ohnehin nicht sicher war, ob man es als »Beruf« bezeichnen konnte, was Bernhard den ganzen Tag machte. Ihr kam es so vor, als würde das »An-der-Doktorarbeit-Schreiben« vor allem aus Zeitunglesen bestehen. Natürlich war ihr klar, dass sie von dieser Situation auch profitierte, denn er kümmerte sich um den Haushalt und auch

darum, dass Lisa nachmittags versorgt war. Aber jetzt brauchte sie ihn wirklich, denn Nonnenmachers Verbot stand. Sie selbst konnte unmöglich mit den Fichtners Kontakt aufnehmen. Nonnenmacher würde ausrasten, sollte er davon erfahren. Wenn sie es sich schon am Anfang mit ihrem Chef verscherzte, konnte sie sich ihre Kripopläne gleich abschminken. Aber wenn Bernhard Informationen beschaffen könnte, die ihrer Intuition eine etwas solidere Grundlage verschafften, würde Nonnenmacher ihr vielleicht doch noch eine genauere Überprüfung des Falls erlauben.

»Es geht mir nur um eine ganz einfache Sache«, sagte sie zu Bernhard und setzte ihren verführerischsten Blick auf. »Ich möchte wissen, ob jemand in der Familie Fichtner klettert. Das müsstest du doch herausfinden können, ohne dass wer Verdacht schöpft.«

»Wieso willst du wissen, ob da jemand klettert?«

»Das werde ich dir verraten, wenn du es herausgefunden hast, mein Schatz.« Sie klimperte mit ihren Wimpern. »Machst du das bitte? Morgen? Versuchst du, den Andi Fichtner zu erreichen?«

Obwohl der Marder oder der Hausgeist – oder was auch immer – über Nacht wieder äußerst aktiv gewesen war und Bernhard wach gehalten hatte, rief er am nächsten Tag im Historischen Seminar der Ludwig-Maximilians-Universität München an. Er kannte dort einen Doktorandenkollegen, mit dem er sich ganz gut verstand. Diesen bat er, in der Kartei der eingeschriebenen Studenten nachzusehen, ob noch ein Andreas Fichtner verzeichnet sei. Als Begründung erklärte er, dass Fichtner ihn um Hilfe gebeten habe, auf dem Anrufbeantworter aber keine Telefonnummer hinterlassen habe. Da Bernhard ihm gerne helfen würde, benötige er diese jedoch.

Ein paar Minuten später hatte Bernhard Andi Fichtner in der Leitung. Um zu vertuschen, dass er aus Tegernsee anrief, hatte er die Nummer von seinem Handy aus angewählt.

Sicher sei Fichtner überrascht, begann Bernhard, dass er

sich bei ihm melde – ob er sich noch an ihn erinnern könne? Er sei der Bernhard von Rothbach und komme ursprünglich auch aus Tegernsee und habe ihm mal bei der Zimmersuche geholfen.

»Ja, klar erinnere ich mich«, sagte Fichtner.

»Und jetzt bräuchte ich deine Hilfe, Andi«, fuhr Bernhard fort.

»Ach so, das ist ungünstig«, meinte Fichtner daraufhin, »weißt du, mein Vater ist gestorben.«

»Echt? Oh, du, dann mein herzliches Beileid«, tat Bernhard erstaunt.

»Danke.«

»Das ist ja schrecklich, der war ja noch gar nicht so alt, oder?« Bernhard fühlte sich wie ein Heuchler. Das, was er gerade tat, widersprach all seinen Prinzipien.

»Neunundvierzig«, antwortete Andi Fichtner kurz angebunden.

»Das ist zu früh. Viel zu früh. Na ja, da passt dann meine Bitte natürlich überhaupt nicht.« Bernhard spürte, dass Fichtner das Gespräch beenden wollte, doch ehe der Sohn des Verstorbenen dazu kam, fuhr Bernhard fort: »Ich wollte nur fragen, ob du, weil du ja aus Tegernsee kommst, zufällig kletterst. Ein Freund von mir dreht hier in München nämlich einen Film, und er bräuchte für eine Szene jemanden, der einen Bankmanager spielt, der sich aus dem Fenster eines Gebäudes abseilt. Das wäre nur so eine Statistensache, aber gut bezahlt.«

»Nein, ich klettere nicht, bin auch nie geklettert, tut mir leid, also dann ...«

»Aber dein Bruder vielleicht ... du hast doch einen Bruder, oder?«

»Nein, der Hannes auch nicht. Bei uns klettert niemand in der Familie, wir sind mehr so die Wassersportler.«

»Ach so ... aber habt ihr vielleicht einen Freund, der klettert?«

»Na ja, klar, da gibt's viele. Du, ich muss jetzt aufhören,

weil ich gleich Vorlesung hab' an der Uni, und heute Nachmittag muss ich schon wieder nach Tegernsee raus, weil meine Mutter ist ja jetzt allein mit dem Hof und allem.«

»Bei den Fichtners klettert niemand in der Familie«, berichtete Bernhard Anne, als sie zum Mittagessen nach Hause kam und noch nicht einmal die Jacke ausgezogen hatte.
»Echt? Das ist ja cool! Dann ist meine kriminalistische Intuition also doch nicht so schlecht.«
Anne wollte Bernhard mit einem ungestümen Kuss belohnen, doch er entwand sich ihr. »Jetzt möchte ich aber wissen, wieso das von Bedeutung ist.«
»Was?«, fragte Anne und lächelte ihn neckisch an.
»Na, das mit dem Klettern.«
Anne erklärte ihm, dass Fichtner an einem ziemlich teuren, nigelnagelneuen Kletterseil der Marke Edelrid gehangen habe, als man ihn fand. Ihres Wissens bekomme man solche Seile nur in Sportfachgeschäften oder im Internet. Und ganz ehrlich: Sie glaube nicht, dass der Landwirt Fichtner, der vermutlich den ganzen Stall voller Kälberstricke hängen habe, sich extra für seinen Selbstmord ein edles Kletterseil zugelegt habe. Das sei doch völliger Blödsinn. Ergo habe die Selbstmordtheorie einen ernsthaften Haken. Ergo müsse man an dieser Sache dranbleiben. Es könne sich auch um Mord handeln.

»Das ist gut, dass Sie gleich zu mir kommen«, begrüßte Nonnenmacher Anne, nachdem sie wieder in der Dienststelle war. »Wir haben nämlich einen Tipp bekommen, dass heute ein privates Ferraritreffen am Tegernsee stattfindet. Da habe ich mir gedacht, dass mir in Gmund eine Radarfalle aufstellen könnten, ganz unverbindlich. Was halten Sie davon?«
Anne hielt rein gar nichts davon. »Ich wollte mit Ihnen eigentlich noch einmal über den Fall Fichtner sprechen.«
»Nix Fichtner, Frau Loop, Ferrari! Der Fichtner wird morgen beerdigt, das wissen Sie auch! Jetzt seien's halt nicht so

stur. Wenn Sie weiterkommen wollen bei uns, dann müssen Sie schon kooperativ sein.« Nach kurzem Innehalten fügte er mit der Andeutung einer Drohung in der Stimme hinzu: »Denken Sie daran, dass Sie nur auf Probe in der Ermittlungsgruppe sind. Wenn diese Sperenzien jetzt nicht bald aufhören, dann machen Sie Schichtdienst und gehen Streife. Ich hoffe, Sie wissen, was das heißt.«

»Herr Nonnenmacher, ich habe aber ein hieb- und stichfestes Indiz dafür, dass der Herr Fichtner sich nicht umgebracht hat.«

»Und das wäre?«, fragte Nonnenmacher völlig ungläubig.

»Er hing an einem nigelnagelneuen Kletterseil der Marke Edelrid.«

Nonnenmachers Blick drückte so etwas wie »Na und« aus. Doch Anne ließ sich nicht beirren.

»Ja glauben Sie denn, dass sich der Herr Fichtner, der einen Kuhstall voller Kälberstricke hat, extra ein sauteures Kletterseil kauft, um sich umzubringen? Und das auch noch, obwohl er überhaupt keinen Grund dazu hat? Herr Nonnenmacher, ich halte es für außerordentlich fahrlässig, hier nicht noch den richtigen Leuten ein paar gezielte Fragen zu stellen.«

»Das wird halt ein Seil von einem Sohn oder sonst wem sein«, wiegelte Nonnenmacher ab. »Wir machen heute eine Eins-a-Ferrarifalle. Gerade jetzt, wo jeden Tag etwas über die Wirtschaftskrise in der Zeitung steht und der Staat einen Haufen Geld braucht, damit er es an die Arbeitslosen und andere Bedürftige verteilen kann, ist es unsere Pflicht als Beamte, dass wir auch unseren Teil dazu beitragen, dass es den Reichen ans Schlafittel geht. Die sind doch schuld an der ganzen Krisenmisere!«

Ohne auf Nonnenmachers Ausführungen einzugehen, sagte Anne: »In der ganzen Familie Fichtner gibt es aber keinen einzigen Klettersportler.«

»Wer sagt das?«, fragte Nonnenmacher misstrauisch. Er witterte, dass die neue Kollegin sich nicht an seine Anweisung gehalten hatte, weitere Ermittlungen zu unterlassen.

»Mein Lebensgefährte Bernhard kennt die Fichtners noch aus seiner Jugendzeit.«

Jetzt sah Nonnenmacher Anne zum ersten Mal konzentriert an. »Aber woher wollen Sie wissen, dass es ein neues Seil ist?«

»Ich habe es mir aus der Asservatenkammer geholt und bin damit zum Sport Schlichtner in Rottach-Egern. Die sagen, dass dieses Seil um die hundertfünfzig Euro kostet. Würde ein sparsamer Bauer in seinen Selbstmord noch einmal so viel investieren? Würde er das wirklich tun, Herr Nonnenmacher? *Sie* kennen die Tegernseer doch so gut.« Mit den letzten Worten war Annes Tonfall sehr scharf geworden. Sie bereute das sofort und schob mit der mädchenhaften Art, die sie perfekt beherrschte, nach: »Tut mir leid, dass ich mich so aufrege. Aber, Herr Nonnenmacher, meine Intuition sagt mir, dass an diesem Selbstmord etwas nicht stimmt. Da ist irgendetwas faul.«

Nonnenmacher schwieg. In die Stille hinein war deutlich das Rumoren seines nervösen Magens zu hören. Sollte er die Gelben Rüben doch lieber selbst essen und die Hasen hungern lassen?

»Warum hat eigentlich die Kripo Miesbach nicht ermittelt? Spurensicherung, Rechtsmedizin et cetera?«, wollte Anne wissen.

Nonnenmacher grübelte, sah zum Fenster, ließ sich Zeit mit der Antwort. Dann sagte er: »Ich habe ihnen den Vorgang gar nicht gemeldet, darum.«

»Oh oh!«, entfuhr es Anne vorwurfsvoll, aber auch mit einem Hauch Besorgnis. Sie wusste noch genau, was sie in der Polizeiausbildung gelernt hatte: Jeder Todesfall, bei dem der Verdacht besteht, dass er nicht natürlich sein könnte, muss an die zuständige Kriminalpolizeidienststelle gemeldet werden. In diesem Fall nach Miesbach. Nonnenmacher hatte also seine Pflicht verletzt.

»Wissen Sie«, sagte Nonnenmacher nun mit leiser, um Verständnis heischender Stimme, »wir können hier jetzt alles brauchen außer einen Mord. Wir hatten in letzter Zeit genug Gewaltverbrechen – die Raubüberfälle auf die Raiffeisenbank in

Gmund, den mordenden Musikprofessor. Wir sind hier von Traditions wegen ein idyllischer, beschaulicher Ort, also ... eigentlich.« Er schwieg für einen Augenblick, horchte auf seinen Magen. »Aber Ihre Argumente, Frau Loop, leuchten mir ein.«

Leise und sachlich fuhr er fort: »Sie haben recht. Aus kriminalistischer Sicht sollten wir die Sache weiterverfolgen. Aber wir machen das auf Tegernseerisch, das heißt: dezent. Ohne Aufsehen zu erregen. Ohne Öffentlichkeit. Ohne Presse. Das wird so eine Art verdeckte Ermittlung. Damit wir nicht die ganzen Leut' aufscheuchen.«

Nonnenmacher dachte nach. »Erste Regel also ab jetzt: Alles, was in der Sache Fichtner unternommen wird, findet ohne Uniform statt. Können Sie das nicht in Ihrer Freizeit machen? Man kennt Sie hier noch nicht. Wenn Sie dann in etwas luftigerer Freizeitkleidung unterwegs wären ...« Während er das sagte, glitt ein etwas zu eindeutiger Blick von Annes Gesicht über ihren perfekten Körper hinab zu den Beinen. Doch als Nonnenmacher die Entgleisung bemerkte, war es schon zu spät. Sein Magen jaulte auf.

»Eine Art Miss Marple in Hotpants, meinen Sie?«, fragte Anne ironisch, war sie doch diese Art von Männerblicken mehr als gewöhnt.

»Ja ... nein ... also fesch aussehen täten Sie in kurzen Hosen sicher auch, aber ich meine, dass Sie halt dadurch, dass man Sie hier nicht kennt und Sie jetzt auch nicht direkt wie die typische Tegernseerin ausschauen, sondern eher wie eine ... häm ... Zug'reiste, ich mein' das jetzt nicht negativ, im Gegenteil, Sie haben Form ... äh ... Format ...«

»Ich weiß schon, was Sie meinen«, sagte Anne, jetzt mit einem Augenaufschlag. »In Wanderkleidung oder so was, damit ich nicht auffalle unter all den Urlaubern.«

Nonnenmacher, erleichtert, hatte sich wieder gefasst. »Ja genau, und wir gleichen die Stunden dann irgendwie aus, den Dienstplan mache ja sowieso ich.«

»Hurra, die Mama ist schon da!«, rief Lisa, als Anne das Gartentor öffnete, dessen Quietschen man im Lärm der zwischen dem See und ihrem Haus verlaufenden Schwaighofstraße kaum hören konnte. Bernhard, der in Gummistiefeln und mit einem Spaten in der Hand in der Mitte des Gartens stand, blickte erstaunt auf. »Nanu, hast du dir etwa freigenommen?«

Anstatt zu antworten, fragte Anne zurück: »Nanu, hast du Zeit, am helllichten Tag im Garten rumzuschaufeln? Oder hat das was mit deiner Doktorarbeit zu tun? Wird die Idee der Ethik der Verantwortung in der Moralphilosophie beerdigt?« Ohne eine Antwort abzuwarten, fuhr sie fort: »Kommt, zieht euch eure Turnschuhe an, wir machen einen Spaziergang den Alpbach hoch.«

»Au ja«, rief Lisa. »Krieg' ich ein Eis?«

»Ich möchte hier noch schnell den Duftjasmin pflanzen«, sagte Bernhard.

»Kannst du später, Bernhard. Ist sowieso noch zu früh, wenn der Schnee nicht mal überall weg ist. Der Boden ist noch gar nicht richtig aufgetaut. Da können die Pflanzen doch keine Wurzeln schlagen. Komm jetzt, es ist ja kein ganz normaler Spaziergang.«

Bernhard fragte sich kurz, ob ihm seine Freundin nicht manchmal ein bisschen zu dominant sei, doch dann zog er sich schnell um, und sie gingen los.

Eine halbe Stunde später stand er mit ein paar Schweißperlen auf der Stirn neben ihr und Lisa an einer kleinen, vom gerade erst geschmolzenen Schnee noch ziemlich sumpfigen Wiese, an deren Rand sich ein bescheidener, ursprünglicher Hof mit grünen Fensterläden und einem Austragshäusel mit weißen Blumenkästen befand.

»Die Mühlgasse – das muss der Fichtnerhof sein«, sagte Bernhard und zeigte auf ein wenige Meter rechts vom Weg gelegenes Bauernhaus.

»Na, dann mal los«, meinte Anne und schritt zielstrebig den

Weg zu dem schönen, etwa zur Hälfte mit dunklem altem Holz verkleideten Haus hinauf. Vor dem Anwesen stand eine graugesichtige Frau Ende vierzig.

Während Bernhard und Lisa am Gartenzaun stehen blieben und Lisa an der Kugel Stracciatella leckte, die sie in der Eisdiele gegenüber der Bootsanlegestelle gekauft hatten, ging Anne zu der Bäuerin. Ihr die Hand entgegenstreckend, sagte sie: »Guten Tag.«

Die Frau blickte sie etwas misstrauisch an, reichte ihr dann aber die Hand und erwiderte: »Grüß Gott.«

»Sind Sie die Frau Fichtner?«, fragte Anne.

»Ja«, antwortete die Frau mit fragendem Unterton.

»Mein herzliches Beileid zum Tod Ihres Mannes, Frau Fichtner.«

»Wer sind Sie?«, fragte die Bäuerin irritiert.

»Ich bin von der Polizei«, erwiderte Anne. »Können wir kurz zu Ihnen reingehen? Ich würde mich gerne mit Ihnen unterhalten.«

»Warum?«

»Können wir bitte kurz reingehen, Frau Fichtner«, sagte Anne jetzt in einem Tonfall, der weniger fragend denn auffordernd war. In ihren Jahren als Streifenpolizistin in München, in denen sie regelmäßig vor der Herausforderung gestanden hatte, eine Horde besoffener Fußballfans auf dem Marienplatz in ihre Grenzen zu weisen, hatte Anne gelernt, sich mit bestimmter Freundlichkeit durchzusetzen. Auch dieses Mal verfehlte die Bestimmtheit in ihrer Stimme nicht ihre Wirkung. Wortlos drehte sich die erschöpft aussehende Evi Fichtner um und öffnete die Tür.

Im Haus war es deutlich kühler als in der Frühlingssonne. Der Flur, in dem es etwas modrig roch, endete weiter hinten im Dunkeln. Evi Fichtner führte Anne nach rechts in die Stube, in der ein grüner Kachelofen angenehme Wärme verbreitete, jedoch auch einen leicht rußigen Geruch absonderte.

»Und jetzt – was wollen Sie?«, fragte Evi Fichtner mit matter Gereiztheit. Im Eck hing ein ans Kreuz genagelter Jesus, dessen Blut an der Brust schon fast verblichen war.

»Mein Name ist Anne Loop, Polizei Bad Wiessee. Hier ist mein Dienstausweis.« Anne zeigte ihr die Karte. Anstatt diese anzusehen, musterte Evi Fichtner Anne von oben bis unten. Die Polizistin sah hübsch aus.

»Wissen Sie, wie Sie ausschauen?«, fragte Evi Fichtner.

»Nein. Wie denn?«, fragte Anne, obwohl sie wusste, was kommen würde.

»Wie diese Hollywoodschauspielerin, die mit dem Johnny Depp so viele Kinder adoptiert hat.«

»Angelina Jolie? Die ist aber mit Brad Pitt zusammen. Können wir uns setzen?«

Die Bäuerin schob sich auf die Eckbank, und auch Anne setzte sich. Sie platzierte ihre Sonnenbrille auf der schlichten, aber markant gemaserten Tischplatte, dann legte sie ihre rechte Hand sanft auf Evi Fichtners linke.

Annes Plan war es, in drei Schritten vorzugehen. Erstens: Vertrauen gewinnen. Zweitens: Vernehmungsperson in Sicherheit wiegen und aus der Reserve locken. Drittens: Überrumpelung.

Die Menschen, die Anne nicht kannten, tendierten dazu, sie zu unterschätzen. Ihre Schönheit war zu makellos, als dass man ihr zutraute, intelligent, zielstrebig und mit Härte handeln zu können. Doch Anne konnte das sehr wohl. Man sah es ihr nicht an, aber ihr Leben war nicht immer reibungslos verlaufen. Schon als Mädchen war sie sehr hübsch gewesen und allein. Obwohl Anne in sogenannten guten Kreisen aufgewachsen war, musste sie Zudringlichkeiten aushalten, an die sie nun mit Schaudern zurückdachte. Und sie hatte schon sehr früh erfahren müssen, wie ein Gewaltverbrechen eine Familie zerstören kann. Diesen einen finsteren Tag in ihrem Leben hätte sie gern gestrichen. Der hatte schlagartig und endgültig ihre Jugend beendet. Und ihrem Glauben an ein heiles Leben eine schwere Erschütterung zugefügt.

»Frau Fichtner, es tut mir so leid, dass ich Sie bitten muss, mit mir noch einmal über den Tod Ihres Mannes zu sprechen. Ich halte das für absolut notwendig, weil es Ungereimtheiten gibt. Und erlauben Sie mir diese persönliche Anmerkung: Ich weiß, wie es sich anfühlt, einen Menschen, der einem wichtig ist, zu verlieren. Ich kenne den Schmerz. Ich habe meinen Vater verloren, da war ich gerade mal zwölf.« Anne schwieg kurz und blickte durch die alten Sprossenfenster nach draußen, wo Bernhard und Lisa jetzt einbeinig durch die vom Schmelzwasser feuchte Wiese hüpften, dass es nur so spritzte. Wahnsinn, wie ähnlich Lisa Annes verstorbenem Vater sah! Annes höchstes Ziel war es zu verhindern, dass Lisa ein ähnliches Schicksal wie sie oder ihr Vater erleiden musste. Lisa sollte unbeschwert, selbstbestimmt und vor allem frei von jeglicher Gewalt leben. Manche Männer waren einfach Schweine.

»Also, was ich damit sagen möchte, Frau Fichtner: Sie können sich auf mich verlassen. Ich weiß, wie weh es tut, wenn man einen Menschen verliert, und ich möchte alles dafür tun, dass Sie nicht noch mehr verletzt werden.« Erneut machte sie eine Pause. »Aber dieses eine Gespräch über den Tod Ihres Mannes müssen wir noch führen.« Mit offenem Blick aus ihren großen blauen Augen sah sie ihr Gegenüber an. »Sind Sie bereit?«

Evi Fichtner nickte. Ihre Hand blieb ruhig und trocken unter Annes liegen. In der Stille war einzig das Muhen einer Kuh zu hören, und Anne nahm auch den Stallgeruch wahr, der über allem schwebte. Irgendwo im Haus brummte ein altersschwacher Kühlschrank oder ein anderes, nicht mehr ganz neues elektronisches Gerät.

»Frau Fichtner, hatte Ihr Mann irgendeinen Grund, sich das Leben zu nehmen?«

Evi Fichtner zuckte mit den Schultern, ihr Blick blieb dabei auf die Tischplatte gesenkt.

Anne war von Nonnenmacher bereits darauf vorbereitet worden, dass sie es bei den Tegernseern erst einmal nicht leicht haben würde, denn, so hatte Nonnenmacher doziert: »Der Tegernseer Ureinwohner ist kein Mensch großer Worte.

Er sagt nur, was er muss, vor allem, solang er einen nicht kennt.« Der Tegernseer sei am Anfang ein abwartender Gesprächspartner. Wenn man ihn dann aber mal habe, so Nonnenmacher, dann habe man ihn. Anne, die aus dem für ihren Geschmack eine Spur zu oberflächlichen und plauderfreudigen Rheinland kam, empfand das als durchaus angenehm.

Doch hier ging es um einen Bauern, der eines scheußlichen Todes gestorben war. Und es konnte nicht sein, dass die Frau, die ja wohl irgendetwas wissen musste, dieses Wissen aus tegernseerischer Mundfaulheit für sich behielt. Ruhig fragte sie deshalb: »Frau Fichtner, wie lange waren Sie verheiratet?«

»Ich hab' meinen Mann geheiratet, da war ich dreiundzwanzig.« Erneutes Schweigen.

»War Ihre Ehe glücklich?«

Jetzt erwachte Evi Fichtner so plötzlich zum Leben, dass Anne fast erschrak. Als wäre in die grauhaarige Bäuerin der Blitz gefahren, fuhr sie auf, fixierte dann Anne mit festem Blick und fragte vorwurfsvoll: »Was ist das für eine Frage? Was ist für Sie ein glückliches Leben? Wir sind hier so mit die Letzten in Tegernsee, die nur von der Landwirtschaft leben. Da kann man nicht reich werden. Schauen's sich doch an, mit was man hier zu was kommt. Wir hätten hier schon viel früher ein Hotel draus machen sollen. In den Achtzigern konnte man damit Geld scheffeln, das sag' ich Ihnen. Aber mein Mann, der sture Hund, der wollte ja nicht einmal beim Urlaub auf dem Bauernhof mitmachen. Dabei ist das ein Trend, der wo jetzt sehr gut geht.«

»Haben Sie Geldprobleme?«, fragte Anne leise.

»Jetzt nicht direkt.« Nach einer kurzen Pause fügte Evi Fichtner hinzu: »Wir brauchen ja nicht viel.«

Wieder muhte eine Kuh.

»Ich muss jetzt in den Stall, die Kühe melken.« Die Bäuerin hatte das Fenster zu ihrer Seele, das einen Spaltbreit aufgegangen war, wieder verschlossen. Doch Annes »Ich komme mit« war kaum ausgesprochen, da ging es wieder auf.

»In den Stall?«, fragte die Bäuerin überrascht.

»Ja, warum denn nicht? Ich helfe Ihnen auch. Warten Sie einen Moment, ich sag' nur meiner Tochter und meinem Freund Bescheid.« Anne stand rasch auf, öffnete das Fenster und rief Bernhard und Lisa zu, sie sollten noch zum nahe gelegenen Edeka gehen und Salat, Milch und Lisas Lieblingskabanossi kaufen. Dann schloss sie das Fenster und ging zur Tür. »Wo geht's hier in den Stall?«

Verdattert raffte Evi Fichtner sich auf und deutete nach rechts in den dunklen Flur. Wieder muhte eine Kuh.

»Jetzt wird's aber Zeit zum Melken ... es ist ja auch schon spät«, sagte die Bäuerin, als sie vor Anne den Flur entlangschritt. »Und wenn man zu lang wartet, dann drückt die Milch denen so im Euter, dass sie glauben, dass er platzt. Deswegen schreien die jetzt so. Außerdem haben's Hunger.« Rasch schlüpfte sie in die Gummistiefel, die neben der zum Stall führenden Tür standen. Anne befand sich nun auf der zweiten Stufe ihrer Vernehmungstaktik: In Sicherheit wiegen und aus der Reserve locken.

Ein paar Minuten später kniete die Bäuerin neben einer Kuh und schloss die Schläuche der Melkmaschine an, während Anne mit einer Heugabel das Heu an die Kühe verteilte. Während die Melkmaschine das erste Euter leer sog, stellte sich Evi Fichtner neben Anne, die innehielt.

»Sie sind fei schon eine komische Kommissarin.«

»Ich bin gar keine Kommissarin, nur Hauptmeisterin. Kommissar, das ist was Höheres.«

»Ich hab' Sie aber in Tegernsee noch nie gesehen.«

»Ich habe ja auch erst vorgestern hier angefangen, bei der Inspektion in Bad Wiessee. Aber wohnen tu' ich hier in Tegernsee.«

»Aha«, sagte Evi Fichtner, »und wo da?«

»Schwaighofstraße, zwei Häuser neben diesem neuen Hotel mit der Bar im Boot vorn dran.«

»Bei der Villa? Direkt beim Malerwinkel? Das ist aber eine noble Adresse!«, sagte Evi Fichtner. »Kann sich das eine Polizistin denn leisten?«

»Nein, natürlich nicht, das Haus gehört den Eltern von meinem Freund. Wir dürfen da jetzt erst einmal wohnen. Aber es ist da unten nicht so ruhig wie hier bei Ihnen oben. Ich denke, wir werden uns vielleicht bald etwas Ruhigeres suchen, das nicht direkt am See liegt.«

»Ja, ruhig ist es hier oben schon. Wenn ich's mir aussuchen müsst', tät' ich auch wieder hierherauf ziehen. Wissen Sie, mein Mann war in letzter Zeit oft weg.« Anne schaute wegen des plötzlichen Themenwechsels überrascht auf, doch Evi Fichtner schien dies gar nicht zu bemerken, sondern fuhr gedankenverloren fort: »Er ist geschäftlich unterwegs gewesen, hat er gesagt, wenn ich gefragt hab', wo er denn wieder war. Aber das waren oft mehrere Stunden oder halbe Tage. Und da hab' ich mich immer gefragt, was er denn jetzt da geschäftlich zu tun haben will, wo sein Geschäft doch hier ist, bei mir, im Bauernhof.«

Während die Pumpgeräusche der Melkmaschine zu vernehmen waren, schob Anne scheinbar beiläufig mit ihrem Fuß einer Kuh einen Haufen Heu hin. Unter allen Umständen wollte sie den Eindruck vermeiden, dass sie hier gerade an einer wichtigen Stelle ihres Gesprächs angelangt waren. Dabei kam ihr entgegen, dass sich nach dem Verteilen des Heus im Stall eine entspannte Atmosphäre ausbreitete, da die Kühe mit zufriedenem Wiederkäuen beschäftigt waren.

»Haben Sie ihn denn mal gefragt, was er da so macht, wenn er geschäftlich unterwegs ist?«

Evi Fichtner sah Anne an, als wäre das eine ziemlich abwegige Idee, und sagte dann bestimmt: »Nein, natürlich nicht.« Dann haute sie der Kuh, die gerade an der Melkmaschine hing, auf den Hinterschenkel, doch die Kuh machte erst Platz, als Evi Fichtner sich mit ihrem ganzen Körper gegen das Tier stemmte. Die Bäuerin war eine starke Frau. Nun kniete sie sich nieder, überprüfte die Melkmaschine, stand wieder auf und sagte, Anne den Rücken zugewandt: »Aber diese Geschäfte von meinem Mann müssen teuer und wenig erfolgreich gewesen sein.«

Anne wartete kurz und fragte, als nichts mehr folgte: »Inwiefern?«

Evi Fichtner drehte sich zu ihr um und sagte empört: »Ja, weil auf einmal das ganze Geld weg war! Vom Girokonto, vom Sparkonto, das hat er alles mit der Zeit leer geräumt.« Sie machte eine wegwerfende Handbewegung. »Und dann hängt der sich auch noch auf, der Sauhund, und lässt mich hier sitzen, mit der ganzen Arbeit, der schweren!«

Anne musste sich konzentrieren, um sich ihr Erstaunen über die Tatsache, dass Evi Fichtner ihren Mann eben einen »Sauhund« genannt hatte, nicht anmerken zu lassen. Dann fragte sie vorsichtig: »Hat er vielleicht gespielt? In der Wiesseer Spielbank vielleicht?«

»Ach wo, der und Spielbank, der hat doch nicht einmal ein Sakko … Ah, die Melkmaschine ist durch. Schafkopf hat er gespielt. Aber soweit ich weiß, ging's da bloß um Kleingeld. Also beim Schafkopf'n kann er das ganze Geld nicht verloren haben.«

»Mit wem hat er denn gespielt?«

»Mit dem Nagel Pius, dem Amend Klaus und dem Wastl Hörwangl. Das sind alles Tegernseer. Im Bräustüberl drunten. Mit denen hat er auch jeden Mittwoch seinen Stammtisch – also gehabt. Und auch sonst war er nicht gerade selten dort.«

Anne beschloss, diesen drei Stammtischbrüdern möglichst bald einen Besuch abzustatten.

Evi Fichtner ging zur ersten Kuh, zog die Pfropfen vom Euter und trug die Milch in den Milchraum. Anne folgte ihr. Die Bäuerin goss die weiße Flüssigkeit in den großen Kessel. Fliegen schwirrten im Raum umher. In das friedliche Plätschern der Milch hinein fragte Anne erneut: »Frau Fichtner, war Ihre Ehe glücklich?«

»Ja, was fragen Sie mich eigentlich für Sachen? Ehe glücklich? Leben glücklich? Geht Sie das was an? Das Leben ist halt so, wie es ist. Ein steirischer Bauer, der wo eine Weltmaschine gebaut hat, hat einmal gesagt: ›Mit Müh und Plag hab' ich gebaut für das so kurze Leben. Gott wird mich in der andern

Welt eine schönere Arbeit geben.‹ So wie der das gesagt hat, so gilt das auch für uns. Man strengt sich an, man erträgt's Leben, weil's der Herrgott verlangt und weil man halt den Hof hat und hierherg'hört, irgendwo. Was hätt' man denn *sonst* machen sollen?«

»Frau Fichtner, Sie haben meine Frage nicht beantwortet: War Ihre Ehe glücklich?«

»Glück!«, sagte Evi Fichtner verächtlich. »Das ist etwas Neumodisches aus dem Fernsehen. Das hat auf einem kleinen Hof wie dem unseren keinen Platz nicht.«

Anne kam sich wie in eine andere Zeit versetzt vor. Gleichzeitig war ihr klar, dass sie so nicht weiterkommen würde. Sie hatte aber einen Verdacht und fand, dass sie genügend Geduld und Einfühlungsvermögen bewiesen hatte. Frau Fichtner würde immer wieder ausweichen. Was konnte Ferdinand Fichtner schon gemacht haben, wenn er häufig und länger geschäftlich unterwegs gewesen war und in diesen Zeiten zudem viel Geld verbraucht hatte? So leid es Anne tat, Frau Fichtners Schonzeit war jetzt vorbei. Deshalb zündete Anne Stufe drei: »Wann haben Sie zuletzt mit Ihrem Mann geschlafen?«

Evi Fichtner sah sie, schockiert über die Unverhohlenheit des Angriffs, bestürzt an und antwortete reflexartig: »Da war schon lang nix mehr.«

Damit hatte Anne gerechnet. Jetzt galt es, nicht lockerzulassen. »Könnte es sein, dass Ihr Mann eine Geliebte hatte?« Sofort bereute Anne die Direktheit ihrer Frage. Dass Evi Fichtner daraufhin nämlich unvermittelt zusammenbrach, hatte Anne nicht vorausgesehen. Hätte sie es voraussehen müssen? Mitten hinein in das heftige Schluchzen, das sich bald zu einem lauten Wehklagen ausweitete, platzte das Krachen der Stalltür, die gegen die Wand knallte, und eine barsche Männerstimme rief: »Ja Kruzefix, was ist denn hier los?«

Der Mann war Evi Fichtners zweitgeborener Sohn Hannes. Er war an die zwei Meter groß, doch viel mehr konnte Anne wegen des Zwielichts, aus dem er zu den Frauen trat, nicht sehen.

Am nächsten Morgen stand Anne sogar schon vor Lisa auf, die ein bisschen zu spät ins Bett gekommen war, und ging im Pyjama, die Augen noch voller Schlaf, auf die Terrasse, um still und nur für sich den Blick auf den See und den dahinter liegenden Semmelberg zu genießen. Konnte das wirklich sein, dass sie jetzt hier wohnen durfte? Mit ihrer kleinen, netten, für hiesige Verhältnisse ein bisschen merkwürdig zusammengewürfelten Familie? War das alles nur ein Traum? Oder war die Erlaubnis, mit Bernhard und Lisa in diesem zauberhaften Häuschen direkt am See und in diesem wunderbaren Naturparadies zu wohnen, der Ausgleich für die schrecklichen Jahre, die mit ihrem sechzehnten Geburtstag begonnen hatten? Anne war sich nicht sicher, ob es im Leben eine Instanz gab, die für ausgleichende Gerechtigkeit sorgte. Sie glaubte aber, dass die Wahrscheinlichkeit, dass es einem selbst gut ging, wenn man andere gut behandelte, größer war, als wenn man nur immer auf sich selbst und seinen eigenen Vorteil achtete.

Während ein paar Meter weiter ein Entenpärchen eifrig aufeinander einschnatterte, sog Anne tief die klare Morgenluft ein. Die Tegernseer hatten ihr erzählt, dass dieser Winter am See ein langer gewesen sei. Doch Anne spürte, dass der Frühling nun nicht mehr aufzuhalten war. Die ersten Knospen von Haselnuss, Schneeball und Ginster blinzelten in dem kleinen Garten neugierig in den Himmel.

Eineinhalb Stunden später saß Anne in ihrem Büro in der Polizeiinspektion Bad Wiessee. Sepp Kastner war noch unten bei den Autos, und so konnte sie in Ruhe die Akte aufschlagen, die Nonnenmacher ihr nun doch wieder hingelegt hatte. Nach der gestrigen Vernehmung war sie relativ sicher, dass Ferdinand Fichtner eine Freundin gehabt haben musste. Wie sollten sich sonst die vielen Abwesenheiten unter fadenscheiniger Begründung und der Geldschwund erklären lassen? Oder hatte Fichtner gar Kontakte zum Rotlichtmilieu gepflegt? Da brauchte man auch viel Geld. Dass eine der beiden Hypothesen stimmte, hielt Anne für sehr wahrscheinlich – obwohl die

Vernehmung von Evi und Ferdl Fichtners Sohn Hannes ein etwas anderes Bild des Toten gezeichnet hatte: Der jüngere der beiden Söhne, zweiundzwanzigjährig und von Beruf Schreiner, hatte nur in den höchsten Tönen vom Vater gesprochen und eine Affäre desselben ausgeschlossen. Ja, sogar gelacht hatte er, als Anne ihn mit dieser Hypothese konfrontierte. Doch das musste nichts heißen. Erstens war in solchen Dingen das Sensorium einer Ehefrau zuverlässiger als das eines anderen Menschen, und zweitens konnte sich Anne gut vorstellen, dass Vater und Sohn gemeinsam ins Rotlichtmilieu eingetaucht waren – nach München war es nicht weit, und vermutlich gab es auch in Miesbach oder sogar noch näher Möglichkeiten, sich Nähe zu kaufen. Konnte es sein, dass der Sohn also in einer Art Vertuschungsabsicht handelte, wenn er den Charakter des Vaters in einem helleren Licht darstellte, als es der Wirklichkeit entsprach? Und noch etwas war Anne aufgefallen: Hannes Fichtner strahlte eine unterschwellige Aggressivität aus.

Während Anne so vor sich hin dachte, stieß sie in der Akte auf die Fotos des Erhängten. Sofort befiel sie wieder dieses Gefühl des Ekels, das sie immer übermannte, wenn sie gezwungen war, einen Toten zu betrachten, der keines natürlichen Todes gestorben war. Der Gesichtsausdruck der Menschen, die gewaltsam aus dem Leben geschieden waren, strahlte eine abstoßende Fremdheit aus, ganz anders als die Mienen friedlich Verstorbener. Beim Betrachten des blassen, verzerrten Gesichts und der bläulichen Hände von Ferdl Fichtner fiel ihr ein kurioses Detail auf, das sie bei den letzten Betrachtungen nicht gesehen hatte: Einer von Fichtners Hosenträgern war nicht am Hosenbund befestigt, sondern lief leicht schräg über die Brust und zwischen den Beinen hindurch. Ein anderes Foto mit einer Ansicht von Fichtners Rücken zeigte, dass dieser Hosenträger am hinteren Hosenbund in der Mitte festgemacht war. Was hatte das zu bedeuten?

Gerade, als Anne diese mysteriöse Entdeckung gemacht hatte und sie sich fragte, wie sie das früher übersehen haben konnte, betrat Sepp Kastner das Zimmer.

»Oha, ja was haben wir denn da? Wenn meine Augen mich nicht täuschen, schmökert die Frau Kollegin Loop in der Fichtner-Akte. Hat Ihnen der Kurt diesen Fall nicht entzogen?«

»Doch, aber das war nur vorübergehend. Jetzt hat er ihn mir wieder übertragen.«

»Aha. Und warum?«

»Weil wir weiterermitteln.«

»Aha, und darf ich fragen, weshalb?«

»Weil der Fichtner wahrscheinlich keinen Selbstmord begangen hat.« Anne berichtete von den Ergebnissen ihres Besuchs bei Evi Fichtner. Doch Sepp Kastner hörte nur halb zu. Stattdessen dachte er darüber nach, wie er diese Superbraut klarmachen konnte. Wie würden die anderen schauen, wenn er sie eines glücklichen Tages als seine Freundin präsentierte? Aber er brauchte einen Plan: Sollte er sie zum Eisessen einladen? Oder war das für eine Angelina Jolie zu wenig? War vielleicht ein gemeinsamer Pizzaabend passender? Oder sollte er ihr – auch, um die Ernsthaftigkeit seiner Pläne zu unterstreichen – testweise anbieten, ihr Kind zu adoptieren, damit es einen Vater habe? Na, das war vielleicht zu viel, aber wer weiß ...

»Was schauen Sie jetzt so?«, fragte Anne irritiert.

»Ach, nix«, antwortete Kastner hastig.

»Doch, da ist doch was!«

»Ach nein«, verteidigte er sich. Sie hatte ihn ertappt.

»Was ist?«, fragte Anne jetzt sehr streng.

»Ich habe mir nur ... weil Sie ... also, hähm, ich tät' gern, Sie ...«

In diesem Moment spürte sie einen Luftzug, und praktisch lautlos – lediglich begleitet von einem leisen Knurren – kam Nonnenmacher in den Raum geglitten, was angesichts seiner Körperfülle schon fast an ein Wunder grenzte.

»Morgen die Kollegin, morgen der Kollege«, nickte er den beiden zu. »Was gibt's Neues?«

»Der Fichtner hatte wahrscheinlich eine Geliebte oder ging ins Bordell«, berichtete Anne.

»Was? Der Ferdl?«, rief Nonnenmacher und musste laut lachen. »Der Ferdl im Puff! Haha! Mit Verlaub, Frau Kollegin, das kann sich nur eine Frau ausdenken, die wo in München Dienst getan hat! Der Ferdl wäre vielleicht schon gern mal mit einer Horizontalen intim geworden, aber das hätt' er nie gemacht, weil dazu war der viel zu sparsam. Also da gebe ich Ihnen Brief und Siegel drauf: Der Ferdl wäre nie im Leben nicht in einen Puff gegangen!« Bei seinen letzten Worten hatte er die Jagd nach einer Fliege aufgenommen, die er nun mit großen Schritten und bloßer Hand zu erlegen versuchte.

Aber so leicht ließ Anne sich nicht von ihrer Theorie abbringen, zumal Nonnenmacher ihrer Meinung nach mit seinem tollen Einheimischenwissen schon einmal falschgelegen hatte. Deshalb sagte sie gelassen und ohne sich von Nonnenmachers übertriebenem Gefuchtel irritieren zu lassen: »Dann hatte er eben eine Freundin, die ihn viel Geld gekostet hat. Von den Konten der Familie sind in der letzten Zeit nämlich hohe Geldbeträge verschwunden. Er selbst hat das Geld abgehoben. Und seine Frau weiß nicht, was er damit gemacht hat. Außerdem war er oft stunden- und halbtagesweise weg, mit der Begründung, er müsse Geschäfte machen. Allerdings sind Frau Fichtner keinerlei Geschäfte bekannt, die er in dieser Zeit getätigt haben könnte.«

Sepp Kastner nickte eifrig, obwohl er das Gespräch nur am Rande mitbekommen hatte, denn unterdessen hatte er beschlossen, Anne zum Mittagessen in den McDonald's von Rottach-Egern einzuladen. Er hatte alles durchgerechnet. Seinetwegen konnte sie sich auch ein Maximenü bestellen, obwohl zwischen ihnen beiden ja eigentlich noch nichts klar war, aber dieses Risiko musste ein Mann, wenn er eine solche Topfrau auf dem Schirm hatte, schon eingehen. Das war letztlich auch eine Investition in die Zukunft.

»Was nickst'n so blöd?«, fuhr Nonnenmacher ihn jetzt gereizt an, nachdem er die mit einem Flachhandschlag betäubte Fliege endgültig an die Fensterscheibe gedrückt hatte.

»Ich glaub' auch, dass der Fichtner das viele Geld für eine

Frau gebraucht hat«, stotterte Kastner überrumpelt. »Topfrauen kosten ja so was von Geld ...«

»... sagt der Casanova von Tegernsee«, vollendete Nonnenmacher mit von Ironie getragener Stimme und schnippte den Fliegenkadaver, den er auf seinem Zeigefinger vom Fenster zum Tisch getragen hatte, in den Papierkorb.

»Wenn ich die Herren kurz aus ihren Überlegungen zu Frauen und Geld reißen dürfte ...«, klinkte sich Anne wieder in das Gespräch ein, das sie selbst als höchst albern empfand. »Mir ist nämlich an diesen Fotos von der Leiche etwas aufgefallen. Schauen Sie mal, wie der linke Hosenträger verläuft. Ist das in Tegernsee Tradition, dass Männer einen ihrer Hosenträger durch den Schritt laufen lassen?«

Jetzt war es so still im Raum, dass man den Kollegen unten im Vorraum mit einer Touristin diskutieren hören konnte, die sich darüber aufregte, dass ein Bauer aus Rottach-Egern im Vorbeifahren ihr BMW-Cabrio mit Gülle bespritzt habe. »Das war doch sicher nur ein Versehen, also Vorsatz gleich null«, schrie der verzweifelte Kollege, »da braucht's doch keine Anzeige! Außerdem sehe ich weit und breit keine Sachbeschädigung, Frau Doktor Eschwald, das ist doch bloß Dreck, hundsgewöhnlicher Dreck ...«

Die drei im Dienstzimmer starrten immer noch auf die Fotos. »Das ist uns gar nicht aufgefallen, gell, Kurt?«, sagte Kastner zu seinem Chef. Nonnenmacher sagte gar nichts. Er dachte an das kühle Bier, das er heute am Spätnachmittag auf dem Freisitz in seinem Garten mit Blick auf den Kurpark und das Gulbransson-Museum zischen würde. Mücken gab es noch keine, das würde ein angenehmer Abend werden. Wellness pur, wie man hier am Tegernsee heutzutage sagte. Aber diese junge Frau Loop stellte alles infrage. Wuchs sie ihm über den Kopf? Natürlich hatte er auch schon bei früheren Betrachtungen des Fotos gesehen, dass der Hosenträger nicht am Bund endete. Anscheinend war er dabei aber in seiner Wahrnehmung von der Tatsache, dass ein Tegernseer sich das Leben genommen hatte (was von der Urnatur des Tegernseers her ein

Ding der Unmöglichkeit sein sollte), so blockiert gewesen, dass er diesen merkwürdigen Umstand nicht ausreichend gewürdigt hatte. Sicherlich war mit ein Grund für seine diesbezügliche Blindheit, dachte er sich jetzt, dass er nicht immer dieses verzerrte Gesicht vom Ferdl hatte anschauen wollen, den er ja doch gemocht hatte. Aber der lebendige Ferdl, also der, den er gekannt hatte, hatte nie so verzerrt dreingeschaut wie dieser Ferdl, der da gelbgesichtig am Baum hing. Allmählich dämmerte ihm auch, dass es ein Riesenfehler gewesen war, den Fall nicht an die Kripo Miesbach weiterzuleiten. Ob die ihm, wenn das rauskäme, mit einer Dienstaufsichtsbeschwerde oder irgendeinem anderen saudummen Verfahren den Beruf versauen würden? Zum soundsovielten Mal wurde es ihm im Beisein seiner neuen Mitarbeiterin ganz heiß.

»Hören Sie das auch?«, fragte Anne in die Stille hinein.

»Ach, das ist nur eine von diesen Hennen, die den ganzen Sommer im rosa Dirndlminirock durch unsere grünen Wiesen wandern wollen, aber nicht begreifen, dass die Wiesen unter anderem deshalb so grün sind, weil man hier auch odelt.«

»Nein«, sagte Anne, »das meine ich nicht. Es ist ein Geräusch hier im Zimmer. Als knurre ein Tier.«

Kastner und Nonnenmacher sahen Anne an. Kurz darauf lachte Kastner schallend los. »Ach so, das ist nur der Magen vom Kurt, haha! Der Kurt hat einen nervösen Magen, Frau Loop, hat er Ihnen das nicht gesagt? Der Kurt hat auch oft Durchfall deswegen ...«

»Ja sag mal, bist du deppert?«, fuhr Nonnenmacher ihn an. Er spürte, wie ihm die Röte ins Gesicht stieg. Es roch nach Stressschweiß. War das sein eigener? Oberpeinlich für ihn, diese Situation. Herrschaftszeiten! Wo würde das mit dieser Rheinländerin noch hinführen?

»Ja, dann übergeben Sie die Sache eben Ihrem Anwalt, Frau Doktor Eschwald«, drang es von unten herauf.

»So, und was fangen mir jetzt damit an, dass der Fichtner seinen Hosenträger durch den Schritt hindurchzogen hat, bevor er sich aufgehängt hat?«

Dass Kastner diese Frage eindeutig an Anne gerichtet hatte, war auch Nonnenmacher nicht entgangen. Von einem schleichenden Autoritätsverlust konnte nun nicht mehr gesprochen werden. Der Dienststellenleiter spürte, dass sich hier etwas manifestierte. Er musste diese forsche Person mit einbinden, sonst würde die hier die ganze Inspektion auf den Kopf stellen. Dann wär's endgültig vorbei mit der viel gerühmten Liberalitas Bavariae bei der Tegernseer Polizei. Dann wär' man ein ganz normaler G'schaftlhuberverein, wie es ihn in vielen Städten gab. Aber Nonnenmacher hatte sich nun mal hierher versetzen lassen, weil man hier nicht so geschäftig tat, sondern mit Ruhe und Bedacht ermittelte.

»Haben Sie eine Theorie, Frau Kollegin?«, fragte er in dezidiert geschäftsmäßigem Ton. Er musste wieder die Führung übernehmen, die Ermittlungen auf sichere Bahnen zurücklenken, egal wie. Schon wieder saß eine Fliege auf seinem Unterarm.

»Ich habe einmal von Strangulationen zur sexuellen Erregung gelesen.«

Kastner und Nonnenmacher starrten die neue Kollegin an, als hätte sie die beiden gerade gefragt, ob sie nicht nach dem Mittagessen kurz Gruppensex miteinander haben könnten.

»Was schauen Sie jetzt so? Der Mensch ist nun mal ein Wesen, das immerzu versucht, den Genuss zu steigern, auch beim Sex. Manche Menschen überschreiten dabei eben Grenzen, die sie besser nicht überschreiten sollten.«

Ob sie meine, dass der Fichtner da oben im Wald bei einem Sexspiel, also quasi aus Versehen, umgekommen sei, wollte Kastner nun wissen. Ehe Anne antworten konnte, stieß Nonnenmacher hervor, dass das der größte Schmarren sei, den er je gehört habe. Dann machte er auf dem Absatz kehrt, verließ mit großen Schritten das Zimmer und schlug die Tür hinter sich zu. Die Fliege war ihm gefolgt. Zurück in seinem Büro, schrieb er auf einen Zettel: Deo kaufen. So weit war es gekommen.

»Kennen Sie sich mit solchen sexuellen Erregungspraktiken aus?«, fragte Kastner linkisch, sobald der Dienststellenleiter draußen war.

»Na ja, ich habe da mal einen wissenschaftlichen Aufsatz gelesen. Und darin wurden verschiedene Fälle beschrieben, bei denen sich Männer nicht nur am Hals aufgehängt, sondern auch ihre Hoden und Penisse mit Schnüren in eine regelrechte Selbsterhängungsmaschinerie eingebaut hatten – übrigens eher nicht mit dem Ziel, bei dieser Prozedur zu sterben.«

Kastner hörte Anne wie gefesselt zu. Diese fuhr fort: »Die Strangulation zur sexuellen Erregung hat eine lange Geschichte. In Paris soll es in früheren Zeiten sogar Etablissements gegeben haben, in denen sich die Mitglieder gegenseitig aufhängten, um sich sexuelle Genüsse bis zur Ejakulation zu verschaffen und im richtigen Augenblick – also kurz vor einer Ohnmacht oder dem Tod – abzubrechen. Es gibt hier im Fall Fichtner natürlich einiges, das gegen die Sextheorie spricht: Zum einen sind diese Selbststrangulierer oft nackt, zum anderen ist auf der Hose des Erhängten kein Fleck zu erkennen, der von einem Samenerguss stammen könnte, dann ist der Hosenträger im Schritt wohl nicht so richtig dazu geeignet, einem Mann Befriedigung zu verschaffen – aber das können Sie besser beurteilen –, und schlussendlich spricht der Fundort der Leiche eher gegen eine Sextat. Ohnehin glaube ich, dass Fichtner nicht freiwillig an dem Baum zu hängen kam.«

»Aber warum dann der Hosenträger?«, sinnierte Kastner, dem es zum Glück gerade noch gelungen war, seine sexuellen Phantasien, die allesamt in direkter Verbindung mit seiner neuen Kollegin standen, zu verdrängen, weil er diesen Fall Fichtner – auch wegen der bizarren neuen Wendung – so spannend fand wie eine gute Folge der »Rosenheim-Cops«.

»Ein Ablenkungsmanöver des Täters?«, fragte Anne in den Raum. »Eine Finte, um uns in die Irre zu führen? War der Tod vielleicht gar nicht geplant? Haben Sie auch Hunger?«

»Ja.«

»Leberkässemmel?«

»Ja.«
»Wo?«
»Beim Walch Leonhard, da gibt's die besten.«

Kurz darauf saßen Anne und Kastner im Streifenwagen vor der Metzgerei und kauten bei laufendem Radio ihre Leberkässemmeln. Der Sprecher berichtete gerade, dass sich die rasante Talfahrt der deutschen Wirtschaft im ersten Quartal des Jahres beschleunigt habe: »Nach einem Rückgang des Bruttoinlandsprodukts um 2,1 Prozent im vierten Quartal des vergangenen Jahres deuten die Indikatoren darauf hin, dass sich die Abwärtsbewegung im ersten Quartal dieses Jahres eher noch etwas verschärft hat.«

»Da ist man froh, dass man Beamter ist«, sagte Kastner und grüßte durch das Seitenfenster eine stark gebräunte Wiesseerin mit Pudel. »Aha, die Frau Selpantschik!«

»Bist du deswegen Polizist geworden?«, wollte Anne wissen.

»Wegen der Frau Selpantschik? Nein!«

»Nein, ich meine, ob du wegen der Sicherheit des Arbeitsplatzes Polizist geworden bist? Hoppla, jetzt hab' ich Sie geduzt!«

»Ja, ist doch gut!«, rief Kastner begeistert. »Dann sind wir jetzt per Du, endlich!« Er streckte ihr die Hand hin. »Ich bin der Seppi. Und übrigens: Ich finde das richtig super, wie du in dem Fall Fichtner rangehst. Immer ran an den Speck, gell?«

»Anne«, sagte Anne und schlug ein. Irgendwie, dachte sie sich, war der Seppi schon okay. Ein bisschen begriffsstutzig zwar, aber nicht verkehrt.

»Ja, also bei mir war das schon ein wichtiger Grund mit dem sicheren Arbeitsplatz«, sagte Kastner. »Und bei dir?«

»Ich glaub' nicht, dass du das wirklich wissen willst.«

»Ja klar will ich das wissen, ich will alles wissen über dich.« Jetzt schaute er sie direkt an. Anne blickte verstört zurück. Worauf wollte Sepp hinaus?

»Also ... ich ... also wir ... sind ja schließlich Kollegen in der Ermittlungsgruppe. Je besser man sich kennt, umso besser kann man ermitteln und so, gerade auch in gefährlichen Situationen, in die man bei Ermittlungen ja kommen kann.« Weil er gerade noch die Kurve gekratzt hatte, lächelte er jetzt erleichtert.

»Okay, dann erzähle ich dir das jetzt. Aber das bleibt unter uns.« Kastner nickte.

»Mein Vater war Richter«, sagte Anne ruhig. »Er wurde im Gerichtssaal erschossen, von einem, den er ein paar Wochen früher verurteilt hatte.« Anne sah Kastner in die Augen, sodass ihm ganz schwummrig wurde. »Der Täter hätte gar nicht in das Gerichtsgebäude hineingelangen dürfen, geschweige denn mit einer geladenen Waffe.«

Ein kichernder Trupp Teenies zog am Streifenwagen vorbei. Die Mädchen trugen bauchfrei, die Jungs Pickel. »Ich war damals zwölf.« Kastner spürte Annes Blick bis in die Zehenspitzen seiner in schwarzen Lederschuhen steckenden Füße – in der linken Socke war ein Loch. »Und ich habe mir geschworen, Polizistin zu werden, um dafür zu sorgen, dass alle Menschen auf dieser Welt, alle, die Schutz verdienen, dass die, soweit es in meiner Macht steht, von mir vor solchen Verbrechern geschützt werden.« Anne hatte das gar nicht so pathetisch sagen wollen, aber jetzt war es draußen.

»Das verstehe ich«, presste Kastner heraus. »Das ist sicher schlimm, wenn man seinen Vater so früh verliert.« Dann beschloss er, besser nichts mehr zu sagen, weil er nicht genau wusste, was man in so einer Situation Passendes sagen konnte. Nachdem beide eine Weile schweigend weitergekaut hatten, fiel ihm doch noch etwas Unverfängliches ein. »Magst du was trinken?«

Anne nickte. Dann beobachteten beide, wie ein Teeniejunge ein Teeniemädchen in die Seite zwickte.

»Gerade Kinder verdienen unseren Schutz«, sagte Anne nun und dachte kurz an Lisa. »Aber jetzt sollten wir uns auf den Fichtner-Fall konzentrieren. Wir müssen unbedingt auch den zweiten Fichtner-Sohn verhören, außerdem Nachbarn, Bekannte und so weiter, das volle Programm.«

Doch daraus wurde an diesem Tag nichts mehr, denn es war Freitag, was bedeutete, dass man in der Bad Wiesseer Polizeidienststelle vor allem damit beschäftigt war, den heftigen Wochenendverkehr in den Griff zu bekommen.

Nach dem Wochenende, an dem Sepp Kastner auf seine Mutter derart aufgescheucht gewirkt hatte, dass sie ihn sogar am Sonntag zwei Stunden hatte Holz hacken lassen, stürmte der für Anne entflammte Kollege in das Büro seines Chefs und platzte begeistert heraus: »Ich bin mit der Angelina jetzt per Du, Kurt! Sie hat's von sich aus angeboten. Das ist die halbe Miete! Die Angelina vom Tegernsee mag mich! Das wird was!«

»Sepp, du bist ein Depp«, sagte Nonnenmacher unwirsch. Der Himmel hatte sich gestern Abend plötzlich zugezogen, und der geplante erste Grillabend des Jahres war geplatzt. Vor lauter Unzufriedenheit hatte Nonnenmacher sich, nachdem er die Gäste ausgeladen hatte, vier Tegernseer Helle genehmigt, weshalb er sich heute nicht taufrisch wie der junge Tegernseer Frühlingsmorgen fühlte, sondern eher neblig-trüb wie einer jener sumpfig-feuchten Herbsttage, die es am See schon auch ab und an mal gab. Hinzu kam, dass sich sein Magen zwar still verhielt, aber von unten her gewaltig säuerte.

»Warum bin ich ein Depp?«, fragte Kastner.

»Weil du mit allen hier in der Dienststelle per Du bist. Das heißt doch gar nichts. Jetzt begreif es halt endlich, Sepp, diese Frau ist für dich zu schön, zu intelligent und zu … guten Morgen, Frau Loop.« Anne hatte soeben das Zimmer betreten.

»Guten Morgen«, antwortete sie. »Ich wollte nur fragen, ob ich gleich wieder gehen kann, weil meine Tochter krank ist, diese Scheißgrippe, die gerade umgeht, und mein Freund auch, und ich kann die nicht allein lassen, also vor allem meine Tochter – und ob ich von zu Hause aus arbeiten kann?«

»Das ist zwar ungünstig, weil mir heute den Verkehr in Kreuth kontrollieren wollten, was bekanntlich von zu Hause aus schlecht geht. Außerdem wollten mir ermitteln, welche jugendlichen Randalierer die Parkbank und den Wegweiser am Weißachdamm in die Rottach geworfen haben. Aber soweit ich weiß, ist es Ihr gutes Recht, wegen eines pflegebedürftigen Kindes zu Hause zu bleiben, oder gibt's da nicht irgendeine Vorschrift, die Ihnen das sowieso erlaubt?«

»Ja«, meinte Anne, sie habe hier aber nicht gleich mit lauter Vorschriften kommen wollen, aber wenn es so sei, dann gehe sie gleich wieder. Bis – so hoffe sie – morgen.

Als Anne draußen war, fragte Kastner verdutzt den Chef: »Wen meint die mit ›Freund‹?«

»Ja, wachst du jetzt endlich auf, du Träumer? Das ist doch klar, dass die einen Freund hat, oder? Von der Optik her könnt' die ja grad' die Miss Germany sein. Und so eine wird dann keinen Freund haben, ganz klar, du Hirsch!«

Als Kastner dann noch meinte, dass es ja vielleicht wirklich nur ein »guter Freund« sei, schüttelte Nonnenmacher verständnislos den Kopf und vergrub sich hinter der »Tegernseer Zeitung«. Immerhin stand hier, dass die Anzahl der Straftaten, die im Landkreis Miesbach verübt worden waren, um 0,8 Prozent niedriger liege als im Vorjahr. Wer, wenn nicht vor allem ihre außerordentlich effektiv und modern arbeitende Dienststelle, durfte sich das auf die Kappe schreiben?, dachte sich Nonnenmacher und ließ die Fliege, die sich auf genau diesem Zeitungsartikel niedergelassen hatte, fürs Erste weiterleben.

Als Anne das Türchen zu ihrem Garten öffnete, sprach sie jemand von hinten an: Ob sie die neue Frau von Rothbach sei, fragte der bartlose Mann, der einen Tegernseer Hut und eine hellgraue Trachtenjoppe zur dunkelgrauen Hose und blank geputzten Haferlschuhen trug. »Ja, sozusagen«, erwiderte Anne, sie heiße allerdings Loop und sei nicht mit Bernhard verheiratet.

»Soso«, sagte der Mann, er habe sie und das kleine Mädchen und den Bernhard schon beobachtet in den vergangenen Tagen. »Sie haben ja nicht gerade viele Möbel mitgebracht bei

Ihrem Umzug, und auch nur vierzehn Umzugskisten, nicht wahr? Das ist doch für so ein hübsches junges Fräulein, wie Sie sind, mit, ich sage mal, Kind und Kegel, nicht sehr viel, oder?«

Anne fand es höchst merkwürdig, dass der Mann genauer über den Umfang ihres Hausrats Bescheid wusste als sie selbst, und sie hatte eigentlich auch keine Lust auf ein längeres Gespräch, weil drinnen die kranke Lisa und der angeschlagene Bernhard warteten. Allerdings hatte ihr Bernhard empfohlen, sich, wann immer möglich, die Zeit für einen kleinen nachbarschaftlichen Plausch zu nehmen. Denn das sei hier so üblich und auch ungeheuer wichtig, um von den Einheimischen akzeptiert zu werden. Für ein Gespräch unter Nachbarn habe man am Tegernsee einfach Zeit. Und wenn man darin ein bisschen Übung habe, dann mache das sogar Spaß. Außerdem könne man bei diesen Gelegenheiten viel über die Natur, den See, die Bergwelt und das Brauchtum lernen. Also antwortete Anne dem Mann: »Wenn Sie die Familie Rothbach kennen, dann wissen Sie wahrscheinlich auch, dass in dem Haus noch die Möbel von Bernhards Eltern stehen. Also, das Haus ist ja praktisch schon möbliert. Deswegen haben wir nicht mehr viele weitere Möbel reinstellen können.«

»Soso«, sagte der Mann. »Und, gefällt's Ihnen am Tegernsee?«

»Ja, sehr«, erwiderte Anne mit ehrlicher Begeisterung. »Die Berge, die frische Luft, der See, das ist schon was anderes als in München, wo wir mitten in der Stadt gewohnt haben.«

»Ja, laut ist es hier halt, an der Schwaighofstraße, gell?«

»Na, da müssten Sie mal nach München zum Stachus kommen, wie laut es da ist. Also für mich ist das hier Idylle pur.«

»Soso, dann gefällt's Ihnen hier also, soweit man das nach ein paar Tagen sagen kann, nicht?« Der Mann zögerte und sagte dann: »Was ich Ihnen noch sagen wollte: Sie müssen sich so eine Rolle für die Zeitung besorgen, weil die wird sonst nass, wenn's regnet oder wenn's schneit.«

»Ah ja, vielen Dank für den Tipp, Herr..., ach, jetzt habe

ich Ihren Namen vergessen«, log Anne, denn der Mann hatte sich ihr gar nicht vorgestellt.

»… Schimmler.« Er reichte Anne die Hand. »Soso, dann …«

Ehe er weitersprechen konnte, unterbrach Anne ihn und sagte: »Ich muss jetzt leider schnell rein, weil meine Tochter und Bernhard krank sind.«

»Ach deshalb. Ich hab' mich schon gewundert, dass Sie am helllichten Tag daheim sind. Urlaub werden's ja keinen haben, hab' ich mir gedacht, wenn's erst gerade angefangen haben bei der Polizei in Wiessee. Da arbeiten Sie doch, nicht?«

»Ja, da arbeite ich«, antwortete Anne, die sich immer mehr wunderte, wie viel der Mann über sie wusste. »Also dann, Herr Schimmler, auf gute Nachbarschaft!«

»Jaja, man wird sehen«, sagte Herr Schimmler, und Anne zog rasch das Gartentor hinter sich zu.

Im Hausflur kam ihr schon Bernhard entgegen. Er sah jämmerlich aus.

»Ja, was ist denn mit dir los?«, fragte Anne mitfühlend.

»Ich glaube, das ist jetzt wieder der Gehirntumor. Da haben die was übersehen. Ich habe so ein schreckliches Druckgefühl, meine Kopfhaut, die kribbelt und klopft und tut weh.«

»Ich glaube nicht, dass du einen Gehirntumor hast«, sagte Anne äußerlich ruhig. Innerlich kämpfte sie gegen ihre aufsteigende Wut, denn ihr war klar, dass ihr Freund gerade wieder einen seiner hypochondrischen Anfälle hatte.

Diese Ausbrüche waren eine schwere Belastung für ihre Beziehung. Ehe sie Bernhard kennenlernte, hatte sie gedacht, dass Hypochondrie davon komme, dass man sich den Kopf zu sehr über sich selbst zerbreche und dass einen eine gesunde Portion Menschenverstand davor schützen könne. Schließlich sagten viele Menschen von sich, sie seien Hypochonder; zudem bekannten sich auch berühmte und gar nicht krank wirkende, sondern höchstens etwas überdrehte Persönlichkeiten dazu, hypochondrisch veranlagt zu sein. Sogar Harald Schmidt hatte das von sich behauptet.

Doch seit Bernhard und sie sich ineinander verliebt hatten und sie im Laufe der Zeit mehrere Schübe dieser merkwürdigen psychischen Krankheit mitertragen hatte müssen, wusste sie, dass man über eine echte Hypochondrie keine Späße machen sollte, da sie sich zum Psychoterror für alle Beteiligten auswachsen konnte. Das Krasse war, dass Bernhard nun von diesem Gedanken besessen war, ihr nicht etwa ein Theater vorspielte, sondern sich ganz sicher war, dass er einen Gehirntumor habe. Sie wusste, dass er sich erst von dieser Idee würde befreien können, wenn ihn ein Facharzt per Elektroenzephalogramm untersucht hätte und wenn außerdem die Überprüfungen seines Nervenwassers und seines Augenhintergrunds keine Befunde ergeben hätten. Bernhard hatte nämlich vor einem Jahr schon einmal geglaubt, einen Tumor zu haben, und sie hatte, gemeinsam mit ihm, alle Untersuchungsstadien durchlaufen. Aus ihren Gesprächen mit den ihn damals behandelnden Ärzten hatte sie erfahren, dass Gehirntumoren zu den seltensten Krebserkrankungen überhaupt zählten. Dass also die Wahrscheinlichkeit, dass er jetzt an einem Tumor litt, gegen null tendierte, zumal er überhaupt nicht zur Risikogruppe gehörte. Doch von dem Psychotherapeuten, den Bernhard aufsuchte – nachdem er Wochen später auch noch schwere Magenprobleme mit Verdacht auf ein Magengeschwür und schließlich Gedächtnis- und Orientierungsprobleme bekommen hatte, für die sich kein Grund finden ließ –, wusste sie, dass es bei seinen wiederkehrenden Anfällen das Wichtigste war, den Ängsten ganz praktisch zu begegnen.

Deshalb sagte sie nun: »Bernhard, wir haben dich doch erst vor einem halben Jahr komplett durchchecken lassen. Wir wissen doch, woher das kommt. Magst du nicht ein bisschen laufen gehen?« Er wich ihrem Blick aus.

»Doktor Kaul hat gesagt, dass du dich bewegen sollst, wenn deine Angstzustände wiederkommen«, beharrte sie.

»Anne«, sagte Bernhard vorwurfsvoll, »dieses Mal ist es keine Hypochondrie. Ich spüre mit hundertprozentiger Sicherheit, dass da in meinem Kopf etwas wächst. Diese Kopfschmerzen sind wahnsinnig. Außerdem ist mir schwindlig, ich habe heute auch schon gekotzt.«

»Wo ist denn Lisa? Die ist doch auch krank, oder?«, versuchte Anne ein Ablenkungsmanöver.

»Also Anne, ein Gehirntumor ist ja wohl mehr als eine Krankheit!« Jetzt war Bernhard empört. »Das ist der Tod!«

»Aber Lisa ist ein Kind, Bernhard«, sagte Anne, um sich dann etwas hilflos abzuwenden. »Lisaaa?« Aus dem ersten Stock erwiderte ein leises Stimmchen den Ruf.

»Anne, es kann sein, dass ich nicht mehr lange zu leben habe!«, sagte Bernhard nun vorwurfsvoll.

»Das glaube ich nicht«, antwortete Anne ruhig. »Ruf deinen Therapeuten an, Bernhard.«

»Ich brauche jetzt keinen Therapeuten, ich brauche einen Tumorspezialisten. Und zwar möglichst schnell, bei Gehirntumoren zählt jeder Tag. Das weißt du ganz genau.«

Anne schüttelte verzweifelt den Kopf und eilte in großen Schritten die Treppe hinauf zu ihrer Tochter.

Lisa lag im Bett und war ganz blass. Anne legte ihr die Hand auf die Stirn. »Du hast Fieber, meine kleine Fee. Tut dir auch was weh?«

Lisa nickte und zeigte auf den Hals.

»Der Hals?«

Lisa nickte wieder.

»Warte kurz, ich sehe schnell nach, wo es hier in der Nähe einen Kinderarzt gibt, dann fahren wir da gleich hin, und du bist ganz bald wieder gesund.«

Unten im Erdgeschoss lief ihr wieder Bernhard über den Weg. »Was machst du?«

»Ich fahre schnell mit Lisa zum Arzt.«

»Wegen einer Grippe? Und was ist mit mir? Ich sterbe bald.«

»Das glaube ich nicht, Bernhard. Du weißt, was Doktor Kaul gesagt hat. Du solltest jetzt einfach deine Sportsachen anziehen und joggen gehen oder eine Runde wandern oder Rad fahren, oder was weiß ich.«

»Mit einem Tumor im Hirn joggen gehen! Ich rufe jetzt in der Uniklinik an. Die müssen mich sofort durchchecken. Wenn du mich nicht fährst, dann muss mich eben ein Krankenwagen nach München bringen. Ich riskiere mit jeder verlorenen Sekunde mein Leben!«

»Bernhard, erstens kann ich hier nicht weg, weil ich mich um Lisa kümmern muss, zweitens, weil ich arbeiten muss, und drittens hast du Herrn Doktor Kaul versprochen, dass du keine teuren neuen Untersuchungen machen lässt, ohne ihn vorher zu konsultieren.«

»Er ist nur ein Psychiater, er hat keine Ahnung von Krebs.«

»Bernhard, du hast es ihm aber im Rahmen der Therapie versprochen.«

»Maami, kommst du?«, gellte Lisas Stimme durchs Haus. Das Telefon klingelte.

»Nimmst du kurz ab, Bernhard?«

»Ich kann nicht, mein Kopf, ich ...« Er ließ sich laut aufstöhnend in einen Sessel fallen.

»Verdammte Scheiße«, fluchte Anne und ging ans Telefon. »Ja, hier Anne Loop, was ist?«

»Hallo Anne, hier ist der Seppi«, sagte dieser in seinem, wie er meinte, liebsten Tonfall.

»Welcher Seppi?«, fragte Anne. Sie erinnerte sich in diesem Augenblick tatsächlich nicht daran, jemals einem Seppi begegnet zu sein. Der Name war doch völlig aus der Mode.

»Ja halt ich, der Sepp, dein Sepp, der Kollege von der Polizei halt«, antwortete Sepp Kastner verunsichert.

»Ach so, ja klar, entschuldige, ich bin gerade im Stress. Mein Freund glaubt, er habe einen Gehirntumor, und meine Tochter hat Grippe. Was gibt's?«

»Ja also«, druckste Seppi herum, denn ein Grund für seinen Anruf lag nicht wirklich vor. »Ich wollt' bloß fragen, ob du schon was in Erfahrung gebracht hast wegen dem Fichtner Andi.«

Jetzt flippte Anne aus. »Seppi, hallo? Geht's noch? Ich bin erst gerade nach Hause gekommen und habe hier zwei Kranke zu versorgen, von denen einer spinnt. Ich habe jetzt echt ein anderes Problem, verdammt. Was soll der Scheiß, was rufst du hier einfach an!«

»Jaja, ach so, also, tut mir leid, ich dachte nur ... also wenn ich dir helfen kann, ich meine, als alleinerziehende Mutter bist du ja sicher manchmal ... einsam ... Wir können ja mal ...«, stammelte Kastner.

»Okay, Seppi, verstehe. Ich danke dir. Ich sag' Bescheid, wenn ich privat deine Hilfe brauche. Und wenn ich Andi Fichtner vernommen habe, informiere ich dich auch sofort. Aber jetzt lass mich bitte in Ruhe. Also dann ...«

»... a dann ...«, versuchte Kastner noch eine Verabschiedung, doch Anne hatte auf ihrem kabellosen Telefon schon die Taste mit dem roten Hörer gedrückt und das Gerät auf die Station gepfeffert.

»So ein Idiot.«

Sepp Kastner stürmte gleich nach dem Gespräch zu Nonnenmacher ins Büro und informierte den verdutzten Chef darüber, dass er glaube, dass Annes »Freund« doch nur ein »guter Freund«, aber kein richtiger Geliebter sei, denn, wenn er das richtig verstanden habe, habe sie, also Anne, ihn, also den Freund, als Spinner bezeichnet und obendrein sein, also Sepps, Hilfsangebot nicht ausgeschlagen. Außerdem habe der »gute Freund« einen Gehirntumor, weshalb er, Sepp, als »Gesunder«, egal, welche Position der andere sich erarbeitet habe, auf Dauer ohnehin bessere Karten habe. Er, Sepp, sehe das jetzt ganz sportlich. Zwar habe er nicht aus der Poleposition starten können, aber Michael Schumacher beispielsweise habe auch viele Rennen von hinten her aufgerollt.

Nonnenmacher hatte den Kollegen angeschaut, als hätte dieser gerade ein Ei gelegt, und ihn dann ganz schnell zu einer völlig unwichtigen Ermittlung im Freihaus Brenner geschickt. Es war unglaublich: Der an sich vernünftige Seppi Kastner, den Nonnenmacher als Mitarbeiter sehr schätzte, hatte vor lauter Verliebtheit vollkommen den Verstand verloren.

Nach dem Besuch beim Kinderarzt ging es Lisa schon wieder besser. Der Arzt hatte Anne beruhigt, dass ihre Tochter nichts Schlimmes habe und sie in ein paar Tagen wieder gesund sein werde. Doch als beide zu Hause ankamen, war kein Bernhard mehr da. Anne versuchte, ihn auf seinem Handy zu erreichen, doch nach dem ersten Freizeichen hörte sie sein Mobiltelefon aus dem Wohnzimmer klingeln. Bernhard hatte es nicht mitgenommen. Anne machte sich Sorgen. Nicht, weil sie glaubte, dass Bernhard einen Gehirntumor oder eine andere schwere Krankheit haben könnte, sondern weil sie befürchtete, er könnte sich in dem Angstzustand, in dem er sich befand, etwas antun.

»Wo ist Bernhard?«, fragte Lisa.

»Der ist auch zum Arzt gefahren«, spiegelte Anne eine Gewissheit vor, die sie nicht hatte. Sie wollte nicht auch noch Lisa verunsichern.

»So, du nimmst jetzt erst einmal deinen Hustensaft, und dann kuschelst du dich ins Bett und hörst eine CD an.«

»Darf ich ›Die wilden Hühner‹?«

»Meinetwegen darfst du ›Die wilden Hühner‹.«

»Mama, muss Bernhard jetzt sterben?«

»Nein, meine Fee, Bernhard muss nicht sterben.«

»Aber er hat gesagt, dass er sterben muss«, insistierte das Kind.

»Bernhards Krankheit ist die Krankheit, dass er glaubt, dass er krank ist. Er ist es aber nicht.«

»Ist Bernhard gar nicht krank?«

»Doch, schon, aber eben nicht so, wie er denkt. Er denkt, er sei krank – das ist das Kranke an ihm, weil er eigentlich keine Krankheit hat.«

»Dann ist Bernhard aber dumm.«

»Nein, er ist nicht dumm, im Gegenteil, das ist ja das Problem, er ist …«, sie dachte kurz nach, »ach, ist ja auch egal. Der wird schon wiederauftauchen.«

Als Lisa im Bett lag und Anne gerade das Zimmer verlassen wollte, fragte sie: »Mama, liest du mir was vor?«

»Ja, gleich, ich muss jetzt aber schnell telefonieren. Weißt du, eigentlich ist jetzt für mich Arbeitszeit.«
»Mit wem musst du telefonieren?«
»Mit einem Mann, dessen Vater vor Kurzem gestorben ist.«
»Und warum musst du mit dem telefonieren?«
»Weil er vielleicht ... wie soll ich sagen, weil mit seinem Tod etwas komisch ist.«
»Was ist mit seinem Tod komisch?«
»Na ja, der Mann war nicht krank. Und jetzt ist er tot. Da muss ich herausfinden, was passiert ist.« Anne wollte mit allen Mitteln verhindern, dass Lisa die genaueren Umstände von Fichtners Tod mitbekam. Sie wusste nämlich, dass Kinder zwar mit einem Todesfall an sich klarkommen können, wenn er sie nicht direkt betrifft. Andererseits befürchtete sie aber, dass Lisas natürliches Sicherheitsgefühl ins Wanken geraten würde, wenn sie erfuhr, dass Fichtner sich aufgehängt hatte – oder, noch schlimmer, umgebracht worden war. Anne startete die CD und ging nach unten, um den älteren der beiden Fichtner-Brüder, den Geschichtsstudenten Andreas Fichtner, anzurufen. Weil sie seine Nummer nicht hatte und auch nicht wusste, wo Bernhard sie aufbewahrte, rief sie bei Fichtners Mutter an. Die war zu ihrem Erstaunen freundlich und gab ihr sogar die Handynummer, weshalb Anne nur ein paar Minuten später Andreas Fichtner am anderen Ende der Leitung hörte.
»Ja, hallo?«
»Guten Tag, hier spricht Anne Loop von der Polizei Bad Wiessee. Mit wem spreche ich bitte?«
»Andreas Fichtner.«
»Herr Fichtner, Sie haben sicher von Ihrer Mutter oder Ihrem Bruder gehört, dass wir gerade dabei sind, die genaueren Umstände des Todes Ihres Vaters zu ergründen. Da hätte ich auch gerne noch mit Ihnen gesprochen. Wann sind Sie denn wieder in Tegernsee?«
»Ich bin eh da.«
Jetzt war Anne überrascht. »Sie sind gar nicht in München?«
»Nein, ich bin da.«

»Und Ihre Mutter weiß nichts davon?«
»Ja, das kann sein.«
»Und was machen Sie gerade?«
»Ich glaube nicht, dass ich Ihnen das sagen muss, oder?«
Anne war irritiert. »Wäre es möglich, dass Sie morgen in die Dienststelle kommen, zu einer unverbindlichen Befragung?«
»Nein, das geht nicht, morgen muss ich wieder in München sein, wegen einem Seminar.«
»Herr Fichtner, es geht um den Tod Ihres Vaters.«
»Ich wüsste nicht, was es da noch zu bereden gäbe.«
Anne wollte vermeiden, zu großen Druck auf Fichtner auszuüben. Schließlich hatte Nonnenmacher ihr gesagt, sie solle eher verdeckt und unauffällig ermitteln. Wenn sie bei Fichtner nun polizeilichen Zwang anwandte, um ihn einzubestellen, fürchtete sie, dass sich das binnen kürzester Zeit am Tegernsee herumsprechen würde. Deshalb fragte sie: »Wissen Sie, ich bin die Freundin vom Bernhard von Rothbach.«
»Vom Bernhard? Wirklich? Das glaub' ich nicht!« Er klang tatsächlich positiv erstaunt.
»Warum sollte ich Sie denn anlügen?«
»Mit dem Bernhard hab' ich ja erst gerade telefoniert.«
»Weil er für einen Freund einen guten Kletterer gesucht hat, nicht wahr?«, sagte Anne und freute sich, dass sie so beweisen konnte, dass es stimmte, was sie behauptete.
»Ach, das wissen Sie?« Andreas Fichtner schien jetzt Vertrauen zu fassen. »Das ist ja interessant. Dass der Bernhard jetzt mit einer Kriminalkommissarin zusammen ist.«
Anne verzichtete darauf zu klären, dass sie erstens keine Kommissarin und zweitens nicht bei der Kripo war, sie sagte einfach nur: »Ja, wir sind vor ein paar Tagen zusammen hier nach Tegernsee gezogen.«
»Ach was!«, antwortete Fichtner überrascht. »Das hat er mir gar nicht erzählt. Ist der Bernhard jetzt da?«
»Ja klar«, log Anne. »Kommen Sie doch auf einen Kaffee vorbei. Das Haus von Bernhards Eltern kennen Sie, oder?«
»Da direkt am See bei der Villa unten, oder? Ja, da komme

ich hin. Den Bernhard habe ich ja schon ewig nicht mehr gesehen.«

Nachdem sie aufgelegt hatte, fühlte Anne sich ein bisschen schlecht, weil sie für ihre Ermittlungen nicht nur ungefragt Bernhards persönliche Kontakte missbraucht, sondern auch noch gelogen hatte. Aber rechtfertigte nicht diese saublöde Ermittlungssituation ihr Handeln? Schließlich konnte sie wegen Nonnenmachers einschränkenden Vorgaben im Fall Fichtner ja gar nicht anders vorankommen als auf diesem unseriösen Weg, der eben auch Lügen mit sich brachte.

Eine halbe Stunde später stand Andreas Fichtner vor der Tür. Anne bat ihn herein und führte ihn in das Wohnzimmer mit Seeblick.

»Und wo ist der Bernhard?«

»Oh, der lässt sich entschuldigen. Er musste ganz schnell in die Uniklinik nach München, weil er spontan einen Termin bekommen hat bei einem Experten, der sonst nie welche freihat.« Als Anne sah, dass Andreas Fichtner überaus misstrauisch schaute, schob sie nach: »Bernhard befürchtet, einen Gehirntumor zu haben.«

»Echt?«

»Ja. Soll ich uns einen Kaffee machen? Jetzt, wo Sie schon da sind? Wir beide können Bernhard nun sowieso nicht helfen, oder?«

Anne spürte, dass Andreas Fichtner die ganze Geschichte noch immer etwas komisch fand, aber da kam ihr das Glück zur Hilfe, denn Lisas Stimme gellte durch das Haus: »Maami, ich habe Huunger!«

Zu Andreas Fichtner sagte Anne jetzt: »Oh, das ist meine Tochter. Sie ist krank.« Und zu Lisa rief sie hinauf: »Ich mache dir ein Marmeladenbrot, ja?«

»Kommen Sie, Herr Fichtner, gehen wir kurz zusammen in die Küche.«

Dort setzte Anne die kleine Espressokanne auf und schmierte ein Brot. Als sie das Messer beiseitegelegt hatte, holte sie zu einem wohldurchdachten verbalen Stoß gegen Fichtner aus. »Herr Fichtner, könnten Sie sich vorstellen, dass Ihr Vater eine Freundin hatte?«

Anne war überrascht, wie ungerührt Fichtner nur mit »Nein« antwortete. Die Frage schien ihn überhaupt nicht zu berühren. Dann schwieg er.

»Könnten Sie sich vorstellen, dass er Kontakte ins Rotlichtmilieu hatte?«, hakte Anne nach.

»Wieso fragen Sie das? Ach so, jetzt verstehe ich, was hier läuft: Sie wollen mich hier vernehmen. Sie haben mich hierher gelockt. Diese ganze Bernhard-Geschichte ist gelogen. Der war vorhin schon weg oder gar nie da. Sie haben mich gelinkt. Sie, Sie ... das ...«

Anne dachte einfach nur: Scheiße. Scheiße, Scheiße. Um sich ihre Unruhe nicht anmerken zu lassen, nahm sie den Küchenschwamm und begann die Arbeitsplatte abzuwischen. Natürlich hatte sie gelogen, aber was sollte sie denn machen? Ihr waren die Hände gebunden. Bernhard war quasi gerade unzurechnungsfähig, Lisa war krank, Sepp Kastner hatte einen Knall, und ihr lief die Zeit davon. Der Todesfall lag genau eine Woche zurück. Wenn eine Obduktion der Leiche noch etwas bringen sollte, dann brauchte Anne jetzt so schnell wie möglich einen hieb- und stichfesten Hinweis, dass sie mit ihrem Mordverdacht richtiglag. Man würde zwar die bereits beerdigte Leiche wieder ausgraben müssen, doch das war bei einem Mordfall das Geringste, was man im Sinne der Gerechtigkeit tun konnte.

Also unterbrach sie das Saubermachen und sagte, um Verständnis ringend: »Herr Fichtner, Ihr Vater wurde an einem Baum hängend gefunden. Es sah wie ein Selbstmord aus. Es muss aber keiner gewesen sein. Sie müssen doch auch ein Interesse daran haben, dass wir der Sache auf den Grund gehen. Stellen Sie sich vor, Ihr Vater ist ermordet worden. Dann liefe hier jetzt irgendwo ein Mörder herum. Und der könnte es als Nächstes auf Sie abgesehen haben. Wer kennt schon sein Motiv?«

Während beide daraufhin schwiegen, zog Anne kurz in Erwägung, Fichtner die Sache mit dem Kletterseil zu erzählen, doch dann kam ihr in den Sinn, dass ja genau genommen auch er als Täter infrage kam und dass alles, was mit dem Seil zusammenhing, Täterwissen war, das man ihm zum jetzigen Zeitpunkt nicht unter die Nase reiben musste.

Andreas Fichtner erwiderte, nun mit etwas lauterer Stimme: »Also erstens ist diese ganze Mordgeschichte Quatsch, denn wer sollte meinem Vater etwas zuleide tun wollen? Und zweitens will ich natürlich, dass die Polizei der Sache auf den Grund geht. Aber warum machen Sie das dann nicht offiziell, sondern locken mich hier in Ihr Haus, indem Sie mich belügen und mir erzählen, der Bernhard sei hier?«

»Ich wäre Ihnen ja gerne entgegengekommen. Aber ich konnte nicht weg. Meine Tochter liegt oben krank im Bett. Und Bernhard musste in die Uniklinik, um sich untersuchen zu lassen.« Sie zögerte kurz. »Ich hätte natürlich noch warten können, aber ich habe das verdammte Gefühl, dass es wichtig ist, möglichst bald herauszufinden, ob es denn überhaupt sein kann, dass Ihr Vater sich umgebracht hat.«

»Also hören Sie, dass es ein Suizid war, ist ja wohl mehr als sicher!«, schrie Andreas Fichtner nun sehr aufgebracht. »Ich sage es noch einmal: Wer sollte ihn denn umgebracht haben?«

Anne antwortete leise und eindringlich: »Das müssen Sie eigentlich besser wissen als ich. Mir kommt es nur seltsam vor, dass es überhaupt kein Motiv für einen Selbstmord zu geben scheint. Und außerdem: Wussten Sie, dass Ihr Vater oft weg war, mit der Begründung, geschäftlich zu tun zu haben?«

»Nein.«

»Wussten Sie, dass Ihr Vater viel Geld vom Konto Ihrer Eltern abgehoben hat und Ihre Mutter nicht weiß, was er damit gemacht hat?«

»Nein.«

»Maami, wann kommst du endlich?«, rief Lisa ungeduldig von oben.

»Gleich, mein Engel, das Brot ist schon fertig!«

»Es ist eine Unverschämtheit, dass Sie mich hierher locken. Ich geh' jetzt«, sagte Fichtner aufgebracht.
»Halt, bleiben Sie, ich habe noch eine Frage an Sie.«
»Was für eine?«
»Wer könnte etwas über die geheimen Machenschaften Ihres Vaters wissen?«
»Da gab es keine geheimen Machenschaften!«
»Maaamiii!«
»Jaahaa! Ich komme gleich, Lisa, ich muss hier nur noch kurz mit einem Freund von Bernhard was bereden.« Zu Andreas Fichtner gewandt, sagte sie: »Wenn Ihr Vater keine Geheimnisse hatte, wo ist dann das Geld hin?«
»Was weiß denn ich von seinem Geld, mir hat er sowieso nie was gegeben, seit ich zum Studium bin. Vielleicht hat er's verzockt, versoffen, keine Ahnung, er saß doch eh jeden Tag im Bräustüberl am Kartentisch.«
»Wissen Sie, mit wem er da saß?«, fragte Anne schnell.
Dann stand plötzlich Lisa in der Küche. Und Andreas Fichtner war wie verwandelt. Als hätte die Erscheinung des Kindes plötzlich jegliche Gespanntheit der Situation beseitigt, sagte er nun ruhig, immer nur auf Lisa blickend: »Mit dem Nagel, dem Amend und dem Hörwangl.«
Diese Namen hatte Anne schon einmal aus dem Mund seiner Mutter gehört. Anne versuchte, sie sich einzuprägen.
Währenddessen meinte Fichtner zu Lisa: »Na, du bist ja schon eine Große.« Lisa wich verschämt seinem Blick aus und schlang ihre Arme um den Bauch der Mutter. »Ist das Kind von Ihnen und Bernhard?«
»Nein«, sagte Anne, »aber Bernhard ist praktisch dein Papa, nicht wahr, Fee?«
Lisa schüttelte trotzig den Kopf. Anne zuckte mit den Schultern. »Der Kaffee ist fertig. Bleiben Sie jetzt vielleicht doch noch hier? Wir können uns ja raus auf den Steg setzen. Die Sonne scheint so schön.«
»Ich will mit«, forderte Lisa.
»Aber nur, wenn du dir einen dicken Pulli, ein Halstuch,

eine Mütze und warme Schuhe anziehst. Du musst doch wieder gesund werden!«

Die Anwesenheit des Kindes hatte in Andi Fichtner etwas gelöst. Er machte nun keinerlei Anstalten mehr zu gehen, der Ton zwischen Anne und ihm war wieder freundlicher geworden. Und so gingen die drei nach draußen, um von dem kleinen Steg aus nach Rottach-Egern hinüberzuschauen.

»Ich liebe den Blick zu der Kirche da drüben«, sagte Anne.

»Das ist die Laurentius-Kirche. Auf den Friedhof müssen Sie mal gehen. Da liegen etliche berühmte Schriftsteller: der Ludwig Thoma, der Ganghofer, Alexander und Heinrich Spoerl, aber zum Beispiel auch der Josef Issels, das war ein Quacksalber, der hat sogar den Bob Marley behandelt.«

Lisa hatte nur halb zugehört, jetzt deutete sie auf einen Raubvogel, der majestätisch über dem See kreiste, woraufhin Andi Fichtner ihr erklärte, dass es sich um einen Bussard handle.

»Der sieht so ...«, das Mädchen suchte nach dem passenden Wort, »... vornehm ... aus.«

»Ja, aber pass mal auf: Wenn ich dir sage, was der Gemeines im Schilde führt, dann gefällt er dir vielleicht nicht mehr so.«

»Was meinst du?«, fragte Lisa.

»Der Bussard ist ein schlauer Jäger. Der weiß ganz genau, dass jetzt im Frühling viele junge Vögel ihre ersten Flugversuche unternehmen. Und wenn er so ein unsicheres kleines Vögelchen irgendwo sieht, dann jagt er im Sturzflug auf es zu, packt es mit seinen Greiffüßen und frisst es auf. So ist das.«

Am Abend war Bernhard immer noch nicht zurück und hatte auch nicht angerufen. Nachdem Anne ihre Tochter, der es schon viel besser ging, zu Bett gebracht hatte, dachte sie an ihren Freund. Bernhard würde sich doch nichts angetan haben? Hätte sie ihn bei ihrer Auseinandersetzung am Nachmittag ernster nehmen müssen? Sie ging in Bernhards Arbeitszimmer, fuhr den Computer hoch und klickte sich zur Homepage der Universitätsklinik München-Großhadern durch, um die Telefonnummer der onkologischen Abteilung herauszufinden. Vermutlich war Bernhard auf der Suche nach Hilfe dorthin gefahren. Doch Annes Anruf im Krankenhaus war vergebens, niemand wusste etwas von der Einlieferung eines Patienten namens Bernhard von Rothbach. Annes Gedanken überschlugen sich: Sollte sie Bernhards Eltern in ihrem Altersruhesitz in Spanien anrufen? Oder würde sie sie damit nur unnötig aufscheuchen? Helfen konnten sie ihr ohnehin nicht. War es ein Notfall? War Bernhard in Gefahr? Wo konnte er noch hingefahren sein, wenn er nicht in Großhadern war?

Ich darf nicht dauernd an Bernhard denken, das bringt nichts. Ich muss etwas tun, was mich ablenkt, dachte Anne, ging hinüber ins Wohnzimmer und schaltete den Fernseher ein. Doch da kam nur Mist oder Katastrophenreportagen über die Weltwirtschaftskrise. Im Dachboden tobte der Marder. Nachdem Anne zweimal alle neunundzwanzig Programme durchgezappt hatte, machte sie wieder aus.

Jetzt war es dunkel im Zimmer. Draußen leuchteten ein paar Punkte, auf dem See und am gegenüberliegenden Ufer. Die Bäume im Garten wiegten sich im Wind leicht hin und her. Anne geriet ins Grübeln. Eines war vermutlich sicher: Die Geldabflüsse von Fichtners Konto waren der Schlüssel zu seinem Tod. Was aber verbarg sich hinter diesem Geheimnis? Seine Frau war die Einzige, die davon gewusst hatte. Offensichtlich hatte sie mit den Söhnen nie darüber gesprochen. Oder hatten diese gelogen? Nein, sie hatten glaubwürdig gewirkt, geradezu desinteressiert, als Anne sie mit dieser Information konfrontiert hatte. Die Frau hingegen hatte einen Verdacht, glaubte an die Existenz einer Freundin. Doch Nonnenmacher, der Fichtner ja auch gut zu kennen schien, hatte dies für völlig abwegig gehalten. Und die Vermutung, dass Fichtner das ganze Geld ins Bordell getragen haben könnte, hatte er sogar als lachhaft bezeichnet. Fichtners Söhne hatten zwar etwas überreagiert, als Anne sie auf die Freundinnenhypothese angesprochen hatte, aber das musste nichts bedeuten. Dass die Söhne und der Vater gemeinsam in einem Bordell das Geld verprasst haben könnten oder der Vater allein, das erschien auch Anne in der Zwischenzeit nicht mehr wahrscheinlich. Der Bauer Fichtner hatte sicherlich zu jenen in Tegernsee gehört, für die die alten Werte Bescheidenheit, Sparsamkeit und Treue noch etwas zählten. Ob das auch für die Ehrlichkeit galt? Anne tendierte dazu, diese Frage zu verneinen, denn zweifellos hatte Fichtner ein Geheimnis gehütet, eines, das tatsächlich nicht so leicht zu lüften war.

Das Herzogliche Bräustüberl in Tegernsee ist ein soziologisches Phänomen. Denn was hier in der direkt am Seeufer gelegenen Gaststätte funktioniert, wäre andernorts nicht denkbar. Beherbergen die uralten Klostermauern doch einige Widersprüche, die nur dank der Qualität des hier hergestellten Gerstensaftes zu bajuwarischer Harmonie gebracht werden können: Die weitläufigen Säle des mit urigen Kellergewölben ausgestatteten Wirtshauses werden nämlich Tag für Tag von unzähligen Reisebussen bayernhungriger Urlauber angefahren. Anderswo würde das zu fluchtartigen Reaktionen bei den einheimischen Biertrinkern führen, nicht jedoch in dem ehemaligen Benediktinerkloster. Trotz der vielen Auswärtigen halten sich im Bräustüberl – das natürlich längst kein Stüberl mehr ist – über zwanzig Stammtische. Manche Stammtischbrüder treffen sich hier schon seit einem halben Jahrhundert zum Politisieren, Schwadronieren und manchmal auch Intrigieren. Gelegentlich mischt sich sogar echte Prominenz unters Volk, was dem Volk aber ziemlich »wurscht« ist. Zur Liberalitas Bavariae gehört es auch, dass man einer Sabine Christiansen, einer Andrea Sawatzki oder einem Hansi Hinterseer am Nachbartisch seine Ruhe lässt.

Das Auftauchen solcher Berühmtheiten hatten auch der Bauer Pius Nagel, der Bootsführer Klaus Amend und der

Fischer Wastl Hörwangl schon viele Male mit tegernseerischer Lässigkeit ertragen – und so störte es die drei auch nicht, als sich am helllichten Vormittag eine junge Frau im Laufdress an ihren Tisch setzte, die dieser Angelina Jolie aus Hollywood verdammt ähnlich sah.

Anne war allerdings nicht so entspannt wie die drei Stammtischbrüder des verstorbenen Ferdinand Fichtner. Dies lag daran, dass sie von Bernhard nach wie vor keine Nachricht erhalten hatte. Zudem plagte sie aus zweierlei Gründen ein schlechtes Gewissen: Zum einen hatte sie, um arbeiten zu können, Lisa in den Kindergarten gebracht, obwohl sie den Eindruck hatte, dass diese noch nicht ganz gesund war. Zu ihrer Rechtfertigung konnte Anne sich nur sagen, dass ihre Tochter unbedingt in den Kindergarten gewollt hatte. Außerdem wollte sie selbst im Fall Fichtner wenigstens einen kleinen Schritt weiterkommen, und das würde ihr ohne Lisa leichter fallen. Zum anderen hatte Anne gegenüber ihren Arbeitskollegen Nonnenmacher und Kastner ein schlechtes Gewissen, weil sie ihren Ausflug ins Bräustüberl quasi nebenbei dazu verwendete, etwas zu tun, was ihr Spaß machte: Joggen. Zum ersten Mal, seit sie nach Tegernsee gezogen war, war sie die Strecke von ihrem Garten aus direkt am See entlang, unterhalb des Ludwig-Ganghofer-Hauses und bei der Herzoglichen Fischerei vorbei, bis zum Bräustüberl gelaufen und hatte dieses kurze Gefühl der Freiheit richtig genossen.

Auch wenn die drei Männer im Brauhaus schon einiges erlebt hatten, so waren sie doch erstaunt, dass sich da mir nichts dir nichts diese junge Frau zu ihnen setzte, obwohl doch an vielen anderen Tischen noch ein Platz frei war und obwohl man an diesem sonnigen Tag auch gut draußen im Biergarten sitzen konnte. Die Überraschung hatte die drei schlagartig zum Schweigen gebracht.

»Guten Tag«, sagte Anne. Sie hatte das Stammtischtrio mithilfe der Bedienung ausfindig gemacht.

»Grüß Gott«, erwiderten der Landwirt, der Fischer und der

Bootsführer beinahe im Chor und schauten die »Klassefrau«, wie sie sich insgeheim dachten, erwartungsvoll an.

»Mein Name ist Anne Loop. Ich bin Polizistin und würde Ihnen gerne einige Fragen zu Ferdinand Fichtner stellen. Der gehörte doch auch zu Ihrem Stammtisch, oder?« Die drei nickten und hätten sich jetzt vielleicht doch lieber die Frau Christiansen oder den Herrn Hinterseer an den Tisch gewünscht. Die Bedienung kam, und Anne bestellte sich ein Helles, was die drei mit anerkennendem Nicken quittierten.

»Das trinkt man doch hier so, an einem Stammtisch, oder etwa nicht?«, fragte Anne.

»Ja, schon«, brummte der Fischer Hörwangl und sinnierte darüber, dass er schon sehr weit zurückdenken musste, um sich an einen Polizisten am Tegernsee zu erinnern, der im Dienst Alkohol getrunken hatte – und eine Bier trinkende Polizistin war ihm überhaupt noch nie untergekommen. Aber vielleicht war das junge hübsche Fräulein ja gar nicht im Dienst. Eine Uniform hatte es nicht an, sondern so ein eng anliegendes Laufhemd, das auch ihn, der er immerhin schon dreiundfünfzig Jahre alt und davon dreißig verheiratet war, noch auf einige interessante Ideen bringen konnte. Ein Tegernseer Mann blieb schließlich, auch wenn er älter wurde, ein Mann mit Sinn für die Schönheit der weiblichen Formen und Besonderheiten. Das Bier kam recht schnell, und so hob er sein Glas und sagte »Prost«. Man trank.

»Wie oft treffen Sie sich hier am Stammtisch?«, wollte Anne wissen.

»Mindestens einmal in der Woche«, erwiderte Amend, der auch etwas sagen wollte.

»... und dann halt, wenn man Zeit hat, also manchmal auch jeden Tag«, fügte Hörwangl hinzu.

»Und wie oft war Ferdinand Fichtner mit dabei?«

»Ja genau so, wie mir's grad' gesagt haben.«

»Also fast jeden Tag?«

»Ja schon, als Landwirt hat der's ja leichter, seinen Tag einzumteilen, als wie jetzt zum Beispiel ich als Bootsführer«, erklärte Amend wichtigtuerisch. »Ich habe ja Dienst- und Fahrpläne, an die ich mich halten muss.«

»Und können Sie sich vorstellen, warum sich der Herr Fichtner umgebracht haben könnte?«

»Na«, sagte Hörwangl unwillig. »Das ist ein Armutszeugnis, gerade auch für einen vom Bund der Kammerjäger.«

Anne suchte erstaunt seinen Blick: »Wie meinen Sie das mit den Kammerjägern?«

»Ach so, das ist…«, Hörwangl merkte, dass er sich verplappert hatte, »… das ist nur so ein Spaß von uns. Was ich aber wirklich sagen will, ist, dass ein Tegernseer Mann zunächst einmal ein Mannsbild ist, das wo sich nicht selbst umbringt. Wenn mir zurückschauen in die Vergangenheit von unserm Tal, dann sieht man: Mir haben noch immer alles durchgestanden.«

»Mit vereinter Kraft, auch in mageren Zeiten«, fügte jetzt der Bauer Nagel, der bislang geschwiegen hatte, hinzu und nahm einen tiefen Schluck aus seinem Halbliterglas.

Anne trank auch einen Schluck, spürte aber, dass ihr davon schummrig wurde. Dann fragte sie: »Was gab es denn in der letzten Zeit so durchzustehen, hier, für Sie?«

Keiner der Männer antwortete. Annes Blick wanderte von einem zum Nächsten. Nagel rutschte etwas unruhig auf dem Stuhl herum. Anne ließ nicht locker. »Hat Ihr Stammtisch ein Problem?«

»Ach wo«, sagte Hörwangl. »Wir sind nur halt enttäuscht vom Ferdl. Dass er sich aufg'hängt hat.«

»So eine verweiblichte Schwäche!«, schimpfte Amend, ohne aufzuschauen. Ein Landwirt sei schließlich kein Student, kein schwuler, fügte der Bauer Nagel hinzu. Natürlich hätten alle Landwirte der Region mit dem niedrigen Milchpreis und den Auswirkungen der Wirtschaftskrise zu kämpfen, aber der Ferdl hätte ja auch, wie viele andere, auf Biogas, Tourismus oder sonstige Einnahmequellen umsteigen können. Deswegen hätte er sich beileibe nicht umbringen müssen.

»Hat Ferdinand Fichtner mit Ihnen über finanzielle Probleme gesprochen?«

»Nicht direkt«, antwortete Hörwangl und schob ein fragendes »oder?« hinterher.

Die beiden anderen schüttelten, für Annes Begriffe ein wenig zu energisch, den Kopf.

»Was meinen Sie mit ›nicht direkt‹?«, hakte sie deshalb nach.

»An sich gar nichts. Aber dass es mit der Wirtschaft und besonders der Milchwirtschaft den Bach runtergeht, das steht ja jeden Tag in der Zeitung, nicht?«, so der Fischer.

Die anderen nickten.

»Also meinen Sie, dass sich Herr Fichtner das Leben genommen hat, weil er um seine Existenz fürchtete?«

»Kann schon sein«, meinte Hörwangl.

»So was Verweichlichtes!«, schimpfte Amend. »Ein Tegernseer tut etwas, anstatt sich umzubringen!«

Da klingelte Annes Handy. »Ja?« Sie lauschte. »Oh, ja, sie hat gestern schon noch ein bisschen gehustet.« Pause. »Nein, ich bin nicht in der Dienststelle. Ich kann sie gleich abholen. Bis gleich.«

Anne machte das Handy aus, kramte aus ihrer Gesäßtasche drei Euro und sagte: »Vielen Dank, die Herren, meine Tochter ist krank, Fieber, ich muss sie vom Kindergarten abholen. Wenn Sie bitte für mich bezahlen würden?«

»Das Helle kostet aber bloß zwei Euro fünfundsiebzig hier. Mir sind hier nicht in Monaco.«

»Dann ist der Rest Trinkgeld. Auf Wiedersehen!«

»Pfiat di Gott«, brummelten Fichtners Stammtischfreunde im Chor und waren ganz froh, dass diese weibliche Erscheinung, so appetitlich sie in ihrer Sportkluft sein mochte, sich verflüchtigt hatte.

Teil 2

Als Anne das Bräustüberl verlassen hatte, bestellten Bauer Nagel, Fischer Hörwangl und Bootsführer Amend erst eine neue Runde Tegernseer und rückten dann noch ein Stückchen näher zusammen, als sie es sonst schon immer taten.

Nagel, der sich im Gespräch mit Anne eher zurückgehalten hatte, ergriff nun – beinahe im Flüsterton – das Wort: »Und was machen wir jetzt, wo uns sogar schon die Polizei verfolgt? Blasen mir die ganze Sache ab?«

»Ach wo!«, raunte Hörwangl und schob sein Bierglas etwas zur Seite, um sich noch näher zu den Stammtischbrüdern über den schweren, runden Tisch beugen zu können. »Die Frau wollt' doch bloß wissen, ob mir wissen, warum sich der Ferdl um'bracht hat. Das hat doch nix mit dem Heuschreck zu tun!«

»Aber wir sind jetzt ja bloß noch zu dritt!«, gab Nagel zu bedenken. »Der Ferdl fehlt einfach.«

»Also, dass der Sauhund sich um'bracht hat, ist schon ein Ding!«, brach es jetzt laut aus dem Bootsführer Amend hervor.

»Für unseren Plan ist das ganz gleich«, sagte Hörwangl jetzt mit kämpferischer Stimme. »Die Sache steht doch! Was jetzt kommen muss, das ist der zweite Schlag. Der Kürschner, der Heuschreck, muss endgültig das Fürchten lernen!«

Mit »Kürschner« meinte Hörwangl den Milliardär Alfons Kürschner, der in Deutschland vor allem als Inhaber und Vorstandsvorsitzender der in München ansässigen Private Logic-Invest Bank bekannt war. Kürschners Ruf als Unternehmer war tadellos. Das lag auch daran, dass sich der gebürtige Schwabe immer wieder als Mäzen hervorgetan hatte. Dennoch galt der Privatbankier als etwas schrullig, mied er doch – anders als viele andere Big Players der Bankiersszene – die Öffentlichkeit und verzichtete auch darauf, als Aufsichtsrat auf das Geschehen in anderen Großunternehmen Einfluss zu nehmen. Dass Kürschner einmal in der Klatschspalte eines Boulevardblatts auftauchen könnte, war praktisch undenkbar, die Welt der Paparazzi war nicht die seine, Interviews gab er nie. Der Traditionsunternehmer, der aus einem kleinen Wollverarbeitungsbetrieb, den er von seinem Vater geerbt hatte, einen großen Konzern gemacht hatte, konzentrierte sich ganz auf seine eigenen Geschäfte und war damit anscheinend auch gut und sicher ins neue Jahrtausend gefahren.

In Tegernsee wusste jeder, wer Kürschner war, was auch daran lag, dass er vor Jahrzehnten den Grundnerhof in Gmund – direkt an der Ortsgrenze zu Wiessee – gekauft hatte.

Der Grundnerhof war ein großzügiges Anwesen, das relativ nahe an der den See umschlängelnden Straße lag. Dort hatte, neben vielen anderen Persönlichkeiten, der berühmte Quantenphysiker und Nobelpreisträger Max Planck von 1885 an mehr als ein halbes Jahrhundert lang jedes Jahr seinen Urlaub verbracht. Der im Münchner Prominentenvorort Grünwald lebende Kürschner hatte das Haus in den Sechzigerjahren des letzten Jahrhunderts verhältnismäßig preiswert als Feriendomizil erworben und nach seinen Wünschen umbauen lassen. So sah das auf einer Anhöhe liegende Gebäude, das romantische Ausblicke auf die Gemeinden Gmund, St. Quirin und Tegernsee erlaubte, heute äußerlich beinahe noch aus wie der historische Grundnerhof zu Plancks Zeiten. Im Inneren allerdings hatte Kürschner an nichts gespart: Neben einem topmodernen Schwimmbad mit großzügigem Wellnessbereich hatte er auch jede Menge schwarzen Marmor aus der südchinesischen Provinz Guangxi verbaut und sich zudem Konferenzräume, Büros und mehrere luxuriös ausgestattete Gästesuiten einrichten lassen, die allerdings meist ungenutzt blieben, da der öffentlich respektierte Kürschner privat kaum Freunde hatte. Dass Kürschner regelmäßig mit seinem Privathubschrauber auf einer zu seinem Grund gehörenden Wiese landete, ohne dafür eine Genehmigung zu haben, wurde von den zuständigen Behörden gemäß dem tegernseerischen Lebensmotto vom »leben und leben lassen« geduldet, obwohl es immer wieder Anläufe engagierter Umweltschützer gab, die dem Flugbetrieb auf dem Grundnerhof einen Riegel vorschieben wollten. In den Achtzigerjahren war sogar einmal ein Trupp grüner Aktivisten, der über Nacht Kürschners Helikopterlandeplatz mit Spitzhacken in einen Kartoffelacker hatte verwandeln wollen, von ein paar Wiesseer Bauern, die die Aktion auf dem Nachhauseweg vom Wirtshaus bemerkt hatten, vertrieben worden. Kürschner weilte zu diesem Zeitpunkt gar nicht im Tal, aber die Wiesseer Bauern schlugen aus schlichter Dorfraison und ganz auf eigene Faust die etwas verhungert aussehenden »Körnerfresser« mit ihren schnell herbeigeholten Bulldogs in die Flucht. Hinterher hieß es, dass die Bauern nicht nur wegen der Traktoren eine gewisse Überlegenheit verspürt hätten, sondern auch aufgrund der Tatsache, dass sie vor der kriegerischen Aktion gegen die Jutetaschen-Barfußtänzer gemeinsam mehr als ein Fass Tegernseer zu sich genommen hatten. Wie viele Liter das Fass enthalten hatte, darüber kursierten die unterschiedlichsten Gerüchte. Fakt war, dass fortan niemand mehr etwas daran auszusetzen hatte, dass Kürschner mit seinem Hubschrauber landete, wann immer er wollte.

Die Solidarität mit dem Milliardär rührte daher, dass jeder wusste, dass Kürschner die Renovierung der Wiesseer Kirche finanziert, der Polizei ein repräsentatives Patrouillenboot gestiftet und die Entstehung des Olaf-Gulbransson-Museums gefördert hatte und er zudem regelmäßig allen Kindergärten am Tegernsee kräftige Finanzspritzen gab. Viele dieser Spenden liefen nicht über offizielle Konten, sondern unter der Hand. Wenn es darum ging, Leute gefügig zu machen, unterschied sich Kürschner nicht von Siemens oder anderen Großkonzernen. Ohne Schmiergeld keine großen Geschäfte, so in etwa lautete die Ansicht der meisten deutschen Topmanager, die an den wirklich großen Rädern der Wirtschaft drehten.

Auch Wastl Hörwangl, Klaus Amend, Pius Nagel und Ferdinand Fichtner hatten viele Jahre lang zu den Anhängern Kürschners gezählt – bis eben zu diesem einen Vorfall, weswegen sie nun im Tegernseer Bräustüberl ins Raunen geraten waren.

Anne war direkt vom Bräustüberl zum Kindergarten gejoggt und hatte ihre kranke Tochter abgeholt. Lisa sah blass aus. Ein Griff an ihre Stirn sagte Anne, dass das Mädchen tatsächlich Fieber hatte. Dass die Kindergärtnerin Anne Vorwürfe machte, weil sie so verantwortungslos gewesen war, ein krankes Kind in »ihre Einrichtung« zu schicken, war völlig unnötig. Anne plagte auch so schon ein gewaltig schlechtes Gewissen. Aber was hätte sie denn tun sollen? Bernhard hatte sie nun mal im Stich gelassen, und sie musste in diesem Mordfall weiterkommen. Musste sie? Ja, sie musste.

Als Anne Lisa durch die kleinen Sträßchen Tegernsees nach Hause trug, überlegte sie, ob sie nicht vielleicht einen Tick zu ehrgeizig in ihr neues Leben gestartet war. Anscheinend war es nur sie, die Zugereiste, die es umtrieb, dass Ferdinand Fichtner nicht eines natürlichen Todes gestorben sein könnte. Alle anderen – angefangen bei Annes Chef Nonnenmacher über Fichtners Ehefrau und Söhne bis hin zu seinen Stammtischbrüdern – schienen sich längst mit der Tatsache abgefunden zu haben, dass Fichtner nicht mehr war und dass er freiwillig aus dem Leben geschieden war. Anne war sich bewusst, dass es auch eine Lebenskunst sein konnte, gewisse Dinge einfach als gegeben zu akzeptieren. Auch spürte sie, dass sie, wollte sie sich hier in dieser Landidylle wohlfühlen, ihr Tempo ein wenig würde zurückfahren müssen. Man lebte hier nach dem Motto »weniger ist mehr«. Außerdem hatte man hier offensichtlich während mehrerer Jahrhunderte entbehrungsreichen Lebens – die Zeit des Reichtums hatte für die Tegernseer erst und zunächst recht zaghaft Anfang des neunzehnten Jahrhunderts mit den Besuchen des bayerischen Königs begonnen – gelernt, sich auch mit unangenehmen Situationen abzufinden. Aber Anne war sich nicht sicher, ob sie es schaffen würde, ihren Drang, Dinge zu bewegen und Missstände zu beseitigen, auf ein gesünderes Maß zurückzufahren. Natürlich, im Urlaub konnte sie sich schon etwas entspannen. Aber jetzt war das unmöglich, denn sie hatte ja eben erst eine neue Stelle angetreten; und noch roch alles, zumindest für sie, nach einem verdeckten Mord. Da musste sie doch handeln – schon aus ihrer Verantwortung als Polizistin heraus!

Zu Hause hatte sie Lisa gerade erst auf dem Wohnzimmersofa abgelegt, als das Telefon klingelte. Der Anruf, das sah sie auf dem Display, erreichte sie aus der Dienststelle. Anne hatte befürchtet, dass es schon wieder Sepp Kastner sei, doch es war Nonnenmacher, der sie mit befehlshaberischer Stimme dazu aufforderte, erst ihr Kind gesund zu pflegen und dann wieder den Dienst anzutreten. Er habe von seiner Frau, die mit der Leiterin des Kindergartens befreundet sei, gehört, dass Annes Tochter ja wohl ernstlich krank sei, und seine Frau habe ihn dazu aufgefordert, der Frau Loop zu sagen, dass sie nicht in den Dienst kommen solle, weil alles, was heute zu erledigen sei, auch vom Sepp und ihm erledigt werden könne. Und auch morgen sei noch ein Tag, also das meine jedenfalls seine Frau.

Anne dankte ihm, kam aber nach dem Auflegen gar nicht dazu, sich intensiver Gedanken darüber zu machen, wie es sein konnte, dass Lisas Krankheitsgeschichte bereits einmal um den halben See gewandert war, weil es erneut klingelte. Dieses Mal zeigte das Display »Nummer unbekannt«.

»Anne Loop?«, meldete sie sich, obwohl sich viele darüber lustig machten, dass sie immer auch ihren Vornamen nannte. Sie fand das nur höflich.

»Ja, hallo, ich bin's«, sagte die Stimme, und Anne erkannte sofort, dass es ihr Freund war.

»Bernhard, wo bist du? Wie geht's dir?«

»Ich bin in München.« Bernhard hatte wegen seiner Doktorarbeit noch ein Zimmer in einer WG im Glockenbachviertel. »Ich wollte dir nur mitteilen, dass kein Tumor in meinem Gehirn entdeckt wurde.«

»Na, siehst du, habe ich dir doch gesagt! Du solltest ruhig auch mal auf mich hören!«

»Ja, schon«, meinte Bernhard, »aber jetzt pass auf: Seit ich weiß, dass mit meinem Gehirn alles in Ordnung ist, fühlen sich die Zehen an meinem rechten Fuß so taub an. Und die Muskeln in meinem rechten Bein sind auch irgendwie blockiert. Meinst du, ich hatte vielleicht einen Bandscheibenvorfall? Das könnte schon sein, weil ich doch die schweren Kisten schleppen musste ...« Anne verdrehte die Augen, schwieg aber, und Bernhard fuhr fort: »Das müsste man natürlich sofort operieren.«

»Bernhard, ich brauche dich hier!«, antwortete Anne so ruhig wie möglich, doch hatte sie das Gefühl, dass ihre Stimme ein bisschen zitterte. »Lisa hat eine schwere Grippe, ich habe sie trotzdem in den Kindergarten geschickt, aber da war sie nur kurz, weil mich die Leiterin angerufen hat und mir Vorwürfe gemacht hat. Jetzt ist sie bei mir, aber ich muss doch arbeiten. Bernhard, bitte komm wieder zu uns, dann kannst *du* auf Lisa aufpassen. Ich möchte nicht gleich am Anfang hier dauernd in der Arbeit fehlen.«

»Aber Anne, du weißt doch, dass ein nicht behandelter Bandscheibenvorfall zu einer Querschnittlähmung führen kann. Willst du mich vielleicht bald im Rollstuhl rumschieben?«

»Bernhard, du hast sicher keinen Bandscheibenvorfall. Bitte lass dich jetzt nicht untersuchen, das kostet doch alles nur wieder Geld! Ruf lieber Herrn Doktor Kaul an. Oder fahr zu ihm hin, wenn du sowieso schon in München bist.«

»Du nimmst mich überhaupt nicht ernst«, nölte Bernhard empört, während Lisa rief, dass sie Durst habe und ihr langweilig sei.

»Mist, fluchte Anne. »Bernhard, ich muss jetzt zu Lisa. Mach, was du meinst, aber bitte sag mir immer, wo du bist. Ich mache mir Sorgen. Du hast ja nicht mal dein Handy mitgenommen. Dass du einfach abgehauen bist, ohne zu sagen, wohin, das war nicht fair, ich mache mir wirklich Sorgen ...«

»Ich will was trinken!«, schrie Lisa jetzt, und an der Tür klingelte es.

»Verdammt, jetzt läutet's auch noch, also dann Bernhard, ich muss jetzt ...«

Schnell rannte Anne zur Tür, vor der, mit einem Akkubohrer in der Hand, Herr Schimmler stand.

»Grüß Gott. Warten Sie, Herr Schimmler ... nein, kommen Sie rein, ich muss Lisa schnell was zu trinken geben, sie ist krank ...«

Anne ließ Schimmler stehen und eilte in die Küche, um Sekunden später mit einem Glas Leitungswasser zurückzuhetzen. Schimmler stand mittlerweile an der Schwelle zum Wohnzimmer und schaute etwas verdutzt. Anne musste sich an ihm vorbeidrücken, er roch nach altem Mann.

Als Lisa in großen Schlucken das Wasser trank, trat Herr Schimmler näher und erklärte Anne, dass er heute bei der »Tegernseer Zeitung« für sie so eine Rolle geholt habe, die koste ja nichts, und dass er sie eben vorn an das Gartentor hingeschraubt habe, weil sonst werde die ja immer nass, die Zeitung.

Anne war so durcheinander, dass sie erst, als sie Stunden später zur Mülltonne hinausging, verstand, was Schimmler gemacht hatte.

Jetzt bedankte sie sich nur reflexartig und schaute besorgt auf Lisa. Schimmler machte keine Anstalten zu gehen, sondern betrachtete kritisch die Tür, die zur Terrasse hinausführte. Dann ging er hin, öffnete sie, schloss sie, öffnete sie.

»Die müsst' man mal neu isolieren, das ist ja ein richtiges Glump, außerdem auch nicht sicher, und wenn ein Fräulein wie Sie hier so allein wohnt, wissen's, hier in Tegernsee gibt's schon auch so ein paar Hallodri ...«, sagte er in einem Tonfall, dass Anne die Spucke wegblieb. Als sie eben darauf hinweisen wollte, dass sie ja nicht allein sei, sondern es schließlich Bernhard in ihrem Leben gebe, sagte Schimmler: »Ich hol' schnell mein Werkzeug, dann mach' ich das für Sie.«

Erneut war Anne zu langsam, um Schimmler in seinem

Tatendrang zu bremsen, der wachsame Rentner war schon draußen.

Nachdem Anne die Stammtischbrüder im Tegernseer Bräustüberl zurückgelassen hatte, hatten diese nach einer weiteren Runde Hellem intensiv darüber nachgedacht, wie denn nun dieser zweite Schlag gegen den Heuschreck Kürschner aussehen könnte, nachdem der erste praktisch wirkungslos geblieben war, sah man einmal davon ab, dass der Ferdl sich per Aufhängen aus der Affäre, die man Leben nannte, gezogen hatte. Verschiedenes wurde ins Feld geführt, man erwog sogar eine Geiselnahme unter Einsatz von echten Schusswaffen und Sprengkörpern. Doch erschien dieser Weg den drei Oberländern zu brutal, jedenfalls für den Augenblick. Dass der Tegernseer von Haus aus zunächst einmal ein friedliebender Mensch war, der jedem anderen seine Ruhe lässt, wenn ihm nur auch die seine vergönnt blieb, darüber herrschte auch am Stammtisch Einigkeit.

Eine andere Variante sah vor, Kürschner zu entführen, mit einem langen Seil an einem Boot festzubinden und so lange über den See zu ziehen, bis er die gewünschten Zugeständnisse gemacht hätte. Sollte der alte Sauhund nicht klein beigeben, konnte man ihn an einer der tiefsten Stellen im Wasser aussetzen, dort, wo der See siebzig Meter tief war, und anschließend abwarten, bis der Bazi weich wurde. Diese Methode wurde vor allem von Bootsführer Amend favorisiert, jedoch von Bauer Nagel abgelehnt, der eher wasserscheu war – und das, obwohl seine Familie schon seit zwei Jahrhunderten am See ansässig war. Nach einigem Palaver kamen die drei zu dem Schluss, dass sie vielleicht auch mit milderen Mitteln den Kürschner zum Nachgeben zwingen könnten. Schließlich ging es bei ihm um Peanuts, wie man in seinen Kreisen vermutlich sagte, auch wenn diese Peanuts für andere existenzvernichtend sein konnten.

Das Gespräch mit Anne und das folgende Durchspielen verschiedener Strategien hatte die drei viel Zeit gekostet, weshalb sie sich bereits in der siebten Runde befanden – normalerweise trennte man sich schon nach dem fünften gemeinsamen Bier –, als dem Bootsführer Amend die Lösung einfiel.

»Ich hab's!«, meinte er, nun schon mit etwas schwerer Zunge. »Wir stellen dem Heuschreck einfach das Wasser ab.«

Die beiden anderen starrten Amend an, als sei er verrückt geworden, wagten es aber nicht, diesen Vorschlag abzulehnen, weil ihnen nichts Besseres einfiel. Da von Hörwangl und Nagel nichts kam, nahm Amend noch einen tiefen Schluck und sagte: »Der Sauhund kommt doch immer aus München daher mit seinem Hubschrauber, manchmal sogar erst am späten Abend und ohne dass es wer weiß, vorher. Ja, was meint's ihr, wie der schaut, wenn der dann duschen will, und da kommt nix? Mit so etwas rechnet ein Milliardär doch nicht, dass in seinem Haus kein Wasser mehr fließen könnt'!«

»Ja, aber wie sollen wir denn das Wasser vom Haus wegbekommen?«, fragte der Fischer Hörwangl, für den es schon aus beruflichen Gründen eine schreckliche Vorstellung war, ohne Wasser auskommen zu müssen.

»Mir drehen einfach den Haupthahn zu«, schlug Amend vor.

»Und dann ruft der einen von seinen Sklaven an, und der dreht den Hahn wieder auf, und fertig ist die Gaudi«, winkte Hörwangl ab. »Das ist kein rechtes Druckmittel zum Beeindrucken von so einem reichen Sauhund.«

»Da hat der Wastl recht«, stimmte Nagel zu. »Wir müssen ihm schon seine Hauptleitung manipulieren. Am besten an einer Stelle, die wo er oder seine Handlanger nachts nicht so einfach finden. Der soll schon mindestens eine Nacht ohne Wasser sein, der Heuschreck, der gscherde.«

»Da brauchen wir aber einen Fachmann«, befand Wastl Hörwangl, »einen Fachmann unseres Vertrauens.«

Es dauerte nur wenige Minuten, bis die drei sich darüber einig waren, wen sie mit dieser äußerst diffizilen Aufgabe betrauen wollten.

Der Leiter der Polizeiinspektion Bad Wiessee, Kurt Nonnenmacher, wunderte sich dieser Tage immer mehr über sich selbst: Warum hatte er diesen saudummen Selbstmordfall nicht, wie es Vorschrift war, an die Kripo gemeldet? Dann wäre er diese ganzen Scherereien jetzt los. Ob er jetzt noch eine Meldung absetzen sollte? Wie aber würden die Kollegen von der Miesbacher Kripo reagieren? Zwar hatte er keine großen Ambitionen mehr, denn mit dem angesehenen Amt, das er als Polizeichef bekleidete, war er höchst zufrieden. Aber natürlich stärkte es nicht gerade den Zusammenhalt, mithin die gegenseitige Kollegialität und das Vertrauen, wenn ruchbar wurde, dass man hier am Tegernsee mutwillig die Dienstvorschriften umging und eigensinnige Extratouren fuhr. Die Akte Fichtner hatte er, seit die Neue wegen ihres kranken Kindes und des schwächlichen Lebensgefährten zu Hause geblieben war, auf seinem Tisch deponiert und immer wieder darin geblättert. Die Fotos waren schon sehr merkwürdig, da hatte die Loop recht. Hatte der Ferdl wirklich ein geheimes Sexleben geführt, bei dem die Hosenträger zwischen den Beinen eine Rolle spielten? Der Ferdl, der immer dabei war, wenn man ihn brauchte, ganz gleich, ob es bei der Feuerwehr, beim Trachtenverein oder beim Männerchor war? Konnte er, Nonnenmacher, es wagen, Ferdls Frau zu seinen, Ferdls, Sexdingen zu befragen? Zum Beispiel, ob ihr Mann bisweilen mit merkwürdigen erotischen Wünschen an sie herangetreten war? Nein, das konnte er unmöglich. Dass ein Mann, dazu noch ein Bekannter der Familie, einer Frau und Witwe eine solche Frage stellte, das war delikat, das war genau genommen undenkbar! Solche Ermittlungen sollte schon lieber die Loop übernehmen. Letztlich war sie ja auch schuld, dass man es jetzt mit einem Mord zu tun hatte. Allerdings sprach schon einiges dafür. Auch wenn Nonnenmacher es nicht einmal sich selbst eingestehen wollte: Die Sache mit dem Seil, die die Loop herausgefunden hatte, konnte man nicht so leicht übergehen. Dass der knauserige Fichtner sich ein neues Seil gekauft hatte, um sich daran aufzuhängen, wo er doch genügend Kälberstricke hatte, also das war wirklich abwegig. Man musste also annehmen, dass da ein Fremder Hand angelegt hatte. Aber wer? Wer konnte ein Interesse daran haben, den Fichtner umzubringen – und dann das Ganze auch noch als Selbstmord zu tarnen? Und warum der Hosenträger? Sacklzement!

In Nonnenmachers Sinnieren hinein platzte Sepp Kastner, der seinen Chef mit »Griaß di, Kurt« aus seinen Gedanken riss.

»Morgen«, antwortete Nonnenmacher grummelig. »Was gibt's?«

»Ach nix«, sagte Kastner, druckste aber so merkwürdig herum, dass Nonnenmacher gleich klar war, dass Kastner etwas wollte.

»Ich merk' doch, dass was ist«, setzte Nonnenmacher deshalb knurrig nach.

»Ja, also, ich dacht' mir, du bist doch verheiratet.«

Nonnenmacher schaute ihn entsetzt an. »Ja? Und? Soll ich mich scheiden lassen?«

»Nein nein, im Gegenteil. Ich meine, wenn du verheiratet bist, dann hast du natürlich auch Erfahrung in so Dingen ...«

»In was für Dingen?«

»Ja halt, was mich interessieren tät': Wie hast du eigentlich deine Frau ... wie soll ich sagen ... rumgekriegt?«

Diese Frage, verbunden mit Kastners unsicher-dümmlichem Gesichtsausdruck, führte bei Nonnenmacher zu einem gewaltigen Heiterkeitsausbruch. Der Sepp war doch schon eine ganz besondere Nummer! War er also immer noch hinter dieser Tegernsee-Angelina her!

»Was lachst jetzt so?«, fragte Kastner noch verunsicherter.

»Dass du immer noch nicht kapiert hast, dass die Loop in festen Händen ist und außerdem für dich einfach zu schön, um wahr zu sein ...«

Kastner schüttelte den Kopf: »Die braucht eine Stütze, da bin ich ganz sicher. Gerade jetzt: 's Kind ist krank, der Freund stirbt wahrscheinlich bald, sie hat einen Mordfall am Hals ...

da braucht man auch einmal eine starke Schulter, an die man sich lehnen kann.«

»Und die hast du, die starke Schulter?«, tönte Nonnenmacher und bekam gleich noch einen Lachanfall. »Welche ist's denn, wenn ich fragen darf, die rechte oder die linke, hahaha?« Dann besann er sich aber der Tatsache, dass er den Sepp Kastner als Kollegen und auch schon fast als Freund sehr schätzte, denn der Sepp war vielleicht keine Leuchte, dafür aber zuverlässig, ehrlich und fleißig. Es war also besser, ihm dabei zu helfen, das schlimmste Liebesunglück zu verhindern, anstatt ihn auszulachen und ins Verderben rennen zu lassen. Deshalb riss sich der Polizeichef zusammen, was ihm wahrhaft schwerfiel, und meinte: »Spaß beiseite, Sepp, was wolltest du mich fragen?«

»Na ja, wie du damals deine Frau zum ersten Mal ... also, wie du es halt geschafft hast?«

»Was? Mit ihr in die Kisten zum springen oder was?«

»Nein nein«, wiegelte Kastner ab, »das doch nicht! Halt wie du zum ersten Mal mit ihr ausgegangen bist.«

Jetzt war es an Nonnenmacher, rot zu werden, denn diese ersten Schritte in der Beziehung zu seiner Frau hatte er im Mottenkasten der Erinnerung versenkt, waren diese doch seinerzeit auch nicht so richtig rund gelaufen.

»Hm«, hüstelte er deshalb, um dann zu schwindeln: »Das war ganz unspektakulär. Früher hat man ja noch gefensterlt, und so hab' ich das dann halt auch gemacht.«

»Aber so alt bist du doch gar nicht, dass man da noch gefensterlt hätt'«, wandte Kastner ein.

»Ja, das stimmt schon, das war da eher schon so ein bisschen out.« Ganz bewusst verwendete Nonnenmacher »out«, dieses aus seiner Sicht topmoderne Wort.

»Und? Hat's denn funktioniert?«, fragte Kastner neugierig.

»Joa, im Großen und Ganzen schon«, log Nonnenmacher. Er wollte das Gespräch jetzt abkürzen, um Kastner nicht erzählen zu müssen, wie es wirklich gewesen war, damals. »Das mit dem Fensterln hat ihr dann gefallen, und dann haben wir uns einmal zum Baden verabredet. Da ist dann der Rest passiert.«

»Baden?«, dachte Kastner kurz nach. »Das ist ein guter Einfall! Ich könnt' ja mit der Anne Loop baden gehen, das ist gut, Kurt, das ist richtig gut!« Und schon war er wieder draußen.

Nonnenmacher schüttelte den Kopf und versuchte, die lästige Erinnerung an das Fensterln zu verdrängen; hatte er doch seinerzeit, auf einer wackeligen Leiter stehend, seine selbst verfassten Liebesgedichte versehentlich vor dem geöffneten Fenster von Helgas verwitweter Urgroßmutter vorgetragen; und war er doch dann, als die Urgroßmutter wegen all des unbeholfen gereimten Süßholzgeraspels hochroten Kopfes im Nachthemd ans Fenster getreten war, vor Schreck von der Leiter gefallen. Die Landung war in jeder Hinsicht schmerzhaft gewesen und hatte Nonnenmacher ein halbes Jahr Krankenhaus eingebracht. Immerhin hatte das Fensterln damals seinen Sinn erfüllt, denn seine Zukünftige hatte ihn im Krankenhaus besucht, und als Nonnenmacher wieder geheilt war, waren sie tatsächlich zusammen an eine geheime Badestelle gegangen, die sie noch immer gelegentlich nutzten, und einander nähergekommen. Aber das alles war Nonnenmacher erstens peinlich, und zweitens brauchte Kastner es nicht zu erfahren, denn dann wüsste es bald die halbe Inspektion.

Da die Anzahl vertrauenswürdiger Menschen in Tegernsee, die in dem Bereich »Gas, Wasser, Scheiße«, wie der Volksmund sagte, über den Ruf eines Fachmanns verfügten, begrenzt war, fiel die Wahl des Trios Hörwangl, Amend und Nagel sehr bald auf Sigi Großmann. Der Sanitärinstallateur schuldete Amend ohnehin noch einen Gefallen, denn der Bootsführer hatte eigens für Großmanns Hochzeit mit dem italienischen Fotomodell Rita Ciampolini vor zwei Jahren auf eigene Kappe und ohne Genehmigung seiner Vorgesetzten von der Bayerischen Seenschifffahrt das Schiff »Tegernsee« nachts um zwölf in Betrieb genommen, um die gesamte Hochzeitsgesellschaft zu einer Rundfahrt unter klarstem Sternenhimmel zu entführen. Ganz gleich, wohin die Hochzeitsgäste in dieser Nacht geschaut hatten, überall hatten sie die sanften Silhouetten der umliegenden Berggipfel gesehen. Kein Wunder, dass es viel waren, die den Sigi Großmann um diese einzigartige Vermählung beneideten – und das nicht nur wegen des »italienischen Superweibs« (wie man Rita Ciampolini am Tegernsee nun nannte), das Großmann erobert hatte.

Amend freilich hatte danach eine Menge Ärger bekommen – auch, weil er nicht ganz nüchtern am Steuerrad gestanden hatte, was man sogar vom Ufer aus an den Schlangenlinien des von ihm gelenkten Schiffes hatte erkennen können –, und es war sogar erwogen worden, ihm den Bootsführerschein zu entziehen. Doch weil er schon in der vierten Generation Bootsführer war und sich weder er noch sein Vater, sein Großvater oder Urgroßvater je im Dienst etwas hatten zuschulden kommen lassen, hatte man beschlossen, die Sache auf sich beruhen zu lassen. Amend hatte nicht einmal den Sprit ersetzen müssen. Offiziell wurde sein Vorgehen natürlich verurteilt, doch an den Stammtischen rund um den Tegernsee war man sich einig, dass der Amend schon »a Hund is« und letztlich jeder gerne dem Sanitärinstallateur Sigi Großmann diesen Gefallen getan hätte. Zum einen grenzte es schier an ein Wunder, dass ein normaler Tegernseer Bub diese rassige Rita aus Siena klargemacht hatte, die von ihren unübersehbaren körperlichen Vorzügen her gut und gerne auch mit einem Dieter Bohlen, einem Lothar Matthäus oder einem Boris Becker hätte durchbrennen können; zum anderen wollte man es nicht immer nur den zugereisten Großkopferten überlassen, spektakuläre Feste am Tegernsee zu feiern.

»Was die Reichen mit ihrem Geld können, können mir mit unserem bayerischen Menschenverstand und dem auf natürliche Weise gewachsenen Zusammenhalt schon lange!«, hatte sogar der sonst eher ruhige Nonnenmacher einmal, erhitzt vom Bier, im Rahmen eines der Gespräche über die Amend-Hochzeit am Stammtisch ausgerufen. Ein bisschen hatte er diesen

Ausbruch hinterher bereut, denn natürlich freuten sich die Tegernseer grundsätzlich schon über die Urlauber am See, gerade auch über die Reichen, doch dass dann *nur* diese Schickimickis das Recht haben sollten, auf den Putz zu hauen, kam nicht infrage – was man aber auch nicht im Bräustüberl herumschreien musste. Aber ein kurzer Blick durch den rumorenden Gastraum sagte Nonnenmacher, dass sowieso keiner von den »Preißn«, wie man die Fremden hier nannte, ganz gleich, aus welchen Teilen Deutschlands nördlich der Donau sie kamen, etwas gehört oder verstanden hatte, dazu waren sie viel zu sehr mit ihren Schweinshax'n und Bierbratln, manche auch mit dem »Salat Vegetarisch« beschäftigt, der, wenn es nach Nonnenmacher ging, nicht auf der Speisekarte hätte stehen müssen, weil: Ein Mann ist ja kein Hase.

Der Amend hatte also beim Großmann noch etwas gut, und so war es ihm ein Leichtes, den Installateur zu einem konspirativen Treffen »wegen einer wichtigen Geheimsache« zu bitten. Die drei hatten es allerdings als sinnvoll erachtet, dieses Treffen nicht im Bräustüberl abzuhalten, denn Großmann gehörte nicht zu ihrem Stammtisch, und das hätte garantiert Gerede gegeben. Also hatte man vereinbart, sich an einem Ort fern des Trubels zu treffen, und zwar oben beim Riedersteinkircherl. Die kleine Kapelle lag noch hinter Galaun und dem gleichnamigen Gasthaus auf einer Höhe von über tausend Metern und wurde von Einheimischen nur zu besonderen Anlässen wie etwa Feiertagen aufgesucht. Da an diesem Tag auch noch die Bergsicht wegen regnerischen Wetters eingeschränkt und die Temperatur kühl war, bestand wenig Gefahr, dass jemand aus dem Tal mitbekommen würde, was der Hörwangl Wastl, der Amend Klaus und der Nagel Pius mit dem Großmann Sigi zu bereden hatten.

Anne war nun schon den dritten Tag nicht im Dienst. Immerhin kam Lisa allmählich wieder auf die Beine. Auch Bernhard hatte sich hin und wieder telefonisch gemeldet. Seine Befürchtungen, einen Gehirntumor zu haben, waren nicht wiedergekehrt, und der von ihm aufgesuchte Orthopäde hatte keine weiteren Symptome gefunden, die auf einen sofort zu operierenden Bandscheibenvorfall hindeuteten. Anne hatte auch bereits mit Bernhards Therapeuten Doktor Kaul gesprochen, doch dieser hatte sich geweigert, von sich aus mit Bernhard Kontakt aufzunehmen, weil, wie er sagte, der Impuls vom Kranken selbst ausgehen müsse. Ebenso ließ er keinen Zweifel daran, dass er glaube, Bernhard sei ernstlich psychisch krank. Er empfahl ihr, den Lebensgefährten so schnell wie möglich dazu zu bewegen, ihn aufzusuchen.

Anne stimmte ihm zu, doch hatte sie keine Ahnung, woher sie auch noch die Zeit nehmen sollte, Bernhard hinterherzurennen. Seit Lisas Geburt fühlte sie sich wie in einem Hamsterrad und wusste oft nicht, was sie zuerst tun sollte: Mit Lisa spielen, aufräumen, waschen oder einkaufen? Es war nicht leicht.

Als sie am Vorabend – Lisa schlief bereits – bei Bernhard in der WG anrief und einer seiner Mitbewohner ihr sagte, Bernhard sei eben mit der einzigen weiblichen WG-Genossin auf ein Bier gegangen, bekam Anne einen Heulkrampf. Das war nun wirklich zu viel! Der Umzug, der neue Job, der Fichtner-Mord, Lisas und Bernhards Krankheiten – und jetzt ging er mit einer aus der WG weg, anstatt hierherzukommen und ihr zur Seite zu stehen! Anne konnte nicht mehr.

Da klingelte es an der Tür.

»Bernhard?«, schoss es der Polizistin durch den Kopf, doch gleich darauf fiel ihr ein, dass er es nicht sein konnte, weil er laut Aussage seines Mitbewohners eben erst in München die Wohnung verlassen hatte. Also wahrscheinlich Herr Schimmler, der wieder etwas reparieren wollte. Auf den hatte Anne nun wirklich keinen Bock. So blieb sie einfach im Wohnzimmer sitzen, kuschelte sich in ihre Decke und verhielt sich still.

Kurz darauf hörte sie auf den Platten, die ums Haus herum zur Terrasse führten, vorsichtig tapsende Schritte. Draußen war es schon dunkel, der See lag still, ein leichter Wind wehte.

Anne sah einen Schatten. Wer war das? Sie duckte sich ins Sofa hinein, damit der Schleichende, sollte er durch die Panoramascheibe schauen, sie nicht sehen konnte. Als sie draußen eine Silhouette erblickte, fiel ihr mit Erschrecken ein, dass sie die von Herrn Schimmler in einer dreistündigen Reparaturgroßaktion wieder instand gesetzte Terrassentür nicht verriegelt hatte. Der Unbekannte musste also lediglich gegen die Tür drücken, um diese zu öffnen. Anne überlegte, wo sie ihre Dienstwaffe hatte. Fehlanzeige. Die Heckler & Koch P 7 mit ihrem 9 × 19-mm-Kaliber lag im Nachtkästchen im Schlafzimmer.

Der Mann im Freien schien an seinen Kleidern herumzufummeln. Vor Anne auf dem Tisch lag das Obstmesser, mit dem sie sich eben noch einen Apfel geschnitten hatte. Ihre Tränen waren mittlerweile getrocknet. Jetzt ging der Fremde zur Terrassentür und drückte sie vorsichtig auf. Demnach hatte er nicht gesehen, dass Anne sich im Wohnzimmer aufhielt. Als der Unbekannte den ersten Schritt ins Wohnzimmer tat, richtete Anne sich blitzschnell auf, riss das Obstmesser an sich, machte zwei Sätze zur Terrassentür, packte den Fremden mit dem einen Arm von hinten am Hals und hielt ihm mit der anderen Hand das Messer an die Kehle.

In dem Moment, in dem der Einbrecher einen gurgelnden Laut von sich gab, wurde Anne klar – komischerweise roch sie es –, dass der Eindringling Sepp Kastner war. Angeekelt stieß sie ihn von sich weg und schrie ihn an: »Bist du bescheuert? Was brichst du hier in mein Haus ein? Ich glaub', du hast nicht mehr alle Tassen im Schrank! Ich hätte dich fast umgebracht, du Idiot!«

Kastner stand noch unter Schock und stammelte nur wirres Zeug. Anne ließ sich auf das Sofa fallen, schüttelte den Kopf und meinte erneut: »Du Idiot!«

Kastner schaute sie, blass im Gesicht, an.

»Was willst du?«, fragte Anne aufgebracht.

»Ich habe mir Sorgen gemacht. Ich wollte dich besuchen, aber dann hat niemand aufgemacht, obwohl Licht gebrannt hat. Da dachte ich, dir wäre etwas zugestoßen. Du hättest ja auch tot im Haus liegen können, oder? Hast du nicht gesagt, dass dein ... ähm ... Freund, dass der psychisch ein bisschen ...« Kastner bewegte seine rechte Hand in einer Scheibenwischerbewegung vor dem Gesicht hin und her.

Anne konnte sich nicht mehr beherrschen. »Ich glaube, du bist nicht ganz dicht! Erst brichst du bei mir ein, dann sagst du mir, dass mein Freund ein Psycho ist ...«, sie hielt kurz inne, »... Warum rufst du nicht vorher an, wenn du hier vorbeikommst, verdammte Scheiße?«

»Ich, ich ... wollte dich überraschen, und geklingelt habe ich ja«, meinte Kastner hilflos, da er seinen Fehler einsah. »Schau hier, ich hab' dir was mitgebracht.« Er gab ihr einen kleinen Anhänger. »Das ist der Seegeist vom Tegernsee, das hab' ich noch vom letzten Advent. Der soll dich schützen.«

Anne schüttelte erneut entrüstet den Kopf.

»Hast du geweint?«, fragte Kastner.

»Nein!«, erwiderte sie unwillig. Natürlich hatte sie geweint. »Was willst du hier?«

»Ich wollt' dich fragen, ob wir, also wenn's jetzt dann bald ein bisserl wärmer wird, also da kenn' ich eine Stelle, die Lisa kann natürlich auch mitkommen ... aber ...«

»Was jetzt also?«, blaffte Anne ihn an.

»Da kann man baden. Das wollt' ich dir – euch – zeigen. Dass wir vielleicht einmal zusammen baden gehen könnten, hab' ich mir gedacht.«

Anne schluckte. Der Sepp war zwar ein Depp, aber irgendwie auch lieb.

Etwas komisch hatte der Großmann Sigi das schon gefunden, dass er bis zum Riedersteinkircherl hinaufsteigen sollte wegen dieser Unterredung, aber der erste April war vorbei, es konnte sich also nicht um einen Scherz handeln, und dass auf den Amend Verlass war, wusste er nicht erst seit dessen selbstlosem Einsatz für seine, Großmanns, Hochzeit.

Die drei anderen saßen schon auf den Stufen vor der Kapelle, als Großmann – bekleidet mit der dunkelblauen Monteurskluft, denn er war ja offiziell im Dienst – den Kreuzweg heraufgekeucht kam.

»Ihr seid's mir so Schneekönige«, schnaufte der solariumgebräunte Installateur, als er am Riedersteinkircherl ankam. Trotz Nieselwetter hatte er seine coole Sonnenbrille mit den dunklen Gläsern nicht abgenommen, und so glich er mit seinem gepflegten schwarzen Schnurrbart frappant dem Titelhelden der Fernsehserie »Magnum«. Großmann reichte den dreien nacheinander die Hand. »Das muss jetzt aber schon etwas Wichtiges sein, dass ihr mich da mitten in der Woche und während meiner Bereitschaft eine Bergtour machen lasst's!«

»Es ist auch wichtig«, entgegnete Amend. »Es geht praktisch um unser aller Leben.«

»Um meines auch gleich noch?«, fragte Großmann, der das Ganze nicht so richtig ernst zu nehmen schien.

»Nein, aber um unseres«, meinte Amend ernst. »Eine Leiche haben wir ja schon.«

Sigi Großmann schaute Amend mit großen Augen an: »Habt's einen um'bracht?« Aber dann besann er sich und fragte ein wenig gestelzt: »Habt's etwa was mit dem Ferdl seinem Ableben zum tun?«

»Nicht direkt«, übernahm der Fischer Hörwangl das Wort. »Also wenn's nach uns ging, dann wär' der Ferdl noch mit dabei.«

»Bei was?«

»Bei unserer Heuschreckenjagd«, erklärte Hörwangl.

»Aha!«, sagte Großmann und nickte übertrieben. Er war sich nun doch nicht mehr so sicher, ob das Vertrauen, das er in Amend und seine Kameraden aus alter Verbundenheit heraus gehabt hatte, nicht vielleicht etwas blind gewesen war.

Doch Hörwangl ließ sich durch die nun misstrauisch gewordene Miene des Sanitärinstallateurs nicht ablenken, sondern fügte geheimnisvoll hinzu: »Wir sind nämlich die Tegernseer Kammerjäger. Man kennt uns noch nicht, aber man wird sich noch vor uns zum fürchten lernen.«

Jetzt war sich Großmann ziemlich sicher, dass die drei nicht mehr alle Fische im Weiher hatten, und sagte unwirsch: »Und wegen so einem Schmarren jagt's ihr mich den Berg hier rauf? Wegen Heuschrecken? Wo gibt's denn hier jetzt bitte Heuschrecken, und was hab' ich damit am Hut?«

»Nicht so laut«, raunte der Bauer Pius Nagel und schob sich seinen Tegernseer Hut aus dem Gesicht. »Keine normalen Heuschrecken, sondern so welche wie aus der Tagesschau. Weißt schon, so Finanzheuschrecken. Auf die haben mir es abgesehen.«

»Ja, da seid's ihr ja genau die Richtigen«, erwiderte der Sanitärexperte etwas verächtlich. »Wahrscheinlich wollt's jetzt dem Ackermann und dem Zumwinkel an den Kragen.«

»Ja«, flüsterte Nagel, »nicht schlecht, nicht schlecht, du bist auf dem richtigen Weg, aber bitte nicht so laut. Man könnt' uns hören.«

»Ich glaub', ihr habt's nicht mehr alle. Ich geh'.« Großmann drehte sich um und wollte wieder nach Galaun hinabsteigen, denn für solche Kindereien hatte er nun beileibe keine Zeit – die Arbeit, die anspruchsvolle Gattin, das Solarium.

»Halt, bleib da!«, rief Hörwangl im Aufspringen und bekam Großmann an der Schulter zu fassen. Der riss sich aber los und ging zügig ein paar Schritte weiter in Richtung Tal. Hörwangl eilte ihm hinterher und stellte sich ihm in den Weg, wobei er beinahe über eine Baumwurzel gestolpert wäre. »Jetzt bleib halt da! Um den Kürschner geht's, den Sauhund!«

Fiel der Name Kürschner am Tegernsee, verfehlte das nie seine Wirkung, und so blieb auch Großmann stehen und fragte neugierig, was denn bitte mit dem Kürschner sei und warum Hörwangl diesen einen Sauhund nenne.

»Jetzt kommst erst einmal zurück, dann erklären wir's dir«, erwiderte Hörwangl und schob Großmann zurück zu den Stufen der Riedersteinkapelle. Dort drückte er den Installateur auf den obersten Absatz nieder, zog einen Flachmann aus der gestrickten Joppe, schraubte ihn auf, nahm einen Schluck, gab das Fläschchen an die anderen weiter und holte zu einer umfassenden Erklärung aus: Der Milliardär Kürschner, der Heuschreck, der dreckige, habe nämlich im Prinzip nicht nur ihrer dreier Leben verpfuscht, sondern auch das des Fichtner Ferdl. Der habe sich nämlich nur dem Kürschner seinen Machenschaften wegen umgebracht. Großmann guckte zweifelnd, doch Hörwangl ließ sich jetzt nicht mehr verunsichern, der Zug rollte: Der Kürschner habe nämlich eine Bank. Und diese Bank habe einen Aktienfonds gegründet.

»Aufgelegt, heißt das«, warf Amend ein.

»Ja, halt gemacht hat er einen«, so Hörwangl. »Und der Josef Bichler, der für den sauhundigen Kürschner als Finanzberater, also als berufsmäßiger Lügner arbeitet, hat uns, also den Nagel Pius, den Amend Klaus, den Fichtner Ferdl und meine Wenigkeit in diesen ganz und gar niederträchtigen Betrugsfonds hineingeredet, was zur Folge hat, dass wir vier zusammen jetzt eine Million verloren haben.«

»Was?«, staunte Großmann. »Eine Million Euro?« Diese Zahl war auch für ihn, der in den Häusern der Reichen und Schönen des Tegernseer Tals ein und aus ging, groß, und er brauchte eine kurze Weile, um sich die vielen Nullen vorzustellen. Dann sagte er: »Ja, wo habt's denn ihr so viel Geld her?«

»Na ja«, erklärte Hörwangl, »eine Million geteilt durch vier macht nach Adam Riese Zweihundertfünfzigtausend. Jeder von uns hat halt alles, was er gehabt hat, dem Bichler, also dem Kürschner, in den Rachen geworfen. Außerdem haben mir teilweise Wald verpfändet, Schulden aufs Haus aufgenommen und und und.« Beim letzten »und« pfefferte Hörwangl einen Tannenzapfen, den er, ohne es zu bemerken, schon die ganze Zeit in seiner Hand gewälzt hatte, gegen eine ein paar Meter entfernt stehende Fichte. Das Tal steckte in dichtem Nebel. Irgendwo im Wald knatterte eine Motorsäge, dann war das Krachen zu hören, als der Baum fiel.

»Aber wenn's ein Betrug ist, dann könnt's doch den Bichler und den Kürschner verklagen«, entgegnete Großmann, der schon einmal wegen einer geschäftlichen Schadensersatzsache vor dem Amtsgericht Miesbach eine Aussage gemacht hatte und sich daher auskannte.

»Einen Scheißdreck können wir«, fluchte Nagel. »Weil es offiziell nicht als Betrug gilt, was die Haderlumpen gemacht haben. Die sagen, dass die verreckte Finanzkrise daran schuld ist, wie der Fonds sich entwickelt hat.« Dabei sprach Nagel das »Fonds« nicht französisch aus, sondern so, wie man es schreibt.

»Vielleicht ist das ja auch so«, wandte Großmann ein.

»Gleich wie«, bügelte Nagel den Einwand nieder. »Der Kürschner hat mit seinem Scheißfonds unser Geld verkuhwedelt. Aber selber muss er noch eins haben, er ist ja schließlich Milliardär. Und deswegen wollen wir von ihm jetzt die Million zurück, persönlich!«

»Aber warum habt's denn überhaupts mitgemacht bei dem Fonds?«

»Weil...«, Nagel dachte nach, suchte den Blick der anderen, zuckte die Schultern, schaute zu der Muttergottes mit dem blauen Umhang, die über die alte Holztür der Kapelle gemalt war, »...weil der Bichler g'sagt hat, dass sich das Geld in diesem Fonds unglaublich schnell vermehrt. Weil es für einen arbeitet, und nicht man für es. Und weil es die Reichen auch so machen. Da haben mir uns gedacht, was die Reichen können, können mir auch.«

Großmann schaute jetzt eher mitleidig drein.

Nagel fügte erklärend hinzu: »Du kennst doch die ganzen Bazi, die bei uns Urlaub machen – der Bichler hat g'sagt, dass die auch bloß so reich sind, weil's das Geld für sich arbeiten lassen.« Er suchte, um Verständnis ringend, Großmanns Blick. »Also haben wir uns gedacht: Warum sollen jetzt bloß immer wir einfachen Leut' arbeiten, wo's das Geld doch allein tun könnt'.«

Anstatt zuzugeben, dass sich das Ganze für ihn ein bisschen dumm anhöre, nickte Großmann nur. Auch er hatte in der Finanzkrise Geld verloren, allerdings nicht in so lebensbedrohlichem Ausmaß wie die drei Bergkameraden, mit denen er an diesem schattigen Tag auf dem Riederstein zusammensaß.

»Und jetzt seid's bankrott?«

»Ja«, gestand Hörwangl trocken ein. »Aber nicht mehr lange. Weil, wenn du uns hilfst, dann kriegen wir unser Geld zurück.«

»Und was sagt der Bichler, der wo euch den Mist verkauft hat? Warum holt's euch nicht von dem das Geld zurück?«

»Den haben mir schon in die Zange genommen. Aber der sagt, dass man da nix machen kann, weil in dem Kleingedruckten von den Verträgen drinsteht, dass man alles, was man einsetzt, verlieren kann.«

»Und das soll erlaubt sein? Dass einem das Geld genommen wird und man nix tun kann? Ihr müsstet's den doch haftbar machen können! Wenn ich jetzt zum Beispiel einem Kunden eine gelumpige Heizung einbau', dann muss ich ja auch haften.«

»Ja, bei einer Heizung ist das ja klar, aber wir haben ja eben gerade keine Heizung 'kauft, sondern so einen Scheißfonds«, meinte Nagel, der sich immer wieder darüber ärgern musste, dass er nicht einfach auf sein Gefühl gehört hatte, das ihm zugeflüstert hatte, dass das nicht sein konnte, dass nur das Geld arbeitet und man selbst nicht.

»Der Bichler sagt«, erklärte jetzt Amend, »dass man da nix zurückverlangen kann. Er selber würd's uns ja gern zurückgeben, aber er hat nix.«

»Aber«, fuhr nun Nagel fort, »immerhin hat der windige Hund uns verraten, dass die Bank, die wo unser Geld gestohlen hat, dem Kürschner gehört. Das haben mir ja überhaupt gar nicht gewusst. Und weil der Kürschner zufällig bei uns im Tal wohnt – also wenigstens manchmal, wenn er halt gerade eine Lust verspürt, mit seinem Heli einzuschweben –, sind mir dann auf unseren Plan gekommen …«

»Der wo da lautet«, fiel Hörwangl ihm ins Wort, »nicht vom Bichler holen mir uns unser Geld zurück, der ist nur ein

Windbeutel, sondern vom Kürschner, dem Finanzverbrecher und hauptamtlichen Sauhund.«

Großmann nickte nachdenklich, dann fragte er: »Und was hab' jetzt ich damit zum tun?«

»Du sollst den Kürschner umbringen«, meinte Hörwangl so bierernst, dass Großmanns Gesicht für einen Augenblick zusammenfiel wie ein aus Bierdeckeln aufgetürmtes Kartenhaus, wenn im Bräustüberl die Bedienung mit wehendem Dirndl und acht Krügen in den Händen vorbeirauscht. Doch gleich darauf platzte Hörwangl laut lachend los, und seine zwei Freunde, Bootsführer Amend und Bauer Nagel, stimmten ein. Doch Hörwangl fing sich schnell wieder, weil die Sache schließlich ernst war. Und während er dem Großmann den Flachmann reichte, stellte er klar: »Natürlich wollen mir den Kürschner nicht umbringen, auch wenn er's verdient hätt'. Mir wollen nur sein Geld. Es geht um einen letzten Warnschuss. Damit er endlich die Million herausrückt und mir wieder so leben können wie vor dem Finanzdebakel. Mir sind ja keine Verbrecher. Mir wollen bloß unser Recht. Das ist alles.«

»Und was hab' ich damit zu tun?«, fragte Großmann erneut, dem allmählich dämmerte, dass er die drei ernst nehmen musste. Ihrem ganzen Auftreten nach schienen sie dazu bereit, ziemlich weit zu gehen. Und er schien dabei eine nicht unbedeutende Rolle zu spielen. Weshalb sonst hätten sie ihn hier bei diesem Beerdigungswetter auf über tausendzweihundert Höhenmeter hochgehetzt? Es musste sich um eine Art Masterplan handeln. Großmann lächelte, dafür hatte er ein Faible.

»Wir wollen dem Kürschner das Wasser abstellen. Und deswegen bist du unser Mann.« Hörwangl lächelte dem Installateur zu. Damit ihn Großmann nicht wieder mit irgendwelchen Bedenken oder blöden Nachfragen aufhalten konnte, sprach er rasch weiter. »Wir haben nämlich beschlossen, dass wir die Schlinge um den Hals vom Kürschner langsam zuziehen – langsam, langsam, langsam, bis er kaum mehr atmen kann. Und dann – zack«, der Fischer fuhr mit der flachen Hand durch die Luft wie ein Karatekämpfer, »wird er seine Schuld einsehen.« Hörwangl warf einen prophetischen Blick zu den Baumwipfeln hinauf, er fühlte sich gerade bärenstark und unglaublich schlau.

»Jetzt fragst du dich, warum machen die Kammerjäger das nicht mit einem Knall, sondern langsam, langsam, langsam? Ganz einfach: Erstens, weil er's sich dann vielleicht besser merkt, der Hund, dass man so nicht umgeht mit dem Geld von fremden Menschen, und zweitens, weil er dann Zeit hat, um die Million rüberzuschieben«, fiel Amend jetzt voller Überzeugung ein. »Wir haben ihn nämlich schon einmal dazu aufgefordert, uns die Million zurückzugeben. Aber der hat auf den Brief, den wo wir ihm an die Eingangstür von seinem Grundnerhof hingenagelt haben, bis heute nicht geantwortet.«

»Obwohl da auch Blut drauf war, echtes Blut!«, warf Nagel ein.

»Was für Blut?«, fragte Großmann nun leicht entsetzt.

»Ah, das war bloß Blut von einem Hahn, den wo ich zufällig grad' geschlachtet hab'. Ich komm' am Morgen zu den Hühnern ins Gehege, da rutsch' ich aus, weil's nass ist vom Regen, und es legt mich hin. Da springt mir plötzlich der Hahn ins Gesicht, Sakrament! Das hat das Sauviech schon einmal gemacht. Aber diesmal hat's mir gereicht. Ich hab' ihn gepackt, die Axt g'holt und sofort totgeschlagen. Einen Kopf kürzer.«

»Und das hat gerade gepasst, weil mir an dem Tag dem Kürschner eh den Brief haben in den Briefkasten schmeißen wollen. Da haben mir gedacht: Vielleicht nimmt er uns ernster, wenn mir ihm den Brief an die Tür hinnageln mit Blut und dem Kopf vom Hahn«, erläuterte nun wieder Hörwangl das weitere Vorgehen.

»War aber nicht so«, ergänzte Nagel und klang dabei etwas enttäuscht. »Wobei es um den Hahn nicht schad' war, den hätt' ich nicht einmal in einer Suppe essen wollen, den Malefitz.«

»Jedenfalls hat der Kürschner nicht reagiert auf den Brief«, fügte Hörwangl noch hinzu und zuckte ratlos mit den Schultern.

Großmann hatte die ganze Zeit über geduldig zugehört und wusste nicht, ob er lachen oder Angst haben sollte, so verrückt hörte sich die ganze Geschichte für ihn an. Dann wollte er wissen, was die drei denn in dem Brief geschrieben hätten.

»Ja nix Besonderes«, so Amend, »halt dass er uns eine Million schuldet und wir die schleunigst zurückbrauchen wegen unseren Familien. Wir haben ja nicht einmal unseren Frauen was erzählt von der Sache. Das muss der doch verstehen, auch wenn er ein Milliardär ist! Uns steht das Wasser bis zum Hals, Sacklzement!«

»Und wie soll er wissen, wem er das Geld zahlen soll?«, fragte Großmann ungläubig.

»Ja, das steht natürlich auch in dem Brief. Mir haben den natürlich unterschrieben, Bankverbindung, alles steht da drauf!«, sagte Amend kopfschüttelnd ob dieser blöden Frage.

»Der Kürschner weiß also, dass ihr etwas von ihm wollt?«

»Ja natürlich weiß er das!«, rief Amend. »Was hätt's denn sonst für einen Sinn?«

»Ja, dann werdet's bald die Polizei am Hals haben wegen Erpressung«, meinte Großmann.

»Ach wo«, winkte Amend ab, »das traut der sich nicht, schließlich hat der ja einen Ruf zu verlieren. Wenn öffentlich wird, dass der Kürschner ein Finanzbetrüger ist, dann ist aber was los im Lande Abraham, da kannst Gift drauf nehmen. Der Kürschner hält dicht!«

»Und jetzt soll ich…«, fing Großmann an, doch Amend unterbrach ihn: »Na, na, langsam, langsam, als Nächstes hat der Pius ihm eine Ladung Mist vor die Haustür gekippt.« Großmann kam aus dem Staunen gar nicht mehr raus. Und Amend fuhr fort: »Und wieder keine Reaktion von dem Sauhund!«

»Ihr habt dem Kürschner Mist hingekippt?«

»Jawoll.« Die drei nickten nicht ohne Stolz.

»Wann habt's denn das gemacht?«

»Natürlich als er nicht da war«, sagte Amend.
»Nachts«, setzte Nagel hinzu.
»Auch wieder in Verbindung mit einem Brief«, so Hörwangl. »In den haben wir hineingeschrieben, dass wir das nächste Mal keinen Mist mehr vor seiner Haustür abladen, sondern …«, Hörwangl machte eine Kunstpause, die ihre Wirkung nicht verfehlte, »… Dynamit.«
»Dynamit?«, fragte Großmann staunend.
»Dynamit«, bestätigten die drei im Chor.
»Aber …«, sagte Großmann.
»… wieder keine Reaktion vom Finanzheuschreck«, vollendete Hörwangl den Satz. »Aber wir lassen nicht locker, das ist sicher. Der kommt uns nicht aus. Dem bleiben wir so lange lästig, bis der seine Schuld begleicht.«
»Und für den nächsten Coup«, sagte nun Amend verschwörerisch, »brauchen wir eben dich als Fachmann für …«
»… Gas, Wasser, Scheiße«, vollendete Hörwangl den Satz.

Dann erklärten sie Großmann, dass er in einer der kommenden Freitag-auf-Samstag-Nächte – welche das sei, stehe ihm frei, wichtig sei nur, dass der Kürschner und seine Bediensteten sicher nicht im Grundnerhof anwesend seien – dem Heuschreck sein Anwesen komplett von der Wasserversorgung abschneiden müsse. Dann würde der Kürschner auch einmal erfahren, wie sich Entbehrung anfühle. Wenn der Plan perfekt klappe, dann würde der Kürschner am Samstag mit seinem Hubschrauber einfliegen und sich zum Beispiel duschen wollen, aber da gäbe es dann halt kein Wasser. Nicht einmal ein Glas Wasser zum Trinken würde er haben. Geschweige denn sein Geschäft in der Toilette hinunterspülen können. Erfahrungsgemäß seien Reiche, so Hörwangl – das wisse er von seiner Frau, die hin und wieder im Hotel Bayern putze –, bei so was wie Wasserentzug sehr empfindlich. Die Reichen würden dann oft ein ganz schönes Theater veranstalten, wenn's mal ein paar Minuten kein Wasser gäbe. Was die drei ihrem unfreiwilligen Verbündeten, Sigi Großmann, nicht verrieten, war, dass das Wasserabstellen nur einen Teil des Bedrohungsszenarios darstellte, dem sich der Heuschreck Kürschner in dieser dritten Stufe stellen sollte. Natürlich hatten sie sich noch weitere drakonische Maßnahmen ausgedacht, um die Angelegenheit voranzutreiben. Schließlich hatten sie ein klares Ziel vor Augen.

Der Blick der Erzieherin war kritisch: Ob Anne denn wirklich sicher sei, dass Lisa schon wieder so gesund sei, dass sie in den Kindergarten gehen könne? Denn erstens sei es dem Kind ja wohl nicht zuzumuten, dass es vor sich hinleide, und zweitens sei es völlig unverantwortlich, wenn man sein Kind krank in die Einrichtung bringe und damit alle anderen Kinder anstecke. Klar, dass Annes schlechtes Gewissen, das sie ohnehin dauernd plagte, weil sie diesen Weg als alleinerziehende Mutter gewählt hatte, dadurch nicht kleiner wurde. Aber was sollte sie tun?

»Lisa ist wieder gesund«, sagte Anne mit möglichst fester Stimme. Die letzten Tage hatten sie geschlaucht. Bernhard war immer noch nicht zurückgekehrt von seinem Hypochondrietrip, und Anne war sich gar nicht so sicher, ob hinter seinem Münchenaufenthalt nicht noch etwas anderes steckte. »Aber sagen Sie, wäre es möglich, dass ich Lisa heute eine Viertelstunde später hole? Mein Freund ist zurzeit nicht da, und ich kann erst um eins von der Arbeit weg.«

»Tja, das ist schwierig«, antwortete die Erzieherin, »wir haben nicht umsonst unsere Öffnungszeiten, und unsere eigenen Kinder warten auch zu Hause auf uns.«

»Okay«, sagte Anne schnell, »ich krieg' das schon irgendwie hin.« Sie gab Lisa noch schnell einen Kuss und radelte mit dem Mountainbike um den See. Endlich wieder arbeiten!

Kaum hatte sie in der Dienststelle ihre Jacke aufgehängt, stand Nonnenmacher in ihrem Zimmer und erkundigte sich auffällig vorsichtig nach ihrem Zustand.

»Alles in Ordnung«, sagte Anne knapp.

»Sind Sie sich ganz sicher?«, hakte Nonnenmacher nach.

»Ja«, antwortete Anne nachdrücklich.

Nonnenmacher zögerte kurz und fragte dann noch einmal: »Also, ich meine, ähm, also, sind Sie sich ganz sicher, dass bei Ihnen, äh, alles gut geht?«

»Ja, verdammt noch mal!«, fluchte Anne jetzt. »Was fragen Sie so blöd? Ist irgendwas?«

»Es ist nur«, rückte Nonnenmacher zögerlich heraus, »dass, also, ich habe gehört, dass Ihr Mann, also Freund, dass der abgehauen, also, hähm, nicht da ist ...«

»Von wem haben Sie das gehört?«, fragte Anne vorwurfsvoll.

»Man kennt sich halt, man hört halt das eine oder andere, hier im Tal ...«

»Hat der Seppi Ihnen was gesagt?«, bohrte Anne nach.

»Der Seppi? Nein, der nicht, wieso meinen Sie?«

Anne erzählte Nonnenmacher, dass Sepp Kastner sie besucht habe und sie ihn beinahe umgebracht hätte, weil sie dachte, er sei ein Einbrecher. Nonnenmacher runzelte die Stirn: »Aber dass Ihr Freund nicht da ist, das stimmt schon, oder?«

»Ja, aber das ist ganz normal, wissen Sie, er ist in München und recherchiert für seine Doktorarbeit.«

»So, so«, sagte Nonnenmacher. »Doktorarbeit, ganz normal.« Und nach einer Pause: »Wissen Sie, wir sind schon daran interessiert, dass unsere Mitarbeiter ein intaktes Privatleben haben, weil sonst können wir selber ja auch nicht gut arbeiten. Also: Ich stehe Ihnen jederzeit zur Verfügung, wenn Sie einen Rat brauchen.«

Woher er wusste, dass Bernhard nicht da war, verriet Nonnenmacher aber nicht. Anne fühlte sich etwas unwohl. Schnell angelte sie ihr Handy aus der Jacke, ging damit auf die Damentoilette und rief die Nummer von Bernhards WG in München an. Eine verschlafene Stimme meldete sich mit: »Ja?«

»Hallo, hier ist Anne, ist Bernhard da?«

»Jaaa«, gähnte die Stimme.

»Kann ich ihn bitte sprechen?«

»Jaaa«, noch ein Gähnen, »einen Moment.«

Anne hörte ein Seufzen, Schritte, Klopfen, das Öffnen einer Tür, und dann: »Ja? Bernhard hier?«

»Bernhard!«, sagte Anne vorwurfsvoll. »Ich bin's! Wann kommst du endlich wieder? Ich brauche dich hier!«

»Ach«, entgegnete Bernhard und hörte sich dabei wie benommen an, »ich wollte dich sowieso anrufen.«

»Bernhard, wie geht es dir?«

»Es geht.«

»Warum hörst du dich so komisch an?«

»Doktor Kaul hat mir ein Medikament gegeben.« Er gähnte.

»Du warst bei Doktor Kaul?«

»Ja.«

»Was ist das für ein Medikament?«

Er gähnte erneut. »Eines, das entsetzlich müüüde macht.«

»Bernhard, ich brauche dich! Ohne dich funktioniert das hier nicht. Ich muss arbeiten. Du musst dich nachmittags um Lisa kümmern. Wir haben eine Vereinbarung. Wie stellst du dir das vor?«

Bernhard gähnte wieder, sagte aber nichts.

»Du setzt dich jetzt sofort in den Zug und kommst her!«

Nachdem Anne zur Beendigung des Gesprächs die rote Taste gedrückt hatte, sagte sie laut zu sich selbst: »Was bildet der sich eigentlich ein? Wir haben schließlich eine Vereinbarung.«

In diesem Moment hörte sie, dass jemand im Raum vor der Toilettenkabine sein musste, und riss die Tür auf. Es war Sepp Kastner, der da stand. Sein Gesicht glühte tomatenrot.

»Was machst du bitte auf der Damentoilette?«, fuhr sie ihn an.

»Ach, ich, ich wollte nur schauen, ob da noch Papier im Papierbehälter ist«, stammelte er.

Sie sah ihn mit gerunzelter Stirn an.

»Also Anne, was ich dir sagen wollte: Also, wenn dein kranker Freund, also wenn der nicht kommen kann, also weil der zu schwach ist, dann ist das nicht schlimm.«

»Nicht schlimm«, wiederholte Anne.

»Ja«, fuhr Kastner fort, »weil ich hätte da eine Lösung für dein Problem.«

»Welches Problem?«

»Na ja, mit deiner Tochter halt.«

»Was ist mit meiner Tochter?«

»Dass sie jemand abholen muss vom Kindergarten.«

»Woher weißt du das?«

»Nun«, Kastner zuckte mit den Schultern, »ich war ja zufällig hier wegen dem Papier und habe gehört, dass die Lisa jemand abholen müsste. Also, die Lösung wäre, dass meine Mutter sie abholt. Ich kann sie gleich anrufen.«

Anne sah Sepp Kastner ungläubig an. Was ging in diesem Mann vor? Er schlich nachts über ihre Terrasse, er verfolgte sie bis in die Damentoilette, und jetzt bot er ihr auch noch an, dass seine Mutter Lisa abholen könne! Was sollte sie nur tun? War er in sie verliebt? Dann hatten sie ein handfestes Problem. Kastner kam für sie als Mann so was von überhaupt nicht infrage – aber sie brauchte tatsächlich Hilfe. Konnte sie es vertreten, sich von Kastner helfen zu lassen, obwohl sie ahnte, dass er sie vermutlich nur ins Bett oder sonst wohin kriegen wollte?

Sepp Kastner riss Anne aus ihren Gedanken. »Ich kann sie gleich anrufen.«

»Wen?«

»Ja meine Mutter halt«, sagte er etwas irritiert.

»Neinneinnein«, erwiderte Anne schnell. »Wir machen das anders: Wir machen früher Mittagspause und holen Lisa ab. Und dann kann sie uns nachmittags bei unseren Ermittlungen unterstützen.« Sepp Kastners verdutzten Gesichtsausdruck sah Anne nicht mehr, weil sie an ihm vorbei auf den Flur stürmte. Sepp blieb in der Damentoilette zurück.

Für einen erfahrenen Meister der Sanitärinstallation wie Sigi Großmann war es ein Leichtes, dem Milliardär Alfons Kürschner das Wasser abzustellen. Nicht einmal die Bitte der drei Kammerjäger Amend, Hörwangl und Nagel, den Grundnerhof wirklich nachhaltig von der Versorgung abzuklemmen, hatte Großmann in Verlegenheit gebracht.

Hörwangl hatte am Freitag bei einer Angestellten Kürschners, die hauptberuflich in der Konditorei Schwaiger arbeitete, unauffällig in Erfahrung gebracht, dass die Aktien siebzig zu dreißig standen, dass Kürschner am Samstag an den Tegernsee kommen werde, dass das Haus aber in der Nacht von Freitag auf Samstag leer stehe.

Daher hatten sich die Kammerjäger mit Großmann um drei Uhr morgens am Ortsschild von Bad Wiessee verabredet. Um möglichst wenig Aufsehen zu erregen, waren Amend, Hörwangl und Großmann sogar mit dem Fahrrad gekommen. Die Nacht war zudem Gott sei Dank etwas neblig. Großmann zeigte sich nur erstaunt, dass Pius Nagel bei dem Treffen fehlte. Auch spürte er, dass an der Begründung, Nagel sei von einer plötzlichen Durchfallkrankheit mit außergewöhnlicher Schubkraft heimgesucht worden, irgendetwas faul war. Aber der Bootsführer und der Fischer blieben bei ihrer Version, und so legten die drei ihre Fahrräder etwas abseits der Straße in die Wiese, um den Rest des Wegs zu Fuß zu bestreiten. Großmann hatte seinen, wie er ihn nannte, »kleinen Notfall-Werkzeugkoffer« mit dabei. Er ging davon aus, dass die abgespeckte Ausrüstung reichen würde.

Was das Quartett bei seiner Planung allerdings vergessen hatte, war, dass gerade in den samstäglichen frühen Morgenstunden ziemlich viele Autos von der Wiesseer Spielbank in Richtung Gmund unterwegs waren – sei es, um sich in einem nahe gelegenen Quartier oder gar in München von der Aufregung, oft auch vom Ärger des Glücksspiels zu erholen. Gerade als sie losgehen wollten, bremste ein schwarzer Audi und kam neben ihnen zu stehen. Aus dem Sportwagen drangen laute Bässe.

»So ein Scheißdreck, die Sissy mit ihrem Freund«, fluchte Hörwangl.

Das Beifahrerfenster wurde geöffnet, und durch den Lärm eines basslastigen Lieds drang die Stimme von Hörwangls Tochter an das Ohr der drei Verschwörer: »Ja Papa, was machst du denn da?«

»Mach du erst einmal den Krach aus!«, schrie Hörwangl unwirsch gegen den Anton aus Tirol an. Die Musik wurde leiser, und Hörwangl sah, dass hinten im Auto noch zwei junge Männer saßen, Sonnenbrillen tragend, was Hörwangl bei dem Nebel als höchst sinnvoll erachtete. Die zwei Brillen prosteten ihm mit Red-Bull-Dosen zu. Er fand, dass seine Tochter bei der Auswahl ihrer Liebhaber weniger auf die PS-Zahl der von ihnen gefahrenen Rennwagen als vielmehr auf Werte wie Ehrlichkeit und Verantwortungsgefühl achten sollte. Bei der Betrachtung der heutigen Jugendlichen gewann er jedoch zunehmend den Eindruck, dass es denen nur noch um sich selbst ging und sie nicht wussten, was »Verantwortung« bedeutete. Für Hörwangl hieß das etwa, dass man auch einmal bei einer Sache mitmachte, die nicht nur einem selbst einen Vorteil einbrachte, sondern letztlich auch dem Rest der Menschheit diente, so wie ebendieser spontane Plan der Tegernseer Stammtischverschwörer. Der Kürschner würde sich nach diesem Denkzettel nämlich zweimal überlegen, ob er noch einmal so einen Betrugsfonds auflegen würde, der ja nur ihn reich, alle anderen aber arm machte.

»Was machst du denn da?«, fragte Sissy erneut.

»Ach nix«, antwortete Hörwangl unsicher.

»Weiß die Mama, dass du nicht daheim bist?«

»Ja, natürlich«, log Hörwangl und spürte, dass ihm der Schweiß auf die Stirn trat. Wie sollte er diese heimliche Aktion nur seiner Frau erklären, falls sie ihn danach fragte?

»Du, Sissy«, sagte er deshalb möglichst ruhig. »Das ist eine Überraschung für die Mama, die wir da gerade organisieren. Jetzt fahr mal lieber weiter, ich erzähl's dir dann.«

»Eine Überraschung?«, kiekste Sissy – Hörwangl war sich

sicher, dass sie Drogen genommen oder zumindest irgend so ein scheißbuntes Mixgetränk getrunken hatte, wie es sich die Jugendlichen neuerdings immer hineinpfiffen. Ihr Freund und Fahrer spielte derweil am Lautstärkeregler herum, sodass der Anton aus Tirol mal lauter, mal leiser, mal mit mehr Bass, mal mit weniger aus dem Auto waberte.

Amend spähte nervös in Richtung Grundnerhof. Das hatte jetzt gerade noch gefehlt, dass dem Hörwangl seine Tochter hier mitten in der Nacht aufkreuzte! Da war schon was dran, dass dauernd in der Zeitung stand, dass die Leut' ihre Kinder nicht mehr im Griff hatten.

»Also, jetzt fahrt's zu!«, drängte Hörwangl. Und weil der Fahrer zwar nichts gehört, aber die wegwerfende Handbewegung gesehen hatte, fuhr er an.

Großmann, Amend und Hörwangl waren nur wenige Meter gegangen, da hörten sie ein Sirren, das schnell näher kam. Hals über Kopf sprangen sie in die zum See hin gelegene Wiese und warfen sich auf den Boden. Sekunden später kam in flottem Tempo ein Radfahrer vorbeigerauscht.

»Ohne Licht!« Hörwangl schüttelte den Kopf.

»Was da passieren kann!«, stimmte Amend zu.

»Sacklzement«, fluchte Großmann, hatte er sich doch aus lauter Eifer, nicht entdeckt zu werden, in eine der ersten Brennnesselkolonien des noch jungen Jahres geworfen. Seine Hände und die linke Gesichtshälfte brannten wie Feuer. Doch Amend und Hörwangl duldeten kein Gejammer, sie hatten heute noch Großes vor, und der Großmann würde seinen Teil der Arbeit ohnehin schnell erledigt haben und wieder nach Hause radeln können.

Aufmunternd sagte Hörwangl deshalb: »Du, da gibt's ein Wellnesshotel in Gmund, da zahlen die Urlauber neunzig Euro dafür, dass sie eine Ladung Brennnesseln ins Gesicht bekommen. Und du bekommst das Anti-Aging jetzt durch uns sogar kostenlos! Was meinst du, wie das deine Gesichtshaut strafft! Da wird deine rassige Rita aber staunen. ›Deine Haute iste wie eine Popo von Baby!‹, wird sie sagen.«

»Jetzt red nicht so einen Krampf«, knurrte Großmann, spuckte in sein Taschentuch und legte es sich in der Hoffnung auf Kühlung an die glühende Wange. Schlecht gelaunt stapfte er neben den anderen her in Richtung Grundnerhof. Offensichtlich reichte es nicht, dass er seinen Kameraden bei ihren kriminellen Machenschaften half, nein, er musste sich auch noch beleidigen lassen. Und das mitten in der Nacht!

Wenig später lag das große Bauerngut vor ihnen. Vor hundertdreißig Jahren hatte hier der mit einer Körpergröße von 2,35 Meter größte Deutsche seiner Zeit gelebt: Der Riese vom Tegernsee hatte hundertfünfundfünfzig Kilogramm gewogen, war aber bereits in jungen Jahren gestorben. Alle am Tegernsee kannten die unglückliche Geschichte des Thomas Hasler, dessen Größenwachstum man sich damit erklärt hatte, dass er als Neunjähriger von einem Pferd gewaltig gegen den Kopf getreten worden war. Amend malte sich aus, wie es wäre, wenn plötzlich der Wiedergänger des monströsen Giganten vom Tegernsee sich vor ihm aufbaute und ihn in seine riesenhaften Pranken nahm. Schaudernd schüttelte er sich.

Auch das Anwesen sah nachts noch größer aus als bei Tag. Irgendwo klapperte ein Fensterladen. War es der Wind? Oder spielte der kleine Finger des Riesengeists mit dem Holzladen?

Hastig machten sich die drei ans Werk: Erst wuchteten sie mit einem Eisen den Kanaldeckel an der Straße hoch. Dann stieg Großmann mit einer Stirnlampe am Kopf die Leiter hinunter, und Hörwangl reichte ihm den Notfallkoffer hinterher. Jedes Mal, wenn ein Auto angefahren kam, versteckten sich Hörwangl und Amend bei dem kleinen Stall, in dem Kürschner einige Haflinger hielt. Beim dritten Auto wieherten die Pferde, weshalb Amend, nachdem er wieder zum Kanalloch hinübergewechselt war, zu Großmann hinunterrief: »Wie lange brauchst denn noch? Es ist hier ein Verkehr wie in München bei der Oktoberfesteröffnung! Nicht, dass wir noch entdeckt werden.«

»Ich hab's gleich«, kam es zurück, »die Sau, die klemmt, aber ich hab's gleich.«

Um 4.15 Uhr war dem Heuschreck Kürschner das Wasser abgestellt. Da würde er erst einmal draufkommen müssen, dass man ihm das Wasser schon im Kanal abgedreht hatte. Sicher würde er die Ursache der Trockenheit erst einmal bei sich im Haus suchen. Sollte er es ruhig mit der Angst bekommen, der Haderlump!

Als Großmann wieder oben war und den Kanaldeckel zugeschoben hatte, bot er den beiden anderen seine Taschenflasche an, doch die winkten zu seiner Überraschung ab.

Natürlich konnte Großmann nicht wissen, dass hiermit erst Teil eins des großen Plans erledigt war. Ihr Kompagnon, der Bauer Pius Nagel, hatte seine erfundene Darmgrippe längst auskuriert und stand mit Traktor samt angehängtem Milchfass bereits vor den Toren Wiessees. Der Kürschner würde schauen, schauen würde der!

Rund fünfzehn Stunden früher hatten Anne und Sepp Kastner Lisa im Kindergarten abgeholt und waren mit ihr zur Metzgerei Walch gefahren, wo Anne drei Leberkässemmeln kaufte.

Kastner, der währenddessen mit Lisa im Streifenwagen blieb, nutzte sofort die Chance, um mit Lisa ins Gespräch zu kommen. »Na, wie gefällt's dir denn am Tegernsee?«

Keine Antwort. Lisa schaute zum Fenster hinaus, vor dem gerade eine Rotte grau bejackter Seniorinnen und Senioren in Gesundheitsschuhen vorbeitrabte. Vorneweg ein Mann mit einer etwas aus Zeit und Raum fallenden weißen Leinen-Schiebermütze und einer Fliege unter der rot-schwarzen Regenjacke.

»Magst du nicht mit mir reden?«, fasste Kastner freundlich nach. Schließlich musste vor allem auch die Beziehung zur Tochter stimmen, falls es mit der Angelina vom Tegernsee und ihm auf Dauer klappen sollte. Lisa schaute weiter und ohne Regung zum Fenster hinaus.

»Schau mal, da draußen, der Mann mit der Fliege, das ist der Herr Doktor Heißerer«, so Kastner mit seiner dümmsten Duzi-duzi-Stimme. »Der geht mit den Menschen spazieren und zeigt ihnen, wo hier einmal berühmte Menschen gewohnt haben, also berühmte Schriftsteller, glaube ich.«

Lisa regte sich noch immer nicht.

»Hast du auch ein Buch?«, wollte Kastner wissen.

»Nein, ein ganzes Regal voll«, antwortete Lisa patzig.

»Mei, so was«, spielte Kastner sehr schlecht den Beeindruckten, »auch so schöne Bücherl mit bunten Bilderln drinnen?«

»Nein, die ganzen Kinderbücher haben wir schon alle im Antiquariat im Internet verkauft«, entgegnete Lisa eiskalt und in reinstem Hochdeutsch. »Wir lesen jetzt nur noch Bücher ohne Bilder. Astrid Lindgren, Michael Ende, Otfried Preußler, so heißen meine Lieblingsschriftsteller. Aber auch von Salman Rushdie habe ich schon was gelesen.«

Kastner war baff. Konnte die Kleine etwa schon lesen oder was? Die kam doch erst in die Schule! Er beschloss, die Tochter seiner zukünftigen Ehefrau erst einmal in Ruhe zu lassen. Ganz offensichtlich würde ihm die Eroberung des Mädchens noch schwerer fallen als die seiner Mutter. Während Kastner diesen Gedanken nachhing, öffnete die Frau, die er so sehr begehrte, die Wagentür und ließ sich auf den Beifahrersitz fallen.

»Essen wir hier im Auto?«, fragte Kastner.

»Hast du einen anderen Vorschlag?« Anne sah ihn interessiert an.

»Wir könnten uns an die Seestraße in Rottach-Egern setzen, da ist's schön.«

»Ja gut, dann machen wir das doch.«

Ein paar Minuten später saßen sie auf einer Bank mit Seeblick, und Kastner schwärmte vom Pferdefestzug am Rosstag im August. Anne hörte nur halb zu, in Gedanken war sie bei Bernhard. Allmählich fühlte sie sich ganz schön von ihm hängen gelassen. Da konnte sie sich noch so oft sagen, dass Bernhard gerade wieder unter seiner Krankheit litt und er deshalb nicht der »wahre« Bernhard war, den sie liebte – ihre massive Enttäuschung ging davon auch nicht weg. Bernhards Verhalten erschütterte ihren Glauben daran, dass das Leben unter dem Strich etwas Gutes war, ein Grundvertrauen, das sie sich in den vergangenen Jahren erst mühevoll wieder hatte aufbauen müssen.

»Habt's ihr eigentlich ein Dirndl?«, fragte Kastner jetzt.

»Nein«, antworteten Lisa und Anne beinahe gleichzeitig.

»Ihr tätet's aber gut drin ausschauen, glaub' ich.« Kastner sah Anne, die zwischen ihm und Lisa saß, mit Kennermiene an. »Weißt schon, dass deine Mutter die schönste Frau vom ganzen Tegernsee ist, oder?«

Lisa blickte ihre Mutter an und schnitt eine Grimasse, die Kastner nicht sehen konnte. Anne lächelte und meinte zu ihr: »Für dich bin ich einfach nur die Mama, oder?«

Ihre Tochter nickte. »Aber *ich* hätte gern ein Dirndl. Alle Mädchen im Kindergarten haben eins.«

»Ja, das wär' doch was!«, stieg Kastner euphorisiert ein. »Als echte Tegernseerin braucht die Lisa natürlich ein Dirndl. Da gehen wir jetzt gleich zur Probst Fanny, die ist nämlich die Dirndlschneiderin hier. Und die macht dir dann ein fesches Gewand. Und deiner Mutter auch. Mei, da werdet's ihr aber fesch aussehen.«

»Seppi, wir werden jetzt nicht zur Probst Fanny gehen. Wir sind nämlich gerade im Dienst und sollten schnellstens zusehen, dass wir den Mörder von Ferdinand Fichtner finden. Der Nonnenmacher hat heute schon wieder einen Anruf vom Bürgermeister bekommen.«

»Und, was wollt' der Bürgermeister?«

»Er wollte wissen, ob etwas an dem Gerücht dran ist, dass wir in Sachen Fichtner einen Mord nicht mehr ausschließen.«

»Was die Leut' alles reden …«, so Kastner sinnierend, bevor er fortfuhr: »Und was sollen wir da jetzt noch machen?«

»Wir schauen uns den Tatort noch einmal an.«

»Und die Lisa?«

»Die Lisa, die kommt einfach mit.«

Sie standen auf und liefen vorbei an den Bronzeskulpturen von Ludwig Thoma, Leo Slezak und Ludwig Ganghofer zurück zum Streifenwagen, den sie bei der Leo-Slezak-Straße abgestellt hatten. Auf dem Weg grüßte Sepp Kastner jeden dritten Passanten, auch diejenigen, die ihn nicht grüßen wollten, und die meisten schauten erstaunt auf seine Begleitung. Eine Frau in Tracht rief ihm sogar hinterher, wer denn die Schönheit mit Kind sei, die er da festgenommen habe, oder ob er nun unter die Familienväter gegangen sei. Kastner, der nicht besonders schlagfertig war, machte nur eine hilflose Handbewegung und wurde rot. Insgeheim genoss er es aber wie der Gockel in einem Stall voller Hühner, an der Seite der langhaarigen jungen Frau mit den vollen Lippen und ihrer ansehnlichen Tochter durch sein Revier zu stolzieren. Dass die Tochter ein Saufratz war, konnte man von außen ja nicht gleich erkennen.

Im Weitergehen erklärte er seinen beiden Begleiterinnen, voller Stolz über sein Wissen, dass es sich bei diesem Leo Slezak, an dessen Figur sie eben vorbeispaziert waren, um einen der bedeutendsten Operettenkünstler des beginnenden zwanzigsten Jahrhunderts gehandelt habe. Dies, obwohl Slezak eigentlich nur ein einfacher Gärtnerlehrling und Maschinenschlosser gewesen sei. Dann aber sei er als Statist entdeckt worden, und schon sei es losgegangen mit der großen Karriere, die ihn bis an die Berliner Hofoper, nach New York und sogar ins Filmgeschäft geführt habe. Wenn man sich diesen Lebenslauf so anschaue, meinte Kastner, dann sei es durchaus nicht unwahrscheinlich, dass auch er, der er letztlich ja wie Slezak auch nur die Volksschule besucht habe, noch einmal von wem entdeckt würde. Das sei gerade am Tegernsee überhaupt nicht unwahrscheinlich. Schließlich würden hier eine Menge Filme gedreht. Vor einiger Zeit zum Beispiel einer mit dem Wepper Elmar und der Frau Hörbiger. Da habe er, Sepp, sich absichtlich immer wieder in der Nähe des Filmteams herumgetrieben, um entdeckt zu werden. Das hätte vielleicht sogar geklappt, wenn nicht plötzlich einer von den Statisten verschwunden wäre und man einen Polizeieinsatz habe machen müssen.

»Was meinst du mit ›verschwunden‹?«, fragte Anne.

»Der hat den Wepper Elmar als Indianer gedoubelt, und dabei ist er aus dem Kanu gefallen«, erklärte Sepp. »Da hätten's mal lieber mich den Wepper Elmar spielen lassen. Ich fall' nicht so leicht aus einem Kanu.«

»Aber du siehst auch nicht aus wie der Elmar Wepper«, wandte Anne ein.

»Dafür hätt' ich mich schon älter machen lassen«, meinte Sepp großzügig.

»Und was ist dann passiert?«

»Ja, dann war der Mann halt tot«, so der Polizist. »Am nächsten Tag haben's ihn aus vierzig Metern Tiefe rausgezogen. Nicht schön ausgeschaut hat der, das sag' ich dir.«

Am Leeberg oben ragte der Baum, an dem der tote Fichtner gehangen hatte, so friedlich in den Himmel, als wäre nie etwas geschehen. Mittlerweile lag der Tod des Bauern fast zwei Wochen zurück. Die Erde um den Baum war vom Tauwetter aufgeweicht. Ob da ein professionelles Kripoteam noch Spuren würde sichern können? Wenn nur Nonnenmacher endlich seine Vorbehalte gegen Öffentlichkeit und die Kripokollegen aus Miesbach aufgeben würde – dann könnten sich die Profis den Tatort noch einmal genau ansehen. Anne ärgerte sich, dass sie sich bei Nonnenmacher in dieser Sache nicht durchgesetzt hatte. Schließlich war der Tatort bei den meisten Verbrechen der Schlüssel zur Aufklärung. Hoch konzentriert untersuchte Anne die Rinde des Todesbaums. Allerdings konnte sie nichts Auffälliges entdecken. Dann betrachtete sie den Boden um den Baum herum, vielleicht lag ja noch irgendwo ein Gegenstand, der einen Hinweis auf das Geschehen geben konnte. Aber da war nichts, nicht einmal eine Zigarettenkippe oder eine Stofffaser. Anne schüttelte enttäuscht den Kopf. Um nicht ganz umsonst da gewesen zu sein, spannte sie ein Absperrband, das sie aus dem Kofferraum des Streifenwagens geholt hatte, in einem Kreis von etwa fünfzehn Metern um die Bäume herum, die den Todesbaum umringten.

»Warum machst du das, Mama?«

»Weil hier jemand gestorben ist und wir noch herausfinden müssen, wie das genau passiert ist.«

»Wo ist jemand gestorben, Mama?«

»An diesem Baum.«

»Wie kann man an einem Baum sterben, Mama?«

»Das wissen wir auch nicht so genau«, wich Anne der Frage ihrer Tochter aus.

»War das ein Räuber?«, wollte Lisa nun wissen.

»Nein, das war kein Räuber, das war ein Bauer.«

»So einer mit Kühen?«

»Ja, so einer mit Kühen und Hühnern und so. Weißt du, das war der Mann von der Frau, die wir vor ein paar Tagen mit Bernhard auf ihrem Bauernhof besucht haben. In der Mühlgasse oben. Da bist du doch mit Bernhard in der nassen Wiese herumgehüpft. Weißt du noch?«

Lisa nickte. »Ja, ich weiß schon. War der Mann schon alt und ist deshalb gestorben ... so wie Urgroßvater?«

»Nein, der war nur so mittelalt«, sagte Anne.

»Und warum ist er dann gestorben?«, bohrte Lisa nach.

»Weil er ... wir ... wissen es nicht genau.«

»Warum muss da die Polizei was untersuchen?«, fragte Lisa weiter. Und ob da normalerweise nicht nur der Arzt komme.

Langsam kam Anne ins Schwitzen. »Weil der Mann vielleicht gar nicht sterben wollte.«

»Also war es doch ein Räuber. Hat ihn ein Räuber geschossen mit seiner Pistole?«

»*Erschossen*«, verbesserte Anne ihre Tochter. »Nein, kein Räuber mit einer Pistole. Aber es kann sein, dass ein Böser ihm das Leben genommen hat. Vielleicht war er es aber auch selbst.«

»Wie kann man einem das Leben wegnehmen?«, wollte Lisa jetzt erstaunt wissen.

Sepp Kastner hatte das ganze Gespräch ungläubig mitverfolgt, jetzt sagte er ungeduldig: »Er hat sich halt vielleicht aufgehängt, Lisa, jetzt hör' einmal auf mit dem Fragen!«

Lisa tat so, als wäre Sepp Kastner Luft, und sah ihre Mutter mit großen, neugierigen Augen an. »Wie kann man einem das Leben wegnehmen, wenn man ihn aufhängt, Mama?«

Kastner fand es unerhört, dass eine Fünfjährige die Frechheit besaß, ihn derart unverfroren zu ignorieren. Deshalb sagte er mit rauer Gruselstimme: »Indem man ihm die Schnur so um den Hals legt, dass er keine Luft mehr bekommt.« Dabei griff er mit beiden Händen um Lisas Hals. Lisa entwand sich ihm und fragte ernsthaft: »War das bei dem Mann so, Mama?«

»Vielleicht«, so Anne.

»Darf man das, Mama?«

»Eigentlich nicht, also …«, Anne zögerte, »… es ist so, dass eigentlich jeder Mensch alles tun darf, was er mag, nur darf er damit anderen Menschen nicht schaden. Aber … töten darf man sich eigentlich nicht.«

»Weil es wehtut?« Lisa schaute ihre Mutter fragend an.

»Nein, weil wir Menschen zum Leben da sind und nicht zum Totsein und weil wir alle ja auch von jemandem gemocht werden, der dann traurig ist, wenn ein Mensch stirbt.«

»Hat den Mann keiner gemocht?«

»Doch, ich glaube schon. Er hatte ja auch zwei Söhne und diese Frau, die wir vor Kurzem besucht haben.«

»Ich möchte, dass du immer, immer, immer lebst, Mama.«

»Ja, ich auch, Lisa.« Und zu Sepp Kastner sagte Anne: »Ich glaube, das mit der Absperrung reicht jetzt erst einmal. Lass uns den Rest besprechen, wenn Lisa kommende Woche wieder im Kindergarten ist. Ich glaube, das ist besser so.«

Kastner nickte.

Nonnenmacher staunte nicht schlecht, als er das Trio erblickte, das am Freitagnachmittag in der Polizeidienststelle aufkreuzte. Lisa hopste an Annes Hand durch den Eingangsbereich, hinterher trottete Kastner mit mürrischem Gesichtsausdruck. Anne und Kastner waren in Uniform, Lisa trug ein sommerliches Kleidchen mit Blumenmuster.

»Soso«, sagte der Polizeichef, denn etwas anderes, Passenderes, Konkreteres fiel ihm beim besten Willen nicht ein. Zu Kastner gewandt: »Was schaust so grantig, Seppi?«

»Ach nix«, murrte Kastner.

»Kauft dir unsere neue junge Kommissarin den Schneid ab?« Und von der Kleinen wollte er wissen: »Wie heißt du denn?«

»Lisa.«

Nonnenmacher hielt der Kleinen die Hand hin, aber die rückte ihre nicht heraus, sondern kuschelte sich schüchtern an ihre Mutter und mied seinen Blick.

»Wo kommt's ihr mit dem Kind jetzt her?«, fragte Nonnenmacher nun.

»Wir waren noch einmal am Tatort«, erwiderte Anne.

»Ihr wisst's schon, dass wir noch anderes hier zu tun haben, als wie am Leeberg oben spazieren gehen?«

Anne schwieg. Diese Situation kannte sie schon zur Genüge aus ihrer Münchner Zeit: Wenn man als Mutter sein Kind mit in die Arbeit nahm, gingen die Kollegen davon aus, dass man überhaupt nicht oder zumindest nicht richtig arbeite. Dabei hatte man gerade als Alleinerziehende oftmals gar keine andere Wahl, als das Kind mitzunehmen. Man konnte eine Fünfjährige ja schlecht allein zu Hause lassen. Dieses Thema nervte sie maßlos. Natürlich hätte sie Lisa in eine Ganztagsbetreuung geben können. Aber das wollte sie nicht. Anne vertrat immer noch den Standpunkt, dass Kinder am besten bei Mutter und Vater aufgehoben sind – oder eben bei deren Lebensgefährten, wenn sie denn da waren. Wäre sie selbst mehr unter der Obhut ihrer Eltern gestanden, wäre die größte Katastrophe ihres Lebens niemals geschehen. Dessen war sie sich heute sicher. Diese Verletzung, die ihr damals zugefügt worden war, spürte sie jeden Tag, jeden Moment. Aber natürlich war an der aktuellen Situation auch Bernhard schuld. Er hatte Verantwortung übernommen, und sie hatten eine Vereinbarung getroffen. Der ganze Umzugsplan aufs Land basierte auf dieser Abmachung: Bernhard musste präsent sein. Er war es, der nachmittags für Lisa zuständig war. Und da war ihr seine blöde Krankheit letztlich völlig egal. Sie nahm sich vor, Bernhard ein Ultimatum zu stellen. So konnte es nicht weitergehen.

»Mir sind da oben nicht spazieren gegangen, mir haben den Tatort gesichert«, meinte Kastner trotzig. »Mir werden in der Sache ja eh nur weiterkommen, wenn mir die Miesbacher herholen, dass die sich mal den Tatort anschauen.«

»Das werden wir sicher nicht tun«, antwortete Nonnenmacher bestimmt. »Die Miesbacher sollen bleiben, wo sie sind. Wir werden schon noch herausfinden, was passiert ist mit dem Ferdl. Aber auf unsere Art. Mit Ruhe und Gelassenheit.« Während er dies sagte, dachte er mit Grausen an die Betriebsamkeit der Miesbacher – oder, noch schlimmer: der Münchner – Beamten. Wenn die in der Nähe waren, dann wurde es immer gleich ungemütlich. Städter halt, nervös und neunmalklug.

Als Lisa und Anne später an das Gartentürchen ihres Hauses kamen, sahen sie schon, dass ein Mann im Garten stand. Es war nicht Bernhard, sondern Herr Schimmler. Anne hatte den Eindruck, dass es ihm überhaupt nicht unangenehm war, dass Anne ihn in ihrem, also einem für ihn an sich fremden Garten antraf. Vielmehr meinte er, als wäre es das Selbstverständlichste der Welt: »So, da sind Sie wieder zu Hause. Ich hab' mich schon gewundert, dass die Lisa gar nicht aus dem Kindergarten kommt. Und wo ist denn der junge Herr von Rothbach? Der ist doch auch schon seit Tagen weg, nicht?«

»Dem geht es nicht gut, der ist im Krankenhaus.«

»So, was hat er denn?«, fragte Schimmler linkisch.

»Das ist etwas komplizierter«, versuchte Anne auszuweichen.

»Komplizierter?«, hakte er nach. »Etwas Seelisches?«

Sie konnte es nicht fassen. Woher wusste Schimmler das?

»Na ja, seine Mutter ist ja auch nicht ganz ... und der Vater ist ja eher ein schwacher Mann, wenn man ihn kennt...« Nachdenklich schaute er in Richtung See.

»Was machen Sie eigentlich hier?«, fragte Anne, die diese Aussagen über Bernhards völlig normale Eltern – sein Vater war ein erfolgreicher Geschäftsmann gewesen und heute pensioniert – als regelrecht unverschämt empfand und beschlossen hatte, aus der Defensive zu kommen.

»Ach, ich ... ich habe nur nach dem Rechten gesehen, gell. Wenn Sie so selten da sind, kann ja jederzeit etwas passieren, nicht wahr. Wir haben hier ja eine noble Wohnlage, Malerwinkel, etceterapepe, da kann schon wer auf dumme Gedanken kommen.«

Anne beschloss, ihn einfach stehen zu lassen, letztlich war es ja auch egal, ob er nun in ihrem Garten herumstand oder nicht. Doch als sie sich abwandte, sagte Schimmler: »Wir haben ja jetzt noch eine neue Nachbarin, gell.«

Anne zuckte mit den Schultern.

»Das ist eine!«, fuhr Schimmler fort.

Anne sah ihn abwartend an.

»Das müssen's sich mal vorstellen: Gestern lag die den ganzen Nachmittag im Garten, dass man's von der Straße her sehen konnte. Und jetzt raten's mal, was die anhatte!«

Anne zuckte mit den Schultern.

»Einen Tanga!«

»Na und?«, so Anne.

»Ja nix ›na und‹, das ist eine richtig fette Pflunzen! Wie das aussah! Das müssen Sie sich einmal anschauen! Also, ich hab' ja nicht hingeschaut, aber meine Frau hat es gesagt ... Im Tanga lag die fette Pflunzen im Garten!«

Anne wusste nicht, was sie dazu sagen sollte.

»Ich mein', ich tät' ja nix sagen, wenn eine Person wie Sie im Garten liegen tät'. Aber so eine fette Pflunzen! Unmöglich! Das ist ja ... Umweltverschmutzung!«

Anne nahm Lisa an der Hand und sagte: »Komm, wir packen unsere Sachen und fahren nach München.«

»Nein, halt, jetzt warten Sie, ich bin noch nicht fertig«,

bremste Schimmler sie aus: »Jetzt raten Sie mal, was die Pflunzen auf ihre Wäscheleine gehängt hat. Raten Sie!«
Wieder zuckte Anne ratlos die Schultern.
»Schlüpfer, BHs, Seidenstrümpfe, da hat man alles gesehen! Was meinen Sie, wie meine Frau da g'schaut hat!«
Anne ließ Schimmler einfach stehen. Dennoch hörte sie noch, wie er ihr hinterherrief: »Ja also, wenn Sie dann in München sind, schau ich hier nach dem Rechten, gell. Sind's lange weg?«
Die Frage blieb unbeantwortet.

Da Lisa auf der Fahrt nach München eine CD anhörte und Anne diese längst auswendig konnte, hatte sie den Kopf frei, um über sich und Bernhard nachzudenken. Ganz bewusst hatte sie ihm ihren Besuch nicht angekündigt. Wenn er mit einer anderen im Bett liegen sollte, wäre es sowieso aus. Solche Spielchen waren mit ihr nicht zu machen. No way. Dann würde sie auch sofort aus dem Haus seiner Eltern ausziehen und sich wieder nach München versetzen lassen. Jetzt konnte sie noch die Notbremse ziehen. Lisa war noch nicht eingeschult, Anne musste sie nirgendwo herausreißen.

Klar war auch: Wenn keine andere Frau im Spiel war, sondern es wirklich nur um seine Krankheit ging, würde sie ihn nach Hause holen, jetzt sofort, ganz gleich, ob er behauptete, krank zu sein oder nicht. So konnte es nicht weitergehen. Seine irrationalen Ängste machten sie wahnsinnig. Gab es denn kein Medikament, mit dem man diesen hypochondrischen Schüben Einhalt gebieten konnte?

Die letzten Telefonate mit ihm hatten zudem ein tiefes Misstrauen in ihr geweckt: Was, wenn er ihr das alles nur vorspielte? Konnte er krank sein, wenn er gleichzeitig mit einer WG-Mitbewohnerin abends ausging? Warum ging er dann nicht mit ihr, Anne, aus? Warum ließ er sie so hängen? Sie brauchte ihn. Allein seine Anwesenheit entlastete sie bereits. War das so schwer zu begreifen?

Die Autofahrt war im Nu vorbei. Zudem hatte Anne Glück. Sie fand einen Parkplatz beinahe direkt vor dem Haus. Bernhard wohnte in einer Straße am Glockenbach-Spielplatz. Doch da es schon nach acht Uhr war, hatten alle Mütter ihre kleinen Kinder bereits in die viel zu kleinen Stadtwohnungen verräumt. Seit das Viertel einen in Deutschland einzigartigen Babyboom erlebte, gab es in diesem Teil der Stadt keine bezahlbaren Vierzimmerwohnungen mehr.

»Du kannst morgen rüber zum Spielen, Lisa«, tröstete Anne ihre Tochter, als sie ihren sehnsüchtigen Blick in Richtung Spielplatz bemerkte. Das war wohl wirklich eine der wenigen Sachen, die Lisa auf dem Land fehlte: ein großer Kinderspielplatz, auf dem sich alle Kinder des Viertels trafen. Im Tegernseer Tal hatte fast jede Familie einen eigenen Garten mit Rutsche, Sandkasten und Klettergerüst. Da war ein öffentlicher Treffpunkt zum Spielen überflüssig, jedenfalls für die Einheimischen.

Als Anne die drei Stockwerke hinauf zu Bernhards Wohnung stieg, spürte sie, wie ihr Herz immer schneller klopfte. Was, wenn eine andere in seinem Bett lag? Was, wenn eine andere nur bei ihm im Zimmer herumsaß? Wie würde sie sich verhalten? Ihre Phantasie lieferte ihr Szenarien in den verschiedensten Schrecklichkeitsabstufungen. Eigentlich wollte Anne das gar nicht, hier, jetzt, die Wahrheit. Hätte sie doch vorher anrufen sollen? Um ihm eine Chance zu geben, heil aus der Sache herauszukommen? Nein. Bernhard war erwachsen. Sie lebten eine reife Beziehung. Bernhard musste die Verantwortung für sein Handeln übernehmen. Wenn er fremdging, musste er die Konsequenz ertragen. Aber womit begann Fremdgehen? Wenn jetzt nur eine Frau in seinem Zimmer säße und er behauptete, sie sei eine Kommilitonin aus dem Doktorandenseminar? Was sollte sie da sagen? Was sollte sie glauben?

Anne zitterte, als sie den Schlüssel ins Schloss schob. In der Wohnung roch es nach frisch gekochtem Essen – Anne tippte auf Tomatensoße mit frischen Kräutern, gekochte Nudeln glaubte sie auch zu riechen. In der Küche saß eine hübsche junge Frau, die sie nicht kannte. Ihre Schuhe mit den hohen Absätzen lagen neben dem Tisch. Ihre nackten Füße hatte sie auf einen anderen Stuhl gestellt. Anne konnte unter dem hochgerutschten Rock ihren Slip sehen.

»Hallo«, sagte Anne. »Ist Bernhard da?«

»Ich glaube, der ist in seinem Zimmer«, antwortete die Fremde.

Anne nahm all ihren Mut zusammen und riss, ohne anzuklopfen, die Tür auf. Lisa stand dicht hinter ihr, doch das merkte sie in diesem Augenblick gar nicht. Da saß er, Bernhard, blass, blond, ein bisschen zu wenig Haare für sein Alter, an seinem immer etwas zu klein wirkenden Schreibtisch. Die Schreibtischlampe war an, obwohl es draußen noch hell war. Rechts und links von ihm hohe Bücherstapel. Sein Bett war zerwühlt, aber niemand lag darin. Es lag auch keine Damenunterwäsche herum. Bernhard arbeitete.

»Anne!«, rief Bernhard. Anne glaubte in seiner Stimme, die besorgniserregend matt klang, einen Funken Freude zu hören. Bildete sie sich das ein? »Und Lisa, du auch...« Bernhards Stimme kam aus der Tiefe seines Körpers, als müsste er die Worte erst irgendwo ausgraben, als hätte er lange nichts gesprochen. Er hatte graue Ringe unter den Augen. Aber er war da. Anne fühlte, dass sich Tränen den Weg in ihre Augen bahnten. Bernhard stand auf und nahm sie in die Arme. An der Kraftlosigkeit seines Körpers spürte Anne, dass er traurig war. Es ging ihm nicht gut. Alle ihre Befürchtungen waren Hirngespinste gewesen. Das spürte sie nun ganz deutlich. Bernhard war schwach, und er war froh, dass sie da war. Die Frau in der Küche wartete auf einen anderen. Der hier war einfach nur krank, hilfsbedürftig. Wie hatte sie sich selbst derart ins Bockshorn jagen können?

»Wie geht es dir?«, fragte sie leise. Lisa stand etwas verloren im Raum herum, schämte sich, wie sie es immer tat, wenn Erwachsene sich umarmten. War das nicht komisch, zwei so große Menschen, die einander festhielten?

»Es geht«, antwortete Bernhard matt. »Ich bin ein bisschen

einsam, weil ich mich so schlecht fühle, dass ich mich nicht traue...« Der Satz blieb im Nichts hängen.

»... unter die Leute zu gehen?«, vollendete Anne ihn vorsichtig. Bernhard nickte.

»Aber du arbeitest?«

»Ich versuche es. Die Promotion muss ja auch mal...«

Vom Flur her wehte der Geruch des frisch gekochten Essens ins Zimmer. Anne hörte eine Männerstimme, die Frau von vorhin lachte keckernd.

»Hast du etwas gegessen?«, erkundigte sich Anne.

»Nein, das ging nicht. Ich sollte nichts essen, ich habe vielleicht ein Magengeschwür. Ich will das erst untersuchen lassen.«

»Komm, Bernhard, wir gehen jetzt essen! Lisa und ich haben einen riesigen Schnitzelhunger. Wir gehen in den Rumpler.«

»Au ja«, rief Lisa begeistert. Bernhard musste lächeln. Anne zog seine Schuhe unter dem Bett hervor und hielt sie ihm hin.

»Komm mit. Wenn du schon nichts isst – wir Mädels brauchen was.«

Wenig später saßen Bernhard, Anne und Lisa in der benachbarten Augustiner-Gaststätte und waren so mit ihren Schnitzeln beschäftigt, dass sie die abenteuerliche Indoorbiergartendekoration gar nicht wahrnahmen. Auch Bernhard aß – trotz des von ihm vermuteten Magengeschwürs – mit erstaunlichem Appetit. Und das Bier schien ihm ebenfalls zu schmecken. Anne wusste einfach nicht, wie sie mit dieser mysteriösen Krankheit umgehen sollte.

Und sie wusste nicht, dass sich etwa zur selben Zeit vier Tegernseer für einen nächtlichen Einsatz gegen den Milliardär Kürschner wappneten. Ihre Hilfsmittel: ein Notfallwerkzeugkoffer und ein Traktor, ein Jauchefass, gefüllt mit Milch.

Nach dem Essen – Lisa schlief schon tief und fest – wollte Bernhard von ihr wissen, wie es im Fall Fichtner stehe. Anne erklärte ihm den Status quo: dass keine neuen Erkenntnisse vorlägen. Dass sie die zwischenzeitliche Theorie – Tod durch Strangulation mit sexuellen Motiven – für nicht mehr so wahrscheinlich halte. Als Bernhard wissen wollte, wieso, erzählte Anne ihm, dass sie noch einmal am Tatort gewesen seien und dass dieser Ort so rein gar nichts sexuell Stimulierendes verströme, sondern die reine Idylle sei. Aber wenn Fichtner zusätzlich noch ein Exhibitionist gewesen sei?, gab Bernhard zu bedenken. Anne zuckte die Schultern. Und wie sollte diese Sextheorie mit dem verschwundenen Geld in Zusammenhang stehen? Bernhard meinte, dass es durchaus denkbar wäre, dass Fichtner sowohl in einschlägige Bordelle gegangen sei als auch selbst mit seinen exhibitionistischen Phantasien experimentiert habe – in der Natur, vielleicht mit der Erwartung, dass eine Wanderin vorbeikommen und ihn so sehen würde. Der Variantenreichtum sexueller Abartigkeiten sei schließlich unerschöpflich. Anne zog eine Grimasse.

Fast den ganzen nächsten Tag verbrachte die wiedervereinte Familie auf dem Spielplatz. Für Anne fühlte es sich an, als wäre sie nie weg gewesen. Weil Lisa in einem fort spielte und Bernhard schweigend in die Sonne blinzelte, hatte sie Zeit zum Nachdenken: War der Umzug an den Tegernsee der unsinnige Versuch einer Lebensänderung, den sie besser unterlassen hätte? Würde Bernhard wieder normal werden? Hatten andere Leute auch solche Probleme? Hing die Hypochondrie mit ihr zusammen? Und dann die Arbeit: Würde es ihr gelingen, den Fichtner-Fall aufzuklären? Das neue Zuhause: War ihr Nachbar, Herr Schimmler, gerade wieder dabei, ihren Garten umzugestalten? Zwischendurch holte Anne für sich und Bernhard Latte macchiatos im Eltern-Kind-Café und Sandwiches im Bioladen. Sie spürte, wie gut es ihr tat, weg von der Polizeiarbeit, weg von Nonnenmacher und Kastner zu sein – und wenn es nur fünfzig Kilometer waren. Bernhard schien ihre Anwesenheit auch gutzutun, und Anne ärgerte sich gerade darüber, dass sie ihn nicht viel früher aus seinem seelischen Loch befreit hatte, als ihr Handy klingelte. Eine Nummer vom Tegernsee. Sofort fühlte Anne wieder das belastende Stressgefühl der vergangenen Tage.

»Ja?«

»Hallo Anne, hier ist der Seppi.«

»Ja? Und?« Anne konnte es nicht fassen! Konnte dieser Idiot sie nicht einmal am Wochenende in Ruhe lassen?

»Du, Anne, wo bist du denn? Mir haben dich schon gesucht.«

»Seppi, ich habe Wochenende.«

»Ja schon, aber ...«

»Nichts aber, ich habe Wochenende, ich habe keinen Dienst, ich habe frei, ich will von euch nichts hören.« Anne war selbst von sich überrascht: Dass sie plötzlich so direkt ihre Ansprüche geltend machen konnte!

»Ja«, druckste Kastner herum, »aber es ist dringend.«

Ob er wieder fragen wolle, ob sie mit ihm baden gehe, entfuhr es Anne sarkastisch, was ihr einen entsetzten Blick Bernhards eintrug.

»Neinnein«, stieß Kastner hervor, »es ist etwas Schlimmes passiert. Und der Kurt will, dass du da bist. Wo bist du denn jetzt?« Er wirkte nervös.

»In München.« Anne hörte Nonnenmacher im Hintergrund schimpfen.

»Ach so, so weit weg!«, meinte Kastner, dann hörte Anne, wie er zu Nonnenmacher sagte: »Sie ist in München. Deshalb ist sie also nicht da. Was machen wir jetzt?« Kurz schwieg er, dann wieder zu Anne: »Ja, wann kommst du denn wieder?«

»Morgen. Was ist denn passiert?«

»Tja, also ... der Kürschner ist tot.«

»Und wer ist der Kürschner?«, fragte Anne genervt.

»Das ist ein weltbekannter Milliardär. Der Chef meint, du musst kommen, weil sonst brennt der Himmel.«

Teil 3

Es war ein hässlicher Anblick, der sich Anne Loop bot, als sie in der Abenddämmerung den kürschnerschen Swimmingpool im Grundnerhof betrat. Das in glänzend schwarze Marmorfliesen gefasste Schwimmbad war etwa zu einem Drittel mit einer weißlichen Flüssigkeit gefüllt. Mittendrin in der Brühe trieb ein menschlicher Körper, um den herum sich die milchfarbene Flüssigkeit in unregelmäßigen, rötlich-rosafarbenen Schlieren verdunkelte. Das Rote bildete unregelmäßige Formen, Strahlen, Blasen ins Weiß. Von der Leiche zum Beckenrand führte eine breitere rötliche Schliere, die ihren Ursprung auf den Fliesen außerhalb des Pools hatte. Wenige Zentimeter vom Rand entfernt war ein größerer Blutfleck. Die Luftfeuchtigkeit im Raum war hoch. Das Blut war noch nicht vollständig festgetrocknet. Das Gesicht der Leiche, die halb seitlich im Wasser lag und deren Füße in der milchigen Suppe verschwanden, als hätte sie jemand abgesägt, war schmerzverzerrt.

Für einen Augenblick fühlte sich Anne an eine Ausstellung der Wiener Aktionisten erinnert, die sie einmal im Wiener Museum Moderner Kunst besucht hatte und deren Exponate und Filme sie als so bedrohlich empfunden hatte, dass sie sie wegen Lisa, die damals dabei war, gleich wieder verlassen hatte. Auch der Anblick des Pools hier glich einem jener Schlachtfesthappenings, die die Aktionisten regelmäßig anrichteten. Der Eindruck einer Inszenierung wurde dadurch verstärkt, dass um den Pool herum alles übertrieben aufgeräumt wirkte: Auf den vier japanisch anmutenden Ruheliegen aus Tropenholz lag, fein säuberlich zusammengelegt, je ein frisch gewaschenes Handtuch. Auf jedem Handtuch befanden sich originalverpackte Frotteeschläppchen, wie Anne sie aus Hotels kannte. Die Wände zierten einige großformatige Schwarz-Weiß-Motive des Fotografen Arthur Elgort. Auf jedem war eine prominente Schönheit zu sehen – unter ihnen auch die blutjunge Cindy Crawford, mit geschlossenen Augen in ein Mikrofon singend; und Laetitia Casta, am Boden liegend, nur bekleidet mit einer Federboa und einem Diamantbracelet um das Fußgelenk. Die anderen spärlich bekleideten Frauen erkannte Anne nicht. Im linken Eck ortete die Polizistin einen Whirlpool, der mindestens acht Menschen Platz bot, und nach rechts, so vermutete sie, ging es zu den Duschen und vielleicht auch zu Saunen, Dampfbädern und Ruheräumen. Das Ganze war großzügig angelegt, wie für ein Hotel, und ergab ein in sich stimmiges Bild. Nur wenn Anne an den Anblick des Anwesens von außen dachte, fand sie es etwas komisch. Passte ein derart nobler Wellnesstempel in einen urbayerischen Bauernhof?

Am Rand des Schwimmbeckens kniete Nonnenmacher und starrte wie gelähmt auf den klein gewachsenen toten Mann in der Flüssigkeit. Der Dienststellenleiter schien weder bemerkt zu haben, dass Anne durch die aufgeschobene Panoramascheibe in die Schwimmhalle getreten war, noch, dass hier ziemlich laut klassische Musik lief. Anne kannte sich mit Musik nicht gut aus. War das Gustav Mahler? Bruckner? Seit wann lief die Musik? Warum schaltete sie niemand ab?

»Hallo, Herr Nonnenmacher«, sagte sie vorsichtig und erschrak darüber, was die Worte in ihrem Chef auslösten: Nonnenmacher musste völlig in Gedanken versunken gewesen sein, denn beinahe wäre er zu der Leiche in den weißen Sud gefallen, allerdings lebendig.

»Ach Sie«, grummelte er, nachdem er sich gerade noch abgefangen hatte. »Eine schöne Scheiße.« Anne zuckte mit den Schultern.

»Da haben wir hier jahrelang keinen einzigen Toten, und dann kommen Sie zu uns nach Wiessee, und wir haben innerhalb von zwei Wochen zwei Leichen. Wenn das so weitergeht, brauchen wir hier noch einen neuen Friedhof.« Anne schwieg.

»Was machen wir denn jetzt?« Nonnenmacher wirkte hilflos wie ein Kind.

»Wer ist das denn überhaupt?«, fragte Anne.

»Der Kürschner«, erwiderte Nonnenmacher genervt und erklärte, was es mit dem Milliardär auf sich hatte.

»Und wer hat ihn gefunden?«

»Seine Haushälterin.« Kastner verhöre sie gerade.

»Wo?«

Mit einer Kopfbewegung deutete Nonnenmacher in Richtung der Tür, hinter der Anne die Sauna und andere Wellnesseinrichtungen vermutete. Ohne etwas zu sagen, ging sie hinüber, durchschritt einen mit schwarzem Marmor gefliesten Durchgang, von dem aus ein Gang abzweigte zu zwei ebenso schwarzen Duschräumen, und gelangte in ein Areal, in dem, wie vermutet, eine solide aussehende Holzsauna, ein Kaltwasserbecken und eine Dampfbadkabine standen. Alles war sauber und geschmackvoll eingerichtet. Auch hier mussten Lautsprecher angebracht sein, denn Anne hörte noch immer Mahler oder Bruckner. Sie ging weiter, ohne etwas Auffälliges zu bemerken, und gelangte in eine Art Umkleidezimmer. Hier war der Boden mit einem flauschigen hellblauen Teppich bedeckt, an einer Wand stand ein Tischchen im britischen Kolonialstil, auf dem ein feines asiatisches Teeservice angerichtet war. An diesem Tisch saß der uniformierte Sepp Kastner mit einer adrett gekleideten Frau um die sechzig. Ihre Haare waren blondiert und dauergewellt. Es handelte sich um Elisabeth Gsell, die Haushälterin Kürschners, die das Anwesen leitete, seit Kürschner es vor Jahrzehnten gekauft hatte. Die Frau hatte keine Tränen in den Augen, sie wirkte gefasst. Kastners Vernehmungsstil kam Anne angesichts der Zierlichkeit der alten Dame ziemlich ruppig vor. »Aber Frau Gsell, das glaub' ich Ihnen nicht, dass Sie nicht gewusst haben, dass der Herr Kürschner hier ist.«

»Doch, das hat der Herr Kürschner oft so gemacht. Es war oft so, dass er spontan kam, ein paar Stunden blieb und dann wieder wegflog. Oft hat er gar nicht hier übernachtet.«

»Aber dann hätt' er Sie doch angerufen, vorher!«

»Nein, denn Herr Kürschner war gern allein und kam deswegen auch gern allein und ohne Vorankündigung. Er ist ja immerzu mit Menschen zusammen, wenn er seine Geschäfte macht. Deswegen hat er sich ja den Grundnerhof gekauft: dass er auch einmal seine Ruhe haben kann.«

»Aber Sie haben ihm doch sicher etwas zum Essen gemacht, wenn er da war.«

»Nur, wenn er das wünschte«, antwortete Elisabeth Gsell, die hochdeutsch mit einer, wie Anne fand, ganz sympathischen bayerischen Einfärbung sprach. »Es war ohnehin so, dass ich immer dafür gesorgt habe, dass etwas frisch Gekochtes im Kühlschrank war. Das konnte Herr Kürschner sich dann allein in der Mikrowelle heiß machen. Dafür brauchte er mich nicht. Und jeden Tag habe ich geschaut, ob er vielleicht da ist. Wenn ja, bin ich geblieben und habe ihn versorgt. Und wenn er nicht gekommen ist, dann habe ich das vorgekochte Essen mitgenommen und selbst gegessen.«

»Haben Sie auch manchmal hier übernachtet?«, wollte Kastner wissen.

»Gott bewahre!«, meinte Elisabeth Gsell entsetzt. »Herr Kürschner ist verheiratet, ich bin ledig, wo denken Sie hin!«

Anne musste schmunzeln.

»Und jetzt«, fragte Kastner, »sind's jetzt gar nicht traurig, dass er tot ist?«

»Doch, natürlich, das ist ja das Schlimmste, was mir, ihm, passieren konnte.«

»Aber Sie wirken überhaupt nicht betroffen.«

»Na, mein lieber junger Herr Kommissar, ich hätte diesen Posten hier nicht fast vierzig Jahre bekleidet, wenn es mir nicht ein Selbstverständliches wäre, auch in schwieriger Situation die Fasson zu wahren.« Elisabeth Gsell sah Kastner selbstbewusst an.

»Darf ich mich mal kurz vorstellen?«, unterbrach Anne höflich und reichte Elisabeth Gsell die Hand. »Anne Loop, Polizeihauptmeisterin.«

»Oh, es ist mir eine Ehre. Wissen Sie, wie Sie aussehen?« Natürlich wartete sie nicht, bis Anne antworten konnte. »Also, das wird Sie sicherlich überraschen, aber Sie könnten die Schwester von Angelina Jolie sein, ohne Weiteres! Und ich muss es wissen, denn ich verfolge das Eheleben dieser beiden vorbildlichen Menschen Angelina und Brad mit großem Interesse. Sind Sie auch verheiratet und haben Kinder?«

Ohne darauf einzugehen, stellte Anne eine Gegenfrage: »Frau Gsell, kann man die Musik eigentlich ausschalten?«

Kurz sah es so aus, als wäre ein Blitz durch den zierlichen Körper der Haushälterin gefahren, dann sagte sie: »Ja natürlich, mein Gott, sehen Sie, das fällt mir schon gar nicht mehr auf! Der Herr Kürschner hat ja immer Musik angehabt, also wirklich immer!« Schnell stand sie auf, verließ den Raum in der Richtung, in der der Wohnteil des Hauses sein musste, und Sekunden später herrschte Ruhe im Haus. Totenstille.

Während Elisabeth Gsell weg war, begab Anne sich erneut zu Nonnenmacher, der noch immer ins Becken und auf die Leiche starrte.

»Was denken Sie?«, fragte Anne vorsichtig.

»Nix«, antwortete Nonnenmacher patzig.

»Sollten wir nicht die Kripo rufen?«

»Doch!«, erwiderte Nonnenmacher. »Hab' ich schon. Die werden gleich da sein.«

»Haben Sie Einbruchspuren gefunden?«

»Hab' noch nicht geschaut.«

Anne schüttelte hinter seinem Rücken den Kopf. Was war nur mit ihm los? Dann ging sie zu den verschiebbaren Glastüren und schaute, ob dort irgendwelche Spuren gewaltsamen Eindringens zu sehen waren. Tatsächlich entdeckte sie an einer der Schiebetüren Spuren eines Hebelwerkzeugs. Hier war die Tür aufgebrochen worden. Anne trat nach draußen auf die Terrasse, auf der noch mehrere derselben Liegestühle standen, die sie schon im Inneren des Gebäudes gesehen hatte. Anne ging bis an den Rand der Holzterrasse und sah frische Spuren in der Wiese, die von einem größeren Fahrzeug stammen mussten – von einem Kleinlaster oder einem Traktor. Der Profilstärke nach tippte Anne auf Traktor. Anne dachte kurz nach und ging dann an Nonnenmacher vorbei noch einmal zurück zu Kastner und Elisabeth Gsell. Die Haushälterin erzählte gerade, dass Kürschner in den vergangenen Jahren eigentlich nur noch allein im Haus gewesen sei. Früher, als er noch jung war, sei das ein bisschen anders gewesen. Da sei auch jedes Mal seine Frau mitgekommen, und oft auch Geschäftspartner, für die Frau Gsell dann große Essen habe arrangieren müssen. Aber die Ehe der Kürschners ...

»Frau Gsell«, schaltete Anne sich in das Gespräch ein, »haben Sie den Eindruck, dass hier ein Fremder im Haus war?«

»Ja natürlich, mein Fräulein, das sieht man doch. Der ganze Dreck im Schwimmbad und die aufgebrochene Tür, gell, das habe ich gleich gesehen, dass da wer eingebrochen ist.«

»Aber als Sie hereinkamen, haben Sie niemanden mehr gesehen oder gehört?«

»Gott bewahre!«, rief Elisabeth Gsell aus. »Stellen Sie sich vor, diese Mörder hätten mich auch noch erwischt, dann würd' ich jetzt neben dem Herrn Kürschner in der Blutmilch liegen, das wär' ja fürchterlich.«

»Blutmilch, sagen Sie?« Anne war überrascht. »Ist die weiße Flüssigkeit im Pool Milch?«

»Ja aber mein Fräulein, was denn sonst, bitte? Riechen Sie das denn nicht? Das riecht doch ganz eindeutig nach Milch.«

»Ach so«, sagte Anne nachdenklich, sie hatte den säuerlichen Geruch der Leiche zugeordnet. »Hat Herr Kürschner öfters in Milch gebadet?«

»Gott bewahre!«, rief Elisabeth Gsell erneut. »So ein Schmarren tät' dem Herrn Kürschner, Gott hab' ihn selig, also so was würd' ihm nicht einfallen. Stutenmilch hat er manchmal getrunken, wegen der Gesundheit, das schon. Aber getrunken! Das ist doch eine Verschwendung, so viel Milch in ein Schwimmbad zu schütten. Und für was sollte das denn gut sein?«

»Die Milch im Pool ist also auch für Sie ungewöhnlich?«

»Ja, wo denken Sie denn hin, natürlich ist das ungewöhnlich – *ungewöhnlich!* –, das reicht ja gar nicht als Wort, das ist geradezu erschreckend. Haben's ihn jetzt endlich da rausgeholt aus dem Becken, ich kann's mir gar nicht anschauen, so grauslig sieht das aus.«

Anne schüttelte den Kopf. »Wir sollten da jetzt möglichst wenig anfassen, weil gleich die Spurensicherung kommt, und die sind froh, wenn sie alles unverändert vorfinden.«

»Und was soll ich jetzt tun?«, fragte Elisabeth Gsell.

»Es wäre gut, wenn Sie noch ein wenig hierbleiben könnten, falls wir noch Fragen zum Haus haben sollten. Haben Sie noch Zeit?«

»Ja natürlich habe ich noch Zeit, es ist ja meine Arbeit, hier zu sein, also ... es ...«, sie zögerte, »... es war meine Arbeit.« Nach einem Augenblick, in dem sie sinnierend den Teppichboden betrachtete, richtete sie sich energisch auf, der unsichtbare Besenstiel an ihrem Rückgrat hatte seine Aufgabe wieder übernommen, sagte: »Ich bin in der Küche« und verschwand.

Als Anne sicher sein konnte, dass Frau Gsell außer Hörweite war, fragte sie Sepp Kastner, was er meine, was mit Nonnenmacher sei.

»Was soll mit dem sein?« Kastner schaute sie verständnislos an.

»Na ja«, meinte Anne, »der sitzt seit einer halben Stunde oder länger am Pool und ist wie gelähmt.«

»Der wird halt nachdenken, wer so eine Sautat begangen haben kann, hier am Tegernsee. So was gibt's ja wohl überhaupts gar nicht, dass hier der ...«, Kastner suchte nach dem richtigen Wort, »... der Wohltäter des Tals von wem umgebracht wird! Wer soll denn das gewesen sein? Und vor allem: Warum? Und was soll das mit der Milch?«

»Hast du die Gsell gefragt, ob sie den Eindruck hat, dass irgendetwas fehlt?«

»Ja! Fehlt nix. Die sind wahrscheinlich überrascht worden.«

»Hast du gesehen, dass da draußen im Garten Spuren eines Fahrzeugs sind?«

Kastner nickte. »Traktor. Das sind Bulldogspuren. Die waren mit dem Bulldog da. Und ich glaube auch, dass hinten ein Anhänger dran war. Vermutlich, um das Diebesgut, das sie mitnehmen wollten, aufzuladen.« Er spielte mit einigen Beuteln englischen Tees, die auf dem Tischchen vor ihm standen. »Schon komisch, wie manche Leut' versuchen reich zum werden.«

»Wie meinst du das?« Anne schaute ihn irritiert an.

»Der normale Weg wär' halt, dass man was arbeitet. Oder dass man eine Idee oder Glück hat und berühmt wird im Fernseh'n oder wo. Aber dass man wo einbricht und einen anderen tötet, bloß damit man selber reich wird, das ist schon was, was ich nicht ... nachvollziehen kann.« Er schüttelte den Kopf und fuhr fort: »Aber die Bande, die erwischen mir, da bin ich mir sicher. Die wandern hinter Gitter! Den Kürschner umbringen! Die sind ja wahnsinnig! Da haben die aber das ganze Tal gegen sich. Wenn einer von den Einheimischen was weiß, dann wird er das sagen. Den Mörder vom Kürschner bringen mir zur Strecke. Das geb' ich dir schriftlich.«

Als die beiden wieder in die Schwimmhalle traten, sahen sie Nonnenmacher draußen stehen und auf den See hinunterschauen. Es war jetzt fast dunkel, die Bewohner des Seeufers, die Hotels und Restaurants, die Boote und Almhütten hatten ihre Lichter angeknipst. Nachts sah der See kleiner aus als am Tag. Anne stellte sich rechts neben Nonnenmacher, Kastner links von ihm.

»Was denkst'n, Kurt?«, fragte Kastner.

»Nix«, bollerte Nonnenmacher zurück.

»Na klar denkst du was, Kurti!« Kastners Tonfall war kumpelhaft. »Willst nix mit der Kripo Miesbach zum tun haben, oder?«

Nonnenmacher nickte. Kastner schwieg kurz, dann meinte er: »Ich ja auch nicht, aber ich hab' da eine Idee, wie mir das machen: Sollen die doch jetzt gleich hier ihre Spuren sichern und alle aufscheuchen und wahnsinnig machen mit ihrem Aktionismus – und dann soll'n's einfach wieder heimfahren. Und mir kümmern uns dann um den Rest. Mir werden es sein, die den Mord am Kürschner aufklären, nicht die. Den Spurensicherungsbericht brauchen mir natürlich schon, könnte weiterhelfen.«

Nonnenmacher zeigte keine Regung. Außer einem grummelnden Magen herrschte Stille. Alle drei blickten weiter zum See hinunter, über den gerade eines der Boote der Bayerischen Seenschifffahrt schipperte.

Kastner ergriff noch einmal das Wort: »Die wo das gemacht haben, die sind ganz sicher nicht von hier, da nehm' ich Gift drauf. Das sind so tamilische oder rumänische Banden.«

»Und warum haben die tamilischen Banden«, so Anne, »warum haben die gar nichts mitgenommen? Ist das nicht komisch? Und wie kommen die überhaupt wieder nach Hause? Meines Wissens leben die Tamilen in Sri Lanka.«

»Und Sri Lanka ist vom Tegernsee per Traktor relativ ungünstig zu erreichen«, lachte Nonnenmacher plötzlich los. Ein bisschen verrückt klang es schon. Und Sepp Kastner war zwar beleidigt, sagte aber nichts, weil er froh war, dass der Chef endlich aus seinem merkwürdigen Koma erwacht war. Eine vorwitzige Mücke, die sich auf Nonnenmachers Wange niedergelassen hatte, überlebte dessen plötzliche Lebendigkeit allerdings nicht. Auf eine Leiche mehr oder weniger kam es nun auch nicht mehr an.

Dann kam die Spurensicherung. Binnen weniger Minuten verwandelten die Experten aus Miesbach mit ihrer Emsigkeit den Grundnerhof in einen Ameisenhaufen. Bald lagen überall kleinere und größere Tüten herum, Folien wurden über Gegenstände, Vorhangstoffe, Handtücher und Kleider gezogen, Pulver wurde aufgetragen, ein Mann nahm Gipsabdrücke von den Traktorspuren im Garten. Der Chef der Truppe war ein muskulöser Mittdreißiger, der sich den Tegernseer Kollegen als Sebastian Schönwetter vorgestellt hatte und ganz offensichtlich neu in Miesbach war, denn weder Kastner noch Nonnenmacher hatten ihn je gesehen. Einer seiner ersten forschen, an Nonnenmacher gerichteten Sätze war: »Und, hoffentlich schon überall rumgelatscht?« Woraufhin Nonnenmacher zum einen froh war, dass er die arroganten Miesbacher nicht über den Fichtner-Fall informiert hatte, und zum andern beschloss, dass sie, die Tegernseer, die Miesbacher bei der Spurensicherung nicht über Gebühr unterstützen würden. Sollte dieser Surflehrer doch schauen, wie er den Fall in den Griff bekam, der Depp, der damische.

Anne verfolgte jeden Handgriff der Mordspezialisten mit großer Aufmerksamkeit. Ihr gefiel es, wie wenig sie redeten, dass jeder wusste, was er zu tun hatte, und dass jeder Handgriff saß. Als sie gerade zwei der Spurensicherer dabei beobachtete, wie sie in weißen Anzügen in den Milchpool kletterten und Kürschners Leiche vorsichtig herauszogen, trat Kastner neben sie und stellte ihr eine merkwürdige Frage: »Warst du schon auf'm Klo?«

»Was geht dich das an?«, entgegnete sie aggressiv, weil sie dahinter wieder einen seiner plumpen Annäherungsversuche befürchtete.

»Nein. Du verstehst mich falsch, ich meine – ähm – ob du dir hier schon die Hände gewaschen hast?«

Anne sah Kastner an, als wäre er ein Ufo. »Ekelt es dich vor mir?«

»Nein«, sagte Kastner, »ich meine, ach, halt, ob bei dir Wasser gekommen ist, das meine ich halt nur.«

»Als ich auf der Toilette war? Du möchtest echt wissen, ob ich hier konnte?«

»Nein, ich meine beim Spülen, beim Händewaschen, ob du ...«

Ohne dass es die beiden bemerkt hätten, hatte sich Nonnenmacher zu ihnen gesellt. »Was führt's ihr denn für seltsame Gespräche?«

Kastner wurde rot. Dass er ausgerechnet mit Anne immer

wieder in derart blöde Situationen kam! »Ich wollte nur sagen, dass auf dem Klo kein Wasser kommt. Man kann nicht spülen, und man kann sich nicht die Hände waschen. Und ich wollte wissen, ob das jemand von den Herrendamen Ermittlern schon gemerkt hat. Mehr nicht.«

Nonnenmacher zuckte mit den Schultern, während Anne meinte: »Frag halt die Frau Gsell.«

Kopfschüttelnd verließ Kastner die beiden. Eine Minute später stand er triumphierend mit der Haushälterin wieder vor ihnen. »Hab' ich's doch gewusst: Das Wasser ist im ganzen Haus abgestellt.«

»Na und?« Nonnenmacher verstand nicht.

»Nix ›Na und‹«, antwortete Kastner. »Im ganzen Grundnerhof gibt's kein Wasser.«

»Ja, stellen Sie sich vor, Herr Kommissar«, sagte Elisabeth Gsell empört. »Nicht nur, dass man den lieben Herrn Kürschner mit Milch ertränkt hat, man hat sogar das Haus von der Wasserversorgung getrennt.«

»Da wird halt der Haupthahn zu sein«, meinte Nonnenmacher widerwillig. Das auf diese Aussage folgende Magengrimmen entlockte Elisabeth Gsell einen entsetzten Blick. »Das habe ich schon überprüft, Herr Kommissar, der Haupthahn ist geöffnet, aber es fließt dennoch nirgends Wasser. Ich kann mir das nicht erklären. Das hatten wir in über dreißig Jahren noch nicht! Wir sind hier doch nicht in der Wüste!«

»Vielleicht hat das was mit dem Einbruch zu tun«, warf Anne ein.

»Dass die den Kürschner …«, begann Kastner seinen Satz.

»Herrn Kürschner, bitte«, bat Elisabeth Gsell.

»Dass die den Herrn Kürschner«, begann Kastner erneut, »nicht nur in Milch ertränken wollten, sondern auch noch verdursten lassen oder was?«

Sepp Kastner wirkte manchmal so viel dümmer, als er eigentlich war, dachte sich Anne. Aber eine Erklärung für die Gleichzeitigkeit dieser merkwürdigen Phänomene hatte sie auch nicht.

»Rufen's halt einen Installateur«, schlug Nonnenmacher vor. »Vielleicht ist etwas mit der Hauptwasserleitung. Ich glaub' nicht, dass das was mit dem Tod vom Kürschner zu tun hat.«

»Um diese Nachtzeit bekomme ich doch keinen Installateur mehr«, rief Elisabeth Gsell. »Dieser missliche Zustand wird uns wohl noch bis Montag beschäftigen. Uns bleibt aber auch nichts erspart: Der Herr des Hauses tot, das Schwimmbecken voller Milch und kein Wasser im Haus! Als würde Gott uns strafen. Schrecklich!«

Nach drei Stunden – Mitternacht war längst vorbei – rief Sebastian Schönwetter seine Mannschaft zusammen.

»Können wir mal kurz?« Als alle beieinanderstanden – auch Anne, Kastner und Nonnenmacher waren gekommen, wenngleich sie in der zweiten Reihe stehen blieben –, fragte Schönwetter: »Ich bitte um Hypothesen.«

Sofort ergriff einer der Spurensicherer das Wort: »Für mich ist der Fall klar. Kein Kampf, keine fremde Gewalteinwirkung. Der Tod erfolgte durch Sturz auf den Hinterkopf. Weil der Sturz sehr nahe am Beckenrand erfolgte, ist er dann in den Pool gefallen. Da war er dann aber schon tot.«

»Kein Tod durch Ertrinken?«, wollte Schönwetter wissen.

Der Mann, der eben gesprochen hatte, schüttelte den Kopf. »Der Tod war vermutlich Folge einer Hirnblutung, auf jeden Fall haben wir es mit einer massiven Schädel-Hirn-Verletzung zu tun. Meiner Ansicht nach war das Opfer schon tot, als es in die Milch fiel, oder starb genau in jenem Augenblick. Am Rückenmark konnte ich keine Verletzungen feststellen, aber vielleicht findet die Rechtsmedizin da noch was.«

Die Mitglieder des Teams aus Miesbach schien diese Information nicht weiter zu überraschen. Dafür zeigten sich Nonnenmacher, Kastner und Anne umso erstaunter. Keiner der drei wagte es aber, sich in das Gespräch der Kripoleute einzuklinken.

»Könnte es sein, dass ihn jemand geschubst hat?«, so Schönwetter.

»Das kann natürlich immer sein«, erwiderte der Sprecher von vorher. »Aber dazu sollten wir jetzt keine Hypothesen aufstellen, ehe wir nicht die anderen Spuren ausgewertet haben. Ich tendiere jedenfalls stark dazu, anzunehmen, dass er keiner starken Gewaltanwendung ausgesetzt war. Wir konnten am Körper keinerlei Flecken oder Verletzungen erkennen, die nicht auch von dem Sturz herrühren könnten.«

»Wie ist die Spurenlage sonst?« Schönwetter schaute fragend in die Runde.

Ein anderer Kollege ergriff das Wort. Zögerlich sagte er: »Na ja, da sind eine Menge Leute herumgelatscht. Schwierig zu sagen, was da jetzt zur Tatzeit passiert ist und was erst danach von irgendwelchen Leuten«, er sah zu Nonnenmacher und Kastner, vermied es aber, Anne anzusehen, »an Trugspuren gelegt wurde.«

»Für die endgültige Auswertung brauchen wir auch noch ein paar Tage Zeit«, klinkte sich eine klein gewachsene, agile junge Frau in das Gespräch ein.

»Gut, für uns ist erst einmal nur wichtig, dass wir davon ausgehen können, dass es mit hoher Wahrscheinlichkeit kein Verbrechen war«, schloss Schönwetter. «Der Mann ist vermutlich ausgerutscht. Vielleicht wurde er geschubst. We will see. Dann packen wir jetzt zusammen und fahren zurück. Sie, Herr…«, sagte er, an Nonnenmacher gewandt, »… wie war Ihr Name noch?«

»Nonnenmacher, Kurt«, antwortete der Wiesseer Dienststellenleiter.

»Sie, Herr Nonnenmacher Kurt«, Schönwetter versuchte erst gar nicht, ein überhebliches Schmunzeln zu unterdrücken, »werden bis auf Weiteres hier die Vernehmungen und anderweitigen Ermittlungen durchführen. Ich muss morgen mit der Staatsanwaltschaft sprechen, ob wir hier überhaupt vertiefter einsteigen oder ob wir das bleiben lassen können. Gut, er ist ein Milliardär, sagten Sie?«

Nonnenmacher nickte, und Schönwetter dehnte seinen muskulösen Körper, gähnte. »Bei Milliardären sollte man vielleicht einen Tick genauer hinsehen. Von der Motivlage her ist das ja schon meist eine besondere Nummer. Aber das machen wir nicht mehr heute. Ich bin so was von müde. Dass so was aber auch immer am Samstag passieren muss! Also, Kollegen, make it good!«

Nonnenmacher verkniff sich ein: »Make it better.« Der hochdeutsche Typ ging ihm gewaltig gegen den Strich. Nonnenmacher beschloss, gleich am Montag seinen alten Kollegen Kilian Seitmeier in Miesbach anzurufen, um zu fragen, wo dieser tätowierte Hanswurst auf einmal herkam, der sich hier aufspielte, als wär' er von der GSG 9.

Als Schönwetter schon in seinem Einsatzfahrzeug saß, ließ er noch einmal die Scheibe herunterfahren und winkte Anne heran: »Wie war Ihr Name doch gleich?«

»Anne Loop.«

»Neu hier?«

Anne nickte.

»Wir sollten mal einen Kaffee miteinander trinken.«

Als Anne nach Hause kam, war sie überrascht, denn Bernhard war noch wach. Er umarmte sie. »Und?«

»Das war ein bizarrer Abend«, sagte Anne.

»Wieso bizarr?«

Während Bernhard für sie die Pfannkuchensuppe aufwärmte, die er mit Lisa abends gegessen hatte, stand sie neben ihm und erzählte: von der blutigen Leiche in der Milch, von Nonnenmachers Schweigen und von Schönwetter, diesem jungen Kripobeamten aus Miesbach, der sie, obwohl er sich etwas unpassend benommen hatte, auch irgendwie beeindruckt hatte. Als Anne dann saß und ihre Suppe löffelte, fragte Bernhard: »Meinst du auch, dass es kein Mord war?«

»Das ist für mich erst mal gar nicht das Merkwürdigste. Komisch ist doch vielmehr, dass da Milch im Schwimmbecken

war. Ich frage mich: Was soll das – und: Wie kommt die Milch da rein?«
»Jemand muss sie hertransportiert haben.«
»Genau. Aber erstens wie und zweitens warum? Die Haushälterin sagt, dass Kürschner nie in Milch gebadet hat.«
»Also hat sie ein anderer da hineingeschüttet«, sinnierte Bernhard.
»Aber vorher hat dieser Jemand das Wasser ablaufen lassen.« Anne dachte kurz nach und sagte dann: »Mensch, jetzt fällt mir was auf: Im Haus wurde das Wasser abgestellt. Womöglich hat das etwas mit der Milch zu tun.«
»Dass die Milch durch die Wasserleitung kam?«
»Das wäre eine Möglichkeit«, sagte Anne und gähnte.
»Aber wozu?«
»Mein erster Gedanke war, dass das wie Kunst aussieht: eine Art surrealistisches Gemälde.«
»Kunst mit Leiche?«
»Sozusagen.«
Die beiden gingen schlafen.

Als der Bootsführer Klaus Amend am Sonntagmorgen kurz vor dem Gottesdienst in der Klosterkirche auf seine Stammtischkameraden, den Fischer Wastl Hörwangl und den Bauern Pius Nagel, traf, wurde ihm ziemlich schnell ziemlich heiß in seinem weißen Hemd mit den Stickereien, den Wadlwärmern und der schwarzen kurzen Lederhose mit den grünen Verzierungen. Der plötzliche Hitzeschub lag weniger an den sommerlichen Temperaturen dieses Frühlingstags als vielmehr an der Tatsache, dass der Fischer Hörwangl von seiner Frau, die mal wieder im Hotel Bayern Zimmerdienst gehabt hatte, erfahren hatte, dass man munkle, der Milliardär Kürschner sei in der letzten Nacht verstorben. Doch damit nicht genug: es gehe das Gerücht um, dass der Mäzen vom Tegernsee einem Mord zum Opfer gefallen sei.

Man konnte nun nicht behaupten, dass die drei Tegernseer Kammerjäger an anderen Tagen mit besonders großer Aufmerksamkeit der Messe gefolgt wären, aber heute rauschte die Predigt komplett an ihnen vorbei. Jeder für sich grübelte darüber nach, was es zu bedeuten hatte, dass der Kürschner, dem sie nur das Wasser hatten abstellen und mit der Milch einen deutlichen Wink mit dem Zaunpfahl »in Sachen Million« hatten geben wollen, nun tot war und man in wohlunterrichteten Hotelierskreisen sogar einen Mord vermutete. Es waren vor allem drei Fragen, die die drei Freunde des verstorbenen Ferdinand Fichtner quälten. Erstens: War nach ihnen etwa noch ein echter Verbrecher am Werk gewesen? Zweitens: Würden sie nun, obwohl total unschuldig und nur an ihrer eigenen Million interessiert, in diesen Mordfall hineingezogen werden? Und drittens: Wie sollten sie jetzt, wenn es stimmte, dass der Kürschner sich gen Himmel verabschiedet hatte, ihr Geld zurückholen?

Das ungute Gefühl wurde noch durch das Gerücht verstärkt, dass eigens ein auf Spurensicherung spezialisierter Trupp aus Miesbach im Grundnerhof gewesen sei, der, so wurde es kolportiert, Fingerabdrücke, Fuß- und sogar Gipsabdrücke von vorgefundenen Traktorspuren genommen hatte.

»Mir sollten am besten gleich zur Polizei und alles zugeben«, zischelte Hörwangl dem neben ihm sitzenden Amend ins Ohr. »Das junge Polizeifräulein, das schon vormittags Bier trinkt, hat vielleicht Verständnis für unsere Aktion.«

Doch Amend fand diese Idee vollkommen wahnsinnig. Man würde ihnen doch sowieso nicht glauben. Außerdem seien sie durch Ferdls saudummen Selbstmord schon zur Genüge ins Visier der Polizeikräfte geraten. Wenn da jetzt noch ein Milliardär hinzukäme, so vermutete Hörwangl, wäre die Schlinge in null Komma nix zugezogen.

Das vom Pfarrer mit messweingestärkter Stimme eingeleitete Schuldbekenntnis sprach Hörwangl mit noch größerer Inbrunst als damals zu seiner Kommunion. Seinerzeit hatte er sich auch an einem Lebewesen versündigt, allerdings nicht an einem Milliardär, sondern an der Katze der Nachbarin. Hörwangl hatte versucht – dies übrigens in bester Absicht –, dem

Kätzchen das Schwimmen beizubringen. Das Vieh war dabei jämmerlich ertrunken. Letztlich war vor dem lieben Herrgott ein Milliardär zwar auch nur ein Wesen und damit grundsätzlich allem anderen, was über den Erdball kroch, also auch jungen Katzen, gleichgestellt. Doch, so hatte Hörwangl im Laufe seines Lebens den Eindruck gewonnen, solche Milliardärswesen wurden wegen ihres Reichtums von der Polizei besonders geschützt. Obendrein war Kürschner natürlich auch ein Mensch. Es war eine missliche Lage, in die sich die vier Tegernseer Robin Hoods durch ihren mutigen und, wie sie fanden, von Gerechtigkeit in Reinstform getragenen Plan gebracht hatten.

Beim anschließenden Frühschoppen im Bräustüberl saßen die drei zunächst schweigend an ihrem Tisch und beneideten fast ein wenig den Fichtner Ferdl, den dieses Problem, das sie nun hatten, nicht mehr zu beschäftigen brauchte. Hörwangl spielte sogar mit dem Gedanken, sich auch an einem Baum am Leeberg aufzuhängen, verwarf diesen aber nach einem Blick in Richtung des Zapfbereichs gleich wieder – denn seine Lieblingsbedienung, das Reserl mit den herrlich bayerischen Oberarmen, eilte gerade mit einem Tablett voller frisch gezapfter Biere durch den Schankraum. Als Leiche konnte man weder mit dem Reserl schäkern noch ein halbes Dutzend Tegernseer Helle trinken, und außerdem war, das sah man ja nun beim Ferdl, mit so einem Selbstmord, auch wenn man ihn in bester Absicht beging, gar niemandem geholfen. Bei Fichtners Frau war nun nicht einmal sicher, ob sie Geld von der Lebensversicherung bekommen würde, weil diese Saubande von Versicherungen natürlich auch dazu im Kleingedruckten irgendeine Passage versteckt hatte, die keiner verstand, aber jetzt, wo es bei der Fichtner Evi ums Eingemachte ging, plötzlich Wirkung entfaltete. Aber während Hörwangl so dasaß und mal sein Glas anschaute, mal die Waden vom Reserl und auch immer wieder einen Schluck von dem perlenden Getränk nahm, das da in sonnigem Gelb vor ihm stand, hellte sich seine

Stimmung so sehr auf, dass er dem Nagel Pius und dem Amend Klaus, begleitet von einem lauten »Ich geb' eine Runde aus«, auf die Schulter haute.

Am selben Morgen, einige Stunden früher, stand Lisa neben Annes Bett und flüsterte: »Mama. Maamaa. Maaamaaa.« Anne fühlte sich wie gerädert und beschloss, sich schlafend zu stellen. Doch ihrer Tochter war dies völlig gleichgültig.

»Mamma! Wach auf! Es ist schon hell.« Jetzt zog Lisa auch noch an ihrer Decke! Es gab nichts, was Anne, seit sie Mutter geworden war, als so einschneidend empfand wie die Tatsache, nicht mehr schlafen zu können, wann sie wollte. Seit Lisa auf der Welt war, fühlte sie sich permanent übermüdet. Anne hielt die Augen weiter geschlossen. Konnte sie nicht einmal richtig ausschlafen? Doch mittlerweile hatte Lisa die Decke über ihren Füßen hochgehoben und begann, ihre Fußsohlen zu kitzeln. Anne war furchtbar empfindlich an den Füßen und fuhr auf.

»Lisa! Ich war die ganze Nacht im Einsatz. Ich bin müde. Lass mich bitte schlafen!«

»Ich will aber raus, Mama, außerdem habe ich Hunger und will ein Buch mit dir anschauen«, quengelte Lisa.

»Du willst raus und ein Buch anschauen?«, fragte Anne. »Wie soll das gehen?«

»Na ja, halt entweder oder.« Lisa runzelte die Stirn.

»Ich will aber noch schlafen.«

»Och, Mama. Warum gehst du auch so spät ins Bett?«

»Weil ich arbeiten musste.«

»Immer dieses Arbeiten! Wieso müssen Eltern immer arbeiten?«

»Bitte, Lisa, hör dir eine CD an, in deinem Zimmer. Ich kann jetzt wirklich nicht aufstehen, ich bin total k.o.«

Lisa ging zum Fenster und zog die Vorhänge auf. Da grunzte Bernhard: »Was soll denn das?«

»Da ist ein Fuchs im Garten!«, rief Lisa.

»Das glaubst du ja selbst nicht«, sagte Anne ungläubig.

»Doch, da, schau!«

Anne sprang auf und ging zum Fenster. Tatsächlich, da marschierte ein Fuchs durch den Garten. Ohne Eile, ohne Angst, am helllichten Morgen.

»Bernhard, da ist ein Fuchs im Garten.« Sie ging zu Bernhard und schüttelte ihn am Arm.

»Na und«, meinte dieser nur schläfrig.

»Aber der hat vielleicht die Tollwut, das ist doch nicht normal, dass ein Fuchs so nah zu Menschen geht!«

»Tollwut gibt's nicht mehr bei uns. Die Füchse kriegen jetzt im Frühling Junge, da haben die einen hohen Nahrungsbedarf, da sind die nicht so vorsichtig, ach, lasst mich jetzt bitte schlafen, ich will heute noch ein bisschen an meiner Arbeit schreiben.«

Anne stand am Fenster und kämpfte mit ihrer schlechten Laune. Na klar: Sie hatte Lisa gewollt. Sie hatte die Beziehung zu Lisas Vater in den Sand gesetzt. Sie hatte die Verantwortung. Lisa war nicht Bernhards Tochter. Sie, Anne, musste jetzt aufstehen und sich um Lisa kümmern. So war das, und so würde das auch bleiben.

Eine halbe Stunde später standen die beiden am Seeufer und warfen Steine ins Wasser.

»Frau Loop!« Anne drehte sich um, es war Herr Schimmler. Er stand bereits mitten im Garten. »Grüß Gott, Frau Loop.«

»Guten Morgen, Herr Schimmler, was kann ich zu dieser frühen Sonntagsstunde für Sie tun?«

Schimmler, in schwarzer Lederhose, Hemd und Haferlschuhen, antwortete noch ganz außer Atem: »Haben Sie's schon g'hört?«

»Was denn?«

»Der Milliardär ist ermordet worden«, raunte Schimmler geheimnisvoll.

Anne beschloss, sich dumm zu stellen. »Wie bitte?«

»Gestern ist der Kürschner ermordet worden, der Bonzenbankier aus München-Grünwald! Haben's von dem noch nie gehört? Der hat in Gmund ein großes Anwesen. Und jetzt ist er tot.«

»Woher wissen Sie das?«

»Ich habe meine Quellen«, sagte Schimmler jetzt wichtig und in normaler Lautstärke. »Aber ganz unter uns: Letztlich hat es schon seine Ordnung, dass er tot ist.«

Anne sah ihn fragend an.

»Ganz unter uns«, so Schimmler abermals, jetzt allerdings wieder in verschwörerischem Tonfall, »an der Finanzkrise sind doch ganz klar die Bankmanager schuld. Und der kleine Mann darf's ausbaden. Zuerst haben mir denen ihre Luxusautos und Prunkvillen bezahlt, und jetzt, wo sie pleite sind, jetzt dürfen *wir* – das ist der gemeine Steuerzahler! – ihnen ihre Scheißbanken retten, damit sie dann wieder ihre Bonzenautos kaufen und Schampus saufen können. Ich sag' Ihnen eins, Frau Loop, wenn das so weitergeht, dann wünsch' ich mir die RAF zurück!« Anne nickte reflexartig. »Aber immerhin ist's jetzt einer weniger von den Geldhaien.«

Schimmler dachte kurz nach, dann fuhr er fort: »Auf die Beerdigung vom Kürschner will ich natürlich schon gehen. Also, wenn sie hier am See ist und nicht in München. Ich sammle nämlich Sterbebildchen.« Ehe Anne etwas erwidern konnte, zog Schimmler aus seinem Trachtenjanker ein Gotteslob und blätterte es auf. Beinahe zwischen jeder Seite des Gesangsbuchs steckte ein Totenzettel. »Schauen Sie, das ist meine Sammlung. Das hier zum Beispiel, das war der alte Herr Geiger, der hat hier gewohnt, bevor Ihre Schwieger… äh … also die Eltern vom Herrn von Rothbach, das Haus gekauft haben. Das war ein Hundling, sag' ich Ihnen! Der ist jeden Tag im Schandl droben gesessen, unter acht Halben Bier ist der nicht nach Haus, und eine Freundin hat er auch gehabt, also zusätzlich zu seiner angetrauten Frau! Ich sag's Ihnen, ein echter Hund war das!« Schimmler blätterte weiter: »Und das – kennen Sie diese Frau hier?« Anne schüttelte den Kopf. »Das ist die Frau Hedwig Courths-Mahler. Das war eine berühmte

Schriftstellerin. Und obwohl sie ein uneheliches Kind war, hat sie trotzdem später viel Geld verdient. Für die SS hat sie sich auch eingesetzt, andererseits hat sie sich geweigert, Nazis als Helden in ihre Romane hineinzuschreiben, obwohl der Hitler das von ihr verlangt hat. Da hat der Führer ihr ganz schön Ärger gemacht, das sag' ich Ihnen!« Schimmler überzeugte sich kurz davon, dass Anne ihm noch folgte, und schob dann hinterher: »Das war eine Beerdigung in Rottach-Egern, von der Frau Hedwig Courths-Mahler! Das kann ich Ihnen sagen. Aber falls der Kürschner hier beerdigt wird, dann wird das auch ein großes Aufgebot. Vielleicht begraben's ihn auch nur in Grünwald. Bei den Reichen weiß man ja nie, wo's hingehören, heutzutage. Bei unsereins ist das ja klar, aber ein Reicher hat ja keine Zeit zum Wurzeln schlagen, gell – er muss ja immerzu seinem Geld hinterherrennen. Das ist die Kehrseite vom Globalismus, ja, so ist das.«

»Und wer soll den Herrn Kürschner ermordet haben?« Anne schaute Schimmler fragend an.

»Russen-Mafia, die sind heut weltweit aktiv.«

Sie nickte, und der Alte fügte hastig hinzu: »So, ja, dann hab' ich's wieder, also, nix für ungut, Frau Loop, gell, und das liebe Mädel«, er versuchte, Lisa übers Haar zu streichen, aber die zog schnell ihren Kopf weg.

Was war nur wieder mit dem Magen los? Es war Montag, und Kurt Nonnenmacher war so verzweifelt, dass er sogar die von seiner Frau eingepackten Karotten gegessen hatte. Nicht nur, dass das Verdauungsorgan sich zu den unmöglichsten Momenten lautstark zu Wort meldete, immer häufiger verspürte er auch kolikartige Schmerzen im Bauch. Die Situation war bereits so unerträglich geworden, dass der Chef der Wiesseer Polizei tatsächlich mit dem Gedanken spielte, einen Arzt aufzusuchen. Und dies, obwohl er jetzt bereits vierzehn Jahre gut ohne Arzt ausgekommen war! Das letzte Mal hatte ihn seine Frau zur Prostatauntersuchung geschickt, doch dieses Erlebnis war für Nonnenmacher derart einschneidend gewesen, dass er in den Folgejahren alle Gebrechen und Schmerzen so gut wie möglich vor der Gattin verheimlicht und mit der Heilkraft des Tegernseer Biers behandelt hatte. Das wollte er nie wieder erleben! Als ob es nicht schon genug der Peinlichkeit gewesen wäre, dass der Doktor sich vor den Augen einer jungen Hilfsärztin an Nonnenmachers Hodensack zu schaffen gemacht hatte, war diese von dem Urologen dann während der Untersuchung doch glatt noch dazu aufgefordert worden, auch ihrerseits und eigenhändig – natürlich mit Handschuhen – an Nonnenmachers empfindlichster Stelle herumzutasten. Eine, wie Nonnenmacher fand, für einen Polizeibeamten in leitender Stellung unmögliche Situation! Natürlich war dabei überhaupt nichts herausgekommen. Vielmehr hatte der Doktor seinem Patienten beste Prostatagesundheit attestiert, und Nonnenmacher hatte beschlossen, sich erst wieder einem Quacksalber auszuliefern, wenn es darum ginge, seinen Tod festzustellen. Doch dieser Entschluss stand nun, auch angesichts der Entwicklungen in Nonnenmachers Berufsleben, auf immer wackeligeren Beinen. Ob er wollte oder nicht, einen Teil der Verantwortung für die ganzen Verwicklungen, in die die Polizeiinspektion Bad Wiessee geschlittert war, musste er schon der jungen Frau Loop zuschieben. Natürlich konnte die neue Kollegin nicht direkt etwas dafür, dass er sich auf einmal mit zwei merkwürdigen Todesfällen konfrontiert sah, aber wer weiß, vielleicht spielten da auch übersinnliche Strömungen eine gewisse Rolle. Vielleicht zog Frau Loop mit ihrem Astralkörper einfach Leichen an? Ehe Nonnenmacher diesen an sich nicht uninteressanten Gedanken weiterverfolgen konnte, stand Sepp Kastner bei ihm im Arbeitszimmer. »Und?«

»Was ›und‹?«, fragte Nonnenmacher aggressiv zurück. Sein Magen knurrte durch den Raum wie ein Dobermann.

»Aha, wieder Magenweh?«, kombinierte Kastner scharfsinnig. »Hast das g'lesen in der Zeitung, von dem Pferd auf der Autobahn am Irschenberg? Haben die Kollegen einen sauberen Einsatz gehabt. So ein Kindergeburtstag passiert anderswo. Und mir haben zwei Leichen. So schaut's nämlich aus.« Die letzten Sätze hatte Kastner nicht ohne Stolz ausgesprochen.

»Ist die Loop schon da?«, entgegnete Nonnenmacher giftig.

»Ja, die Frau Loop ist schon da. Sie hat heute einen Pferdeschwanz, schaut fesch aus, man könnte sagen, eine Augenweide.«

Nonnenmacher verdrehte die Augen, tippte Annes Kurzwahlnummer auf der Telefontastatur und bat sie zur Lagebesprechung in sein Dienstzimmer.

Als Anne und Kastner kurz danach mit ihm an dem kleinen runden Tisch saßen, fragte er: »Wie gehen wir weiter vor?«

Kastner schlug vor, erst einmal abzuwarten, bis die Spurensicherung die Fingerabdrücke ausgewertet habe. Womöglich stimmten die mit irgendwelchen bekannten Verbrechern überein, dann könne man relativ schnell und ohne Aufwand zum Ziel kommen, Festnahme, Prozess et cetera.

»Das habe ich mir auch schon gedacht«, so Nonnenmacher. Weil Anne bis jetzt nichts gesagt hatte, blickte er sie erwartungsvoll an. »Und Sie, Frau Kollegin?«

»Ich glaube, dass der Schlüssel zur Lösung des Falls in der Milch liegt.«

Kastner lachte auf. »Ich glaube, den hat man mittlerweile da herausgefischt. Die Leiche ist nämlich schon längst im Kühlhaus, haha...« Ein strafender Blick von Nonnenmacher brachte ihn sofort zum Schweigen.

»Was meinen Sie damit, dass der Schlüssel zur Lösung in der Milch liegt, Frau Loop?«

»Nun...«, Anne schaute ihn ernst an, »Milch besteht doch genau wie jede andere natürliche Substanz aus Zellen. Und Zellen haben eine DNA. Hat man die DNA, kann man sie zuordnen.«

»Und wem wollen Sie DNA zuordnen?«, fragte Nonnenmacher begriffsstutzig.

»Na ja, den Kühen des Bauern, von dem die Milch stammt. Haben wir die Kühe, haben wir den Bauern. Haben wir den Bauern, haben wir den Verdächtigen.«

»Genial!«, rief Kastner und warf Anne einen verliebten Blick zu.

Nonnenmachers Blick verriet weder Zuneigung noch Zuversicht. Doch hatte er sich vorgenommen, seiner neuen Mitarbeiterin nicht immer von vornherein zu widersprechen, weil sie einige Male doch gar nicht so falsch gelegen hatte. Großzügig meinte er deshalb: »Ich kann ja mal meinen Spezi in der Naturkäserei Tegernseer Land anrufen. Ich glaube zwar nicht, dass das was bringt, weil Bauern gibt es schließlich viele, und menschliche DNA ist vermutlich etwas anderes als die DNA von einer Milch, aber hier geht es um Mord, und da darf man keine Möglichkeit außer Acht lassen.« Er lauschte dem Nachklang seiner Worte und fand, dass sich das überlegen und gut angehört hatte und dass er vielleicht mehr in die Rolle des erfahrenen Unterstützers dieser Anne Loop schlüpfen sollte, als sich von ihr mit wundem Magen und wie ein unerfahrener Polizeischüler durch die Welt hetzen zu lassen. »Gut, dann rufe ich da jetzt gleich einmal an. Sonst noch Vorschläge?« Anne und Kastner schüttelten den Kopf. »Dann ist die ›Lage‹ beendet, und wir wenden uns dem Tagesgeschäft zu.«

Als Anne und Kastner wieder in ihrem eigenen Dienstzimmer saßen, fragte Kastner Anne unvermittelt: »Warum bist du eigentlich nicht verheiratet?«

Anne sah ihn irritiert an. »Bist *du* denn verheiratet?«

»Nein, aber ich würde ja sofort heiraten, wenn ich die Richtige gefunden haben ... täte.«

»Mhm«, mehr fiel Anne als Antwort nicht ein.

»Also: Würdest du heiraten, wenn du ...« Kastner vollendete den Satz nicht.

»Wenn ich?« Anne blickte ihn forschend an.

»Wenn du den Richtigen gefunden haben ... tätest?«

»Du weißt, dass ich einen Freund habe, Seppi, oder?«, fragte sie nun scharf zurück.

»Ja genau, warum heiratet ihr eigentlich nicht?«

»Warum sollten wir?«

»Weil sich das so gehört.«

»Wer sagt das?«, erwiderte Anne spitz.

Kastner dachte nach. Dann fragte er leise: »Ist es, weil dein Freund nicht so … ähm … gesund ist, dass du lieber auf Nummer sicher, dass ihr also …« Im selben Moment flog die Tür auf, und Nonnenmacher stand im Raum.

»Geht nicht, die Sache mit der Milch-DNA. Habe gerade mit der Naturkäserei in Kreuth gesprochen. Keine Chance, das so rauszufinden, wie Sie das gemeint haben, Frau Loop. Hab' ich mir gleich gedacht. Müssen wir doch warten, bis die Spurensicherung mit den Fingerabdrücken kommt.«

Anne ärgerte sich darüber, dass Nonnenmacher beinahe erleichtert klang, als er dies sagte. Warum zum Teufel wollte er nicht aktiv werden, selbst die Dinge in die Hand nehmen? Warum trat er immerzu auf die Bremse? Da Nonnenmacher keine weitere Reaktion auf seine Ansage bekam, verließ er den Raum ebenso abrupt, wie er ihn betreten hatte.

»Sepp, könntest du mir bitte die Nummer von der Rechtsmedizin in München raussuchen?«

Kastner sah Anne überrascht an. »Für was brauchst du die Rechtsmedizin?«

»Das wirst du gleich sehen.«

Kastner zog eine Telefonliste in Klarsichthülle aus einer Schublade seines Schreibtischs und las vor. Anne tippte die Nummer gleich in ihr Telefon.

»Guten Tag, hier spricht Anne Loop von der Polizeiinspektion Bad Wiessee. Bitte verbinden Sie mich mit jemandem, der DNA-Proben analysiert.«

Kurz darauf hörte Kastner, wie Anne sagte: »Ich hätte eine Frage an Sie: Wenn wir Ihnen eine Milchprobe zukommen lassen würden, wäre es Ihnen möglich, die DNA der Kuh herauszufiltern, von der diese Milch stammt?« Anne schwieg, die Person am anderen Ende der Leitung schien etwas zu erklären.

»Ach so. Das ist schade. Wissen Sie, wer so etwas macht?«

Als Anne aufgelegt hatte, sah Kastner sie fragend an. »Und? Können die so was machen?«

Anne schüttelte den Kopf und erklärte, dass die Rechtsmedizin nicht zuständig sei, weil sie keine Tierproben analysiere, sondern nur menschliche DNA. Die Frau habe aber gesagt, dass es theoretisch schon möglich sei, von der Zellzusammensetzung einer Kuhmilchprobe auf eine bestimmte Kuh zu schließen.

»Du siehst nicht nur super aus, du bist auch ganz schön intelligent.« Kastner nickte anerkennend, und Anne, der seine permanenten Annäherungsversuche eigentlich lästig waren, konnte dieses Mal nicht anders: sie fühlte sich ein bisschen bestätigt, vielleicht auch, weil dieses Kompliment, das Sepp Kastner ihr da gemacht hatte, ehrlich geklungen hatte, ohne eine Andeutung irgendwelcher blöden Hintergedanken, die mit Badengehen oder Heiraten zusammenhingen.

Teil 4

Und auf einmal fühlte sich alles an wie Urlaub, dabei war es nur ein freier Nachmittag, den Nonnenmacher seinem Team als Ausgleich für die samstägliche Nachtschicht verordnet hatte. Es war T-Shirt-warm, der Wind zerzauste Annes glänzendes Haar, die Sonne schien ihr auf die vom Winter noch etwas blasse Haut, neben ihr auf dem Sonnendeck saß Lisa und gegenüber Bernhard. Das erste Mal, seit sie ins Tegernseer Tal gezogen waren, hatten sie sich alle drei gemeinsam Karten für eine Rundfahrt mit einem der Tegernseeschiffe gelöst. Am Steg vor dem Tegernseer Rathaus waren sie zugestiegen, und nun ließen sie sich einmal um den ganzen See schippern. Das Wasser schimmerte in den verschiedensten Schattierungen zwischen Grün und Blau, und Lisa hängte ihren Kopf begeistert über die Reling, um nach Fischen Ausschau zu halten.

Einmal mehr fiel Anne auf, wie groß ihre Tochter geworden war. Es war verrückt, wie schnell die Zeit verging, seit sie Lisa bekommen hatte. Und wie immer, wenn Anne in einem ruhigen Moment Lisa beobachtete, wurde ihr wieder bewusst, dass es nur noch ein schnell verstreichendes Jahrzehnt dauern würde, bis Lisa genauso alt war wie sie damals, als man sie an ihrer verwundbarsten Stelle verletzt hatte. Um sich abzulenken, versuchte Anne, an etwas anderes zu denken, und landete unwillkürlich bei dem Bild vom toten Milliardär im Swimmingpool, das sich wie ein Gemälde des Schreckens in ihrem Gehirn festgesetzt hatte. Ihr fiel auf, dass sie Bernhard noch gar nichts von ihrer Idee erzählt hatte – durch eine Analyse der DNA der Milch aus dem Pool auf deren Herkunftsbauernhof zu schließen –, und berichtete ihm davon.

»Bernhard, was meinst du, kann das nicht ein Weg sein, mit dem wir zum Ziel kommen könnten?«

Bernhard, heute frei von hypochondrischen Beschwerden, stieg gleich begeistert auf diese Methode der Spurenverfolgung ein, und beide sponnen mit kindlicher Begeisterung an Annes Plan herum. Lisa fand das – natürlich – doof. Und als Rottach-Egern hinter ihnen lag und sie Wiessee ansteuerten, hatte das Mädchen endgültig die Nase voll. »Immer müsst ihr über das Arbeiten reden! Ich mag, dass wir mal einen Tag lang nur wir sind, einfach so! Wir drei und sonst nichts und niemand.«

Anne und Bernhard lachten, Anne umarmte Lisa, die sich aber sofort wieder aus ihren Armen wand; und Anne und Bernhard beschlossen, sich später, wenn Lisa bereits im Bett liegen würde, noch einmal Gedanken über die Milchspur zu machen.

Als die drei nach ihrem Ausflug nach Hause kamen, stand ihr Nachbar Herr Schimmler in ihrem Garten und hantierte mit einer Gartenschere und einer Sprühflasche an den Büschen herum.

»Ach, da sind Sie ja«, grüßte Schimmler, Annes und Bernhards verdutzte Blicke ignorierend. »Hab' mir schon gedacht, wo Sie denn sind an einem ganz normalen Wochentag, nicht wahr.«

Anne und Bernhard grüßten ihn kühl. Schimmler ließ sich bei der Arbeit nicht stören. »Das sind schon Sakramenter, diese Läuse, da schauen's mal, alles verlaust. Immer da, wo Blüten kommen. Da muss man was tun, das kann man nicht mit ansehen.«

»Was sprühen Sie da drauf?«, fragte Anne vorsichtig.

»Ach, das ist nur so eine Mischung, Seife, Wasser. Das schadet niemandem etwas. Ich hab' halt einmal kontrolliert, wie es um Ihre Pflanzen bestellt ist, und da ist mir das aufgefallen. Sie machen ja doch nix im Garten, nicht wahr. Sehen Sie das gar nicht?« Er erwartete offensichtlich keine Antwort, denn er sprach gleich weiter: »Ein Namensschild habe ich Ihnen auch hinmontiert, haben's schon g'seh'n? Dieses g'schlamperte Papier mit dem Paketklebeband, das sieht doch nix gleich. Was sollen da die Leut' denken, nicht wahr?«

Anne nickte schweigend. Dann ging sie mit Bernhard und Lisa ins Haus und sah ihren Freund ernst an. »Was sollen wir mit dem denn machen? Findest du das in Ordnung, dass der einfach so in unseren Garten hineinstiefelt und an unseren Pflanzen rummacht? Dass der uns eine Zeitungsrolle und ein Namensschild hinmontiert? Findest du das okay? Das ist immer noch unser Haus, oder?«

»Ach, der meint das doch nur gut«, beschwichtigte Bernhard sie. »Der hat sich halt schon immer um das Haus gekümmert. Der ist das so gewöhnt. Und meine Eltern waren immer froh, wenn sie wussten, dass auch während ihrer Abwesenheit alles in Ordnung ist.«

»Ich finde das total krass«, sagte Anne und schaute durchs Fenster nach draußen in den Garten, wo Schimmler noch immer in einer abgewetzten Lederhose arbeitete.

Als Lisa im Bett lag, setzten sich Anne und Bernhard an den Computer und gaben Suchbegriffe ein: Milchanalyse, Analyse Milchprobe, Milch-DNA. Hauptsächlich stießen sie dabei auf Seiten, die sich mit den Gefahren gentechnischer Manipulationen beschäftigten. Doch dann fanden sie die Homepage der MUVA Kempten, eines Labors, das sich offensichtlich auf die Analyse von Lebensmitteln spezialisiert hatte.

»Ich glaube, die machen genau das, was wir brauchen«, jubelte Anne. »Da rufen wir gleich morgen an.« Mit einem Mal fühlte sie sich richtig befreit. »Wenn mich nicht alles täuscht, kommen wir mit diesem Dreh der Lösung des Falls ein großes Stück näher. Komm, lass uns kuscheln.« Sie legte ihre Arme um Bernhard und küsste ihn hinters Ohr. »Du müsstest dich mal wieder rasieren«, kicherte sie leise. »Wie geht es deinem Bandscheibenvorfall, deinem Gehirntumor, deinem Ich-weiß-nicht-was? Lassen deine schweren Krankheiten noch ein wenig Sport zu?«

»Bitte keine Witze über meine Krankheit«, kam es von

Bernhard zurück. »Ich bin froh, dass ich gerade stabil bin.«
Er wollte zu einer ausführlicheren Erklärung ansetzen, doch Anne ließ ihn nicht weitersprechen, sondern versiegelte seine Lippen mit ihren. Kurz überlegte sie, ob Herr Schimmler womöglich noch im Garten werkelte und sie durch die Fensterscheiben sehen konnte, doch dann verlor sie sich in seiner Nähe.

Die Eingangstür des Kindergartens war kaum hinter ihr zugefallen, da zückte Anne ihr Handy und wählte die Telefonnummer der MUVA Kempten. Schnell hatte sie einen kompetent wirkenden Gesprächspartner am Apparat, der ihr allerdings eine ernüchternde Nachricht überbrachte: Natürlich könne man eine Milchprobe analysieren. Allerdings sei es unmöglich, von ihrer Zusammensetzung auf einen bestimmten Herkunftsbauernhof zu schließen.

Aber man müsse doch irgendwie den Weg der Milch zurückverfolgen können, beharrte Anne auf ihrer Idee.

»Die einzige Möglichkeit, die wir Ihnen anbieten können«, meinte der Experte, »ist ein Vergleich der von Ihnen gelieferten Probe mit mehreren anderen Referenzproben. Das geht natürlich.«

Annes Gesichtszüge hellten sich auf: »Das heißt, wenn ich Ihnen hundert Proben bringe, dann können Sie mir sagen, ob eine davon mit der Probe, die mich interessiert, übereinstimmt?«

»Ja, das geht. Allerdings wird das bei so vielen Proben ganz schön teuer. Und es kostet viel Zeit. Es wäre schon gut, wenn Sie sich auf zehn Vergleichsproben beschränken könnten.«

Anne überlegte kurz. »Okay, mache ich. Ich melde mich wieder bei Ihnen. Vielen Dank. Auf Wiederhören.«

Sie schwang sich aufs Fahrrad und radelte zum Grundnerhof, denn ihr war siedend heiß eingefallen, dass es sein konnte, dass überhaupt keine Milch mehr da war. Womöglich hatte Frau Gsell längst den Pool geputzt.

Weil klar war, dass sie durch den Umweg über den Grundnerhof zu spät zum Dienst kommen würde, rief sie noch schnell vom Mountainbike aus in der Dienststelle an. Nonnenmacher ging ans Telefon und reagierte etwas unwirsch. Ihm wäre es lieber, wenn Anne gleich in die Dienststelle käme und mit Sepp Kastner nach Kreuth fahren könne, um sich dort die Ampel an der Kreuzung Wiesseer Straße und Ringbergweg anzusehen. Man habe sie als zuständige Polizei dazu aufgefordert, eine Stellungnahme abzugeben. Viele Anwohner wünschten, dass dort eine Druckampel installiert würde.

»Das kann ich gerne machen«, antwortete Anne, vom Radfahren etwas außer Atem, »aber das können wir vielleicht eine Stunde später auch noch checken, oder?«

Nonnenmachers Entgegnung hörte sie nur noch halb, denn vor ihr hatte sich ein uniformierter Polizist mit Kelle aufgebaut. Anne musste anhalten. Sie kannte den Beamten nicht.

»So, dann machen wir mal ganz schnell das Handy aus«, verlangte der Beamte freundlich.

»Nein, das machen wir sicher nicht«, sagte Anne kess. »Was meinen Sie wohl, wen ich am Apparat habe?«

Der Beamte schaute verdutzt, fing sich dann aber und meinte: »Das ist mir eigentlich egal. Sie wissen schon, dass das Telefonieren auf dem Fahrrad verboten ist? Da gibt's ein Bußgeld, fünfundzwanzig Euro.«

Aus ihrem Hörer vernahm Anne, wie Nonnenmacher laut und wütend zu erfahren wünschte, was denn da los sei. Sie reichte dem Beamten ihr Handy mit den Worten: »Ich glaube, das ist für Sie.«

Widerwillig nahm der Beamte das Handy. »Ja?« Nach einer kurzen Pause war zu hören: »Ach so, Kurt, ach so, jaja, ach so. Jaja. Ich dachte ... ja, Servus.« Dann drückte er die Auflegetaste und sah Anne in die Augen. »Sie sind also die Neue. Schon viel von Ihnen gehört, kann ich nur sagen.« Sein Blick glitt von ihrem Gesicht über ihre Brüste und Beine, die wegen der sehr kurzen Hose, die Anne trug, noch länger aussahen als sonst, bis zu ihren Füßen, die in Joggingschuhen steckten.

»Aber eigentlich gilt das mit dem Bußgeld auch für Polizeibeamte.«

»Aber das Telefonat diente den Ermittlungen in einem Mordfall«, erwiderte Anne mit gespieltem Ernst.

Wenig später stand sie vor dem Grundnerhof und stellte fest, dass das Haus verwaist war. Schnell rief sie Sepp Kastner an und ließ sich die Telefonnummer von Frau Gsell geben, die wenige Minuten später die Räder ihres Kleinwagens vor dem prächtigen Anwesen des verstorbenen Kürschner knirschend zum Stehen brachte.

Wie Anne befürchtet hatte, sah das Schwimmbad des Milliardärs aus, als hätten es Katzen leer geschleckt. Da war kein Tropfen Milch mehr, mit dem sich eine Analyse hätte vornehmen lassen. Anne war enttäuscht.

Auch noch eine Stunde später, als sie längst neben Sepp Kastner in Uniform im Streifenwagen saß, ärgerte sie sich über sich selbst und ihre Unerfahrenheit. Warum hatte sie nicht sofort eine Milchprobe genommen?

»Was ist denn heut los mit dir?«, wollte ihr Kollege wissen, während er den Wagen in Richtung Kreuth steuerte. Anne erzählte ihm von den Hindernissen auf ihrem Weg, über die Milch den Herkunftsbauernhof zu ermitteln. »Warum rufst du nicht den Nasswetter von der Kripo an und fragst, ob die dir eine Probe geben können?«

»Schönwetter«, verbesserte Anne ihn.

»Dann halt Schönwetter, aber die haben doch sicher eine Probe genommen, oder?«

»Da bin ich mir nicht so sicher, weil die ja schon am Tatort festgestellt haben, dass der Tod vermutlich durch einen Sturz eingetreten ist und mit der Milch nichts zu tun hat. Warum hätten die dann eine Milchprobe mitnehmen sollen?«

»Na ja, probieren kost' ja nix«, meinte Kastner.

Und dann waren sie schon an der Ampel im Kreuther Ortsteil Weißach, und ihr Kollege regte sich darüber auf, um was für einen Scheiß man sich als Polizist kümmern müsse. Sie machten Fotos und Notizen und fuhren zurück zur Dienststelle. Dort verfasste Kastner einen Bericht über die Ampelsituation, und seine Kollegin setzte sich ans Telefon.

»Hallo, hier spricht Anne Loop von der Polizeiinspektion Bad Wiessee. Ich weiß nicht, ob Sie sich an mich erinnern, ich war eine der Beamtinnen vor Ort, als Sie mit Ihrem Team die Spuren in dem Fall um den toten Milliardär am Tegernsee sicherten.«

»Na klar erinnere ich mich«, tönte Schönwetter. »Sie sind doch die Schönheit, die mit mir mal einen Kaffee trinken gehen wollte.«

Anne verzichtete darauf, ihren Kollegen darauf hinzuweisen, dass er es war, der mit ihr einen Kaffee trinken gehen wollte, obwohl sie diese Anmache oberblöd fand, aber schließlich wollte sie etwas von ihm. »Ich habe eine Frage zur Spurensicherung in diesem Fall.«

»Fragen Sie«, erwiderte Schönwetter großzügig.

Ob er zufällig von der Milch, in der die Leiche lag, auch eine Spur gesichert habe? Anne erläuterte, warum sie diese Frage stelle, und Schönwetter meinte anerkennend, dass diese Idee gar nicht schlecht sei. Dann dachte er kurz nach – Anne kam es ewig vor –, verneinte dann aber, wie sie schon befürchtet hatte. Den genauen Wortlaut nahm sie gar nicht mehr wahr. Alles um sie herum verschwamm. Spur vernichtet, Fall versemmelt. Aber Schönwetter beendete das Gespräch nicht – und plötzlich war Anne wieder präsent. Hatte Schönwetter eben gesagt, sie könne doch die Reinigungskräfte, die das Schwimmbad geputzt hätten, fragen, ob die nicht noch irgendwo einen Eimer oder einen Lappen hätten? Letztlich, so Schönwetter, glaube er, dass dem Labor ja gewiss eine winzige Menge der Milch genügen müsse, um eine Analyse vornehmen zu können. Schönwetter war erstaunt, wie schnell das Gespräch beendet wurde.

Anne rief sofort Frau Gsell an.

Kurz darauf konnte man die Polizistin dabei beobachten,

wie sie einen Eimer und zwei Putzlappen in dem Streifenwagen verstaute, mit dem sie und Sepp Kastner noch einmal zum Grundnerhof gefahren waren. Zurück in der Inspektion packte sie beides in einen großen Karton. Sie wollte das Ganze per Express an das Labor in Kempten schicken. Gerade, als sie das Paket fertig gemacht hatte, betrat ihr Chef das Dienstzimmer.

»Jetzt tät's mich schon einmal interessieren, was ihr da so heimlich ermittelt's, ohne mir etwas davon zu sagen«, sagte er, wobei sein Tonfall und die aus seinem Bauch dringenden Geräusche darauf schließen ließen, dass er wieder Magenprobleme hatte.

»Wir verfolgen eine hochinteressante Spur«, antwortete Sepp Kastner mit wichtigem Blick.

»Die da wäre?«, wollte jetzt Nonnenmacher wissen.

Statt einer Antwort packte Sepp Kastner die Gelegenheit beim Schopfe, um einen lange geplanten und, wie er fand, genialen Witz zu machen. Flinker Hand zog er eine Schublade in seinem Schreibtisch auf, nahm etwas Orangefarbenes heraus und hielt Nonnenmacher grinsend eine Karotte hin. »Für Hasi, damit Hasi wieder guti Launi bekommt.«

Nonnenmacher fand das überhaupt nicht lustig, nahm die Karotte und pfefferte sie in den Abfalleimer. »Ich will eine Antwort! Was ist das für ein Paket?«

»Sexspielzeug«, entgegnete Kastner, merkte aber sofort, dass das erstens nicht witzig war und er zweitens den Bogen überspannt hatte. Deshalb erklärte er hastig Annes Vorgehen.

Nonnenmachers Blick wurde wieder freundlicher und die Geräusche in seinem Magen leiser. Das nahm auch Sepp Kastner wahr, und gerne hätte er noch einen Spruch wie »Der Magen lebt« von sich gegeben, doch angesichts der nicht ganz buddhistischen Stimmungslage des Dienststellenleiters sah er davon ab.

»Und wer zahlt die Laborkosten?«, fragte dieser jetzt und sah Kastner dabei ernst an. Der schwieg betreten, denn das hatte er nicht bedacht. Weil auch Anne sich darüber nicht den Kopf zerbrochen hatte, verhielt sie sich still.

»Das kostet doch sicher einen Haufen Geld«, wetterte Nonnenmacher und schlug mit der flachen Hand auf das Fensterbrett. »So Laboruntersuchungen sind immer sauteuer.«

»Ich regle das«, sagte Anne schnell.

»Und wie wollen Sie das regeln?«, fragte Nonnenmacher böse zurück.

»Ich werde da schon einen Weg finden«, erwiderte sie und lächelte ihren Chef selbstsicher an, was aber nur so halb gelang. »Die sind da sehr nett in Kempten.« Notfalls, so dachte sie sich, konnte sie das Labor aus eigener Tasche bezahlen. Das war es ihr wert.

»Soso«, brummelte Nonnenmacher. »Aber da gibt's dann noch ein Problem.«

Anne und Kastner suchten erstaunt seinen Blick. »Welche Vergleichsproben wollt ihr denen schicken?«

Diese Frage verfehlte ihre Wirkung nicht. Denn in der Begeisterung, den Tätern über den Milchprobenvergleich auf die Spur zu kommen, hatte Anne völlig vergessen, dass die ganze Lösung darauf basierte, dass sie dem Labor nicht nur die Probe aus dem Pool schickten, sondern auch noch ein Dutzend Vergleichsproben verschiedener Bauernhöfe, die infrage kamen. Und rund um den Tegernsee gab es weit mehr als ein Dutzend Landwirte.

»Auf diese Frage hätte ich sehr gerne noch eine Antwort, bevor hier teure Analysen in Auftrag gegeben werden. Gerade in diesen Zeiten müssen mir auch an den Steuerzahler denken. Da haben wir eine Verantwortung, das wisst's ihr ganz genau. Und außerdem…«, Nonnenmacher machte eine Kunstpause, in der auch sein Magen ausnahmsweise schwieg, »… habe ich noch einen Auftrag: Was mir nämlich in dem ganzen Millionärstheater vergessen haben, ist die Sache mit dem Hosenträger vom Ferdl. Ich habe mir das alles noch einmal von vorn bis hinten durch den Kopf gehen lassen und habe jetzt einen Auftrag zum vergeben: Sie, Frau Loop«, er sah Anne scharf an, »Sie werden noch einmal die Familie vernehmen und herausfinden, ob der Ferdl irgendwelche ... äh ... sexuellen Dinge gemacht hat, die wo sich außerhalb der Norm bewegen, wenn man das so sagen kann. Das werden Sie mir jetzt bitte schnellstmöglich herausfinden, weil eine Spur ist eine Spur, noch immer.«

Dann machte er auf dem Absatz kehrt, und das Letzte, was Anne und Kastner von ihrem Chef hörten, war sein johlender Magen. Was die beiden nicht wussten, war, dass Nonnenmacher zurück in seinem Zimmer entgegen seiner sonstigen Gewohnheit die Tür schloss und dann heimlich aus seinem Schreibtisch eine Tupperwarendose hervorzauberte, um anschließend mit einem kleinen hellblauen Plastiklöffel daraus gekochten Reis zu löffeln. Seine Frau hatte lange auf ihn eingeredet, um ihn zu dieser neuartigen Methode der Bekämpfung seiner Magenprobleme zu bewegen. Sie hatte davon in einer Frauenzeitschrift gelesen.

»Na, dann mal los«, sagte Anne, worauf sie lediglich einen verständnislosen Blick Kastners erntete.

»Wohin?«

»Na, zur Evi Fichtner, Vernehmung zu sexuellen Dingen, die wo sich außerhalb der Norm bewegen«, äffte Anne die gestelzte Formulierung des magenkranken Chefs nach.

Evi Fichtner sah besser aus als beim letzten Mal, als Anne bei ihr gewesen war. Die Frau wirkte jedoch wenig erfreut, als sie die beiden Polizisten – in Zivil – den schmalen Weg zu ihrem Haus heraufkommen sah. Sie trug Gartenhandschuhe und schien Unkraut zu jäten.

»Guten Tag, Frau Fichtner«, grüßte Anne und streckte der Bäuerin die Hand hin.

Diese antwortete mit einem »Grüß Gott« und bot ihr nur das Handgelenk. »Ich bring gerade den Garten in Ordnung«, merkte sie als Entschuldigung an, dass sie die Handschuhe nicht auszog. Auch Kastner bekam das starke Handgelenk der Bäuerin entgegengestreckt.

»Mein Kollege, Herr Kastner, auch aus Wiessee«, erklärte Anne mit Blick auf Sepp. »Wir hätten da noch ein paar Fragen zu Ihrem Mann.«

»Ja?«, fragte Evi Fichtner zweifelnd. »Können wir's jetzt nicht bei dem Unglück belassen, das meine Familie dadurch hat? Muss man da noch mehr herumstochern?«

»Ja, schon«, meinte Anne, bevor sie in eindringlichem Ton fortfuhr: »Wir sehen nach wie vor kein rechtes Motiv für einen Freitod Ihres Mannes.« Die Bäuerin zuckte gleichgültig mit den Schultern.

Doch Anne gab nicht auf. »Können wir reingehen?«

Wie beim letzten Mal lief im Haus leise Volksmusik. Wieder setzten sie sich in die Stube mit der Eckbank. Doch Anne spürte, dass im Vergleich zu ihrem vorigen Besuch etwas fehlte. Sie brauchte eine Weile, bis sie wusste, was verändert worden war. »Wo ist denn das Kruzifix, das Sie hier im Eck hängen hatten?«

»Ach ja, fällt Ihnen das auf, dass es weg ist?«, fragte die Bäuerin. Anne wartete auf eine Erklärung, doch da kam nichts. Vielmehr sagte die Frau des Toten: »Und, was wollen's jetzt noch wissen?«

»Warum haben Sie das Kruzifix abgehängt, Frau Fichtner?« Anne blickte die Bäuerin fragend an.

»Ach, das hab' ich nimmer anschau'n woll'n.«

»Warum nicht?«

»Weil's mich an meinen Mann, an den Tod erinnert. Letztlich hat er sich ja auch geopfert.«

Anne sah Evi Fichtner irritiert an. »Wie meinen Sie das?«

»Na ja, letztlich hat er sich ja wohl wegen uns ... ist er wegen uns«, die Bäuerin zögerte, ehe sie ein ihr passend erscheinendes Wort fand, »... gestorben. Wegen unserer finanziellen Probleme, wegen der Geschäfte, die wo er wohl gemacht hat.«

»Wissen Sie denn inzwischen, was er mit dem Geld gemacht hat, das er vom Konto abgehoben hat?«, erkundigte sich Anne vorsichtig.

»Nein, aber dass es für seine Geschäfte sei, hat er halt immer gesagt, nicht. Und die sind ja anscheinend nicht gut gegangen, sonst wär' ja noch Geld da, und er hätt' sich ja auch nicht aufhängen müssen.« Die Bäuerin klang jetzt etwas genervt, als müsste sie überflüssigerweise etwas völlig Verständliches erklären.

»Hatte Ihr Mann Feinde?«

»Wieso fragen Sie das?«, kam es überrascht zurück.

»Gab es irgendjemanden, mit dem sich Ihr Mann im Streit befand?«, überging Anne ihrerseits die Frage der Bäuerin.

»Meinen Sie, dass es gar kein Selbstmord war?«, wollte nun die Bäuerin wissen. »Oder warum fragen Sie das?«

»Frau Fichtner, hier stelle ich die Fragen: Hatte Ihr Mann Feinde? Denken Sie nach!«

Die Bäuerin erwiderte ohne Zögern: »Nein, der Ferdl war beliebt, da können Sie jeden im Ort fragen. Er hat ja auch viel ehrenamtlich gemacht.«

»Gut«, sagte Anne, um zu signalisieren, dass dieses Thema für sie nun vorerst abgeschlossen war. »Wir sind heute aber sowieso aus einem anderen Grund hier.«

Evi Fichtner sah sie interessiert an. Anne überlegte, wie sie sich diesem schwierigen Thema am unverfänglichsten nähern konnte, und entschloss sich dazu, erst einmal Sepp Kastner aus dem Raum zu schicken. Ein Gespräch über die sexuellen Vorlieben des erhängten Gatten ließ sich vielleicht doch besser ohne einen Mann am Tisch führen, eine Tatsache, die nicht nur fürs bayerische Oberland galt.

»Seppi, könntest du vielleicht kurz nach draußen gehen, ich glaube, ich habe im Auto mein Handy liegen gelassen.«

»Du kannst meins haben«, sagte Kastner und streckte Anne seines hin, das er sehr schnell aus der Hosentasche gefummelt hatte.

Anne verdrehte die Augen. »Nein, ich brauche meines, da habe ich eine Nummer gespeichert, die wichtig ist.«

»Von wem denn?«

»Sepp, geh jetzt bitte raus und hol mein Handy!«

Schnaufend stand Kastner auf, schob sich hinter der Eckbank raus und verließ kopfschüttelnd den Raum.

Anne wandte sich wieder Evi Fichtner zu. Sie hatte sich entschlossen, nicht um den heißen Brei herumzureden. Also fragte sie: »Frau Fichtner, wir müssen jetzt kurz ein heikles Thema bereden. Aber glauben Sie mir: Erstens ist dieses Gespräch absolut notwendig, um herauszufinden, warum Ihr Mann gestorben ist, und zweitens werde ich alles, aber auch wirklich alles, was Sie mir jetzt anvertrauen, höchst vertraulich behandeln.«

Jetzt blickte Evi Fichtner Anne völlig verängstigt an und meinte: »Letztes Mal haben Sie gesagt, dass mir nur ein Gespräch führen müssen. Und jetzt kommen Sie wieder mit was daher. Nimmt das denn kein Ende? Was wollen Sie denn jetzt noch wissen?«, stöhnte sie verzweifelt.

»Es ist so, dass uns an der Leiche Ihres Mannes eine Sache aufgefallen ist, die wir uns überhaupt nicht erklären können: Er hatte nämlich einen seiner Hosenträger durch den Schritt gezogen.«

»Aha«, sagte Evi Fichtner verständnislos. »Und was soll ich dazu sagen?«

»Nun, es gibt Menschen, das wissen Sie vielleicht, die empfinden sexuelle Erregung, wenn sie gewürgt werden. Dies kann auch ein Gewürgtwerden oder ein Sichwürgen in Verbindung mit eindeutig sexuellen Handlungen sein. Strangulation nennt man das.«

»Ja, und?« Die Bäuerin drohte die Fassung zu verlieren.

»Uns, also mich würde interessieren, Frau Fichtner«, Annes Stimme wurde noch leiser und vertraulicher, »ob Ihr Mann Ihnen gegenüber je irgendwelche sexuellen Wünsche geäußert hat, die Ihnen komisch vorkamen.«

»Ich habe Ihnen doch schon einmal gesagt, dass da bei uns schon lange nichts mehr war«, entgegnete Evi Fichtner verzweifelt.

»Und damals, vor Langem, hat er damals solche Wünsche geäußert? Hat er Ihnen irgendwelche Spiele vorgeschlagen?

Hat er gesagt, Sie sollen sich verkleiden? Haben Sie für Ihre Liebesspiele vielleicht Peitschen oder Handschellen, Tücher oder Werkzeug verwendet?«

Die Augen der Bäuerin waren immer größer geworden, jetzt platzte es aus ihr heraus: »Handschellen, Peitschen oder Werkzeug! Ja meinen Sie denn, mir sind pervers, oder was? Das ist ja unerhört! Bloß weil mein Mann verzweifelt war, weil die Geschäfte schlecht gegangen sind, glauben Sie, dass mir hier eine perverse Familie sind, oder was?«

»Nein, nein«, beschwichtigte Anne, »es ist ja auch überhaupt nicht pervers, wenn man mit seinem Liebespartner Spiele macht. Es würde uns aber sehr helfen, wenn Sie zu diesem Thema etwas sagen könnten. Bitte missverstehen Sie mich nicht«, Sie holte kurz Luft, »aber es ist doch heute völlig normal, dass Paare im Bett allerlei miteinander ausprobieren.«

Anne hatte diesen Satz kaum ausgesprochen, da stand Sepp Kastner im Raum. Sein Kopf war wieder einmal rot, offensichtlich hatte Annes letzte Aussage seine Phantasie über die Maßen angeregt. Anne ärgerte sich, dass sie ihn überhaupt mitgenommen hatte.

Mit erstickter Stimme meinte er: »Dein Handy ist nicht im Auto, Anne, ich hab' alles durchsucht.«

»Ist gut«, entgegnete Anne knapp. »Könntest du bitte wieder rausgehen? Wir führen gerade ein Frauengespräch.«

»Das hab' ich mir schon gedacht«, sagte Kastner, hüstelte und verließ umgehend die Stube. Er fühlte sich wie ein Schuljunge, der seiner Lehrerin in den Ausschnitt geguckt hatte.

»Also«, Anne sah Evi Fichtner forschend an, »hat er Sie jemals um etwas gebeten, das Ihnen seltsam vorkam?«

»Nicht, dass ich wüsste ...« Die Bäuerin überlegte noch einmal angestrengt, bevor sie fortfuhr. »Einmal, aber das ist sicher schon zwanzig Jahre her, da hat er mir ein Mieder mitgebracht, mit so Strümpfen und Strapsen. Das war fast alles dunkelrot, die Rüschen waren schwarz. Und ich sollte hochhackige Lackschuhe dazu anziehen, aber das war wirklich das einzige Mal.«

Die Witwe schämte sich, das spürte Anne deutlich und unterdrückte ein Schmunzeln. »So etwas meinte ich auch gar nicht, Frau Fichtner, das ist ja etwas ganz Normales …«

Ehe sie weitersprechen konnte, brach es aus Evi Fichtner erleichtert hervor: »Ja, meinen Sie, gell, da waren mir ja auch noch jung, da macht man so was halt.«

»Und das«, hakte Anne zögerlich nach, »das war, sagen wir jetzt einmal, das Ausgefallenste, was Ihr Mann an erotischen Wünschen an Sie herangetragen hat?«

»Ja, so kann man das sagen«, sagte sie, »das war das Ausgefallenste, also mit Abstand!«

»Dürfte ich denn mal sehen, wo Ihr Mann und Sie geschlafen haben?«

»Warum?«, fragte die Bäuerin, nun wieder verunsichert.

»Nur, um mir einen Eindruck zu verschaffen.«

»Gut«, meinte Evi Fichtner trocken und raffte sich auf. »Ich hab' jetzt aber nicht eigens aufgeräumt und sauber gemacht.«

Dann führte sie Anne eine enge Holzstiege hinauf in den ersten Stock, von dessen Gang aus mehrere schlichte Türen in weitere Räume abgingen. Der obere Flur war niedriger als der untere, Anne konnte die über ihr hängende Decke förmlich spüren. Evi Fichtner öffnete die Tür zu einer kleinen Kammer, in der zwei Holzbetten standen, von dem nur eines gemacht war, auf dem anderen lag die unbezogene, grau-weiß gestreifte Matratze.

»Mir haben nicht mehr beieinander geschlafen«, erklärte die Bäuerin, »deswegen haben mir die Betten auseinandergestellt.«

»Und wo ist der Kleiderschrank Ihres Mannes?«

»Also einen eigenen hat er ja nie gehabt, mir haben uns halt den geteilt.« Sie deutete auf einen Bauernschrank, dessen Holz dieselbe hellbraune Färbung hatte wie die Türen und der Dielenboden.

»Darf ich mal einen Blick hineinwerfen?«, fragte Anne.

Evi Fichtner hob und senkte kurz die Schultern und zog erst die rechte Schranktür auf, entriegelte dann von innen die linke, sodass schließlich beide Flügel offen standen. Annes erster Eindruck war, dass der Schrank völlig überfüllt war. Doch bei genauerer Betrachtung erkannte sie, dass trotz der Menge an Kleidern eine penible Ordnung herrschte. Anne versuchte die hängenden Kleidungsstücke auseinanderzuschieben, um zu sehen, ob sich hinter ihnen etwas verbarg, doch der Hängeteil war so überfüllt, dass sich da nichts beiseiterücken ließ.

»Darf ich ein paar Kleider herausnehmen?«, fragte sie vorsichtig.

»Ich mach's schon«, sagte Evi Fichtner und nahm acht mit Frauenkleidern behängte Bügel, darunter zwei Dirndl, heraus. »Die meisten Kleider sind sowieso von mir. Der Ferdinand hat nicht viel gehabt ... gebraucht. Die Winterkleider sind in einem Schrank in der Tenne.«

Jetzt konnte Anne das Innere des Schranks genauer einsehen, doch sie entdeckte nichts Ungewöhnliches. Dann griff sie mit ihrer linken Hand hinter die auf den Brettern liegenden Kleidungsstapel und erspürte hinter einem einen harten Gegenstand.

»Ich glaube, da ist was Schweres dahinter, könnten Sie das mal bitte herausholen?«

Die Polizistin trat zur Seite, und Evi Fichtner nahm die Pullover heraus, hinter denen eine alte Keksdose zum Vorschein kam. Während die Bäuerin sie herauszog, achtete Anne genau auf ihre Gesichtszüge. Doch Evi Fichtner schien den Behälter auch nicht zu kennen. Jedenfalls wirkte sie neugierig, was da zum Vorschein kommen würde. Sie stellte die Dose auf das Bett und setzte sich daneben. Anne setzte sich auf die andere Seite. Evi Fichtner öffnete die Blechkiste. Zuoberst lag ein großes blaues Löschpapier, das an den Rändern bereits vergilbt war. Die Bäuerin nahm es vorsichtig und hob es hoch. Darunter kam ein großformatiges Schwarzweißfoto zum Vorschein, auf dem eine junge Frau im Dirndl und mit ordentlich geflochtenen Zöpfen zu sehen war.

»Das bin ja ich!« Evi Fichtner wirkte sichtlich erstaunt.

»Das kenne ich gar nicht.« Sie schaute noch eine Weile darauf und legte es dann beiseite, um sich den Briefen zu widmen, die unter dem Foto lagen. Teils waren sie in Sütterlinschrift verfasst. Evi Fichtner blätterte sie durch und sagte bei zweien: »Der ist von mir.« Anne sah, dass sich in den Augen der Bäuerin, die bislang so hart gewirkt hatte, Tränen sammelten. Beim untersten Brief stutzte die Witwe aber. Anne konnte von ihrem Platz aus nur erkennen, dass es sich um einen Brief handelte, auf dem die Empfängeradresse nicht in Sütterlin geschrieben war.

»Karin Goldhammer, Rosenheim«, las die Bäuerin leise vor. »Wer ist Karin Goldhammer aus Rosenheim?« Anne verhielt sich still. »Poststempel 1985, da war ich zum zweiten Mal schwanger«, bemerkte Evi Fichtner, zog das Blatt aus dem Kuvert und überflog schweigend das Geschriebene. Anne wartete. Die Gesichtszüge der Bäuerin verrieten nichts über den Inhalt des Briefs. Als sie fertig gelesen hatte, blickte die Bäuerin auf und sah Anne an, die daraufhin mit den Schultern zuckte. Die Bäuerin reichte ihr das Blatt. Es war einseitig beschrieben. Anne las:

Mein lieber Ferdinand,
ich habe mich sehr über Deinen Besuch bei uns in
Rosenheim gefreut. Auch, wenn ich dauernd bedienen musste, war es doch auch schön, Dich zu sehen.
Fesch hast Du ausgesehen. Gut, dass Dir der Kaffee
geschmeckt hat und der Kuchen. Er war auch frisch
an diesem Tag. Schön, dass Du jetzt noch ein Kind
bekommst. Ich freue mich für Dich. Danke für die
Geschenke. Die Strümpfe und das andere. Komm
bald wieder zu mir, wenn nicht so viel los ist im Café.
Ruf aber vorher an oder schick eine Karte.
                              Eine Umarmung,
                              Deine Karin

Anne blickte von dem Brief auf. »Können Sie damit etwas anfangen?«

Evi Fichtner schüttelte den Kopf. »Hat der eine Freundin g'habt? Strümpfe hat er ihr geschenkt!« Sie blickte auf das Blatt. »›Eine Umarmung, Deine Karin‹.« Dann schwieg sie. Anne hatte aber den Eindruck, dass es in der Bäuerin arbeitete.

»Kennen Sie jemanden in Rosenheim?«

»Ja schon, wir haben da Verwandtschaft, aber eigentlich keinen Kontakt.«

»Warum nicht?«

»Weil meine Schwiegermutter mit ihrer Familie gebrochen hat.«

Anne sah die Bäuerin fragend an, die daraufhin erklärte: »Na ja, ich weiß auch nicht genau, was da war, die hat sich halt nicht mit ihren Schwestern verstanden, und dann ist der Kontakt irgendwie abgebrochen. Ich weiß da nichts Genaues, weil, solange meine Schwiegermutter gelebt hat, hat man darüber nicht gesprochen, und als sie dann tot war, auch nicht. Aber der Brief hört sich doch nicht nach Verwandtschaft an – hört der sich für Sie nach Verwandtschaft an?«

Anne war sich nicht sicher. »Wir sollten auf jeden Fall versuchen, diese Karin ausfindig zu machen. Vielleicht war da auch in den vergangenen Jahren noch eine …«, sie zögerte, suchte nach einem unverfänglichen Wort, »… Kontakt. Was ist denn noch in der Dose?«

Die Bäuerin wandte sich wieder dem Blechbehältnis zu, in dem sich noch ein silbernes Feuerzeug, ein kleines altes Taschenmesser mit Hirschhorngriff, ein Ehering, einige Murmeln, ein Döschen mit Zähnen und anderer Kleinkram befanden. Als Evi Fichtner alles wieder einräumen wollte, fragte Anne, ob sie den Brief mitnehmen dürfe, um zu versuchen, diese Karin Goldhammer ausfindig zu machen. Die Witwe nickte und gab ihn ihr. Dann brach sie in Tränen aus. Anne hatte selten eine derart hart wirkende Frau weinen gesehen. Sie legte ihren Arm um Evi Fichtner. Ihr Körper fühlte sich knochig an. Ob Frau Loop meine, dass ihr Mann sie betrogen habe, schluchzte sie. Anne sagte, dass man darüber jetzt nicht spekulieren solle. Es könne ja auch sein, dass da gar nichts dahinterstecke.

»Aber dass er ihr Strümpfe geschenkt hat«, weinte die Bäuerin weiter, »Strümpfe, wie mir.«

»Kommen Sie«, versuchte Anne sie zu beruhigen, »lassen Sie uns weitersuchen. Wenn man weint, entsteht nichts Neues, nur wenn man handelt. Und Sie sind doch eine starke Frau, die sich noch immer allem gestellt hat.«

Es war offensichtlich, dass es der Bäuerin schwerfiel, sich zusammenzureißen, aber sie raffte sich auf und suchte, gemeinsam mit Anne, weiter nach Indizien, die den Tod ihres Mannes begründen konnten. Hinter den zusammengelegten Kleidern auf den anderen Regalbrettern fanden die beiden Frauen nichts mehr. Auch unter dem Bett und im Nachtkästchen tauchte nichts von Bedeutung auf.

»Hatte Ihr Mann denn auch ein Büro?«, fragte Anne. Die Bäuerin schaute sie entsetzt an. »Oder auch nur einen Schreibtisch?«

Evi Fichtner schüttelte den Kopf und sagte, dass alle schriftlichen Angelegenheiten von ihnen stets in der Stube erledigt würden, dort seien auch die Ordner mit den Papieren für die einzelnen Kühe, das Herdenbuch et cetera und der ganze andere Kram.

»Das sollten wir uns dann auch noch einmal ansehen«, meinte Anne und stand auf.

Als sie unten waren, holte sie ihren Kollegen wieder herein, der auf der Bank vor dem Haus gesessen hatte. Sie ignorierte seinen fragenden Blick und forderte ihn auf, sich die Ordner, die Evi Fichtner ihnen in der Stube zeigte, durchzusehen. Annes Intuition sagte ihr, dass sie das Wichtigste schon gefunden hatten. Dennoch fasste sie nach: »Hatte Ihr Mann sonst noch irgendwo Sachen? Was ist da in der Schublade?« Anne zeigte auf die Schublade im Tisch vor der Eckbank.

»Da sind lose Papiere drin, aber nichts, was ich nicht

kenne, weil da bin ich auch immer am Arbeiten«, erklärte Evi Fichtner.

»Darf ich trotzdem kurz hineinschauen?«, wollte Anne wissen, woraufhin die Bäuerin die Schublade aufzog. Anne sah ein Sammelsurium aus Stiften, losen Blättern, Rechnungen, Notizzetteln, Briefumschlägen, eine Tube Klebstoff, eine Schere und einen Brieföffner.

»Da ist sicher nichts drin, was ich nicht weiß«, sagte die Bäuerin noch einmal.

Da Anne ihr glaubte, half sie Sepp Kastner nun beim Durchforsten der Ordner. Aber auch hier fand sich nichts Auffälliges, und so beschlossen sie, die Durchsuchung zu beenden und sich zu verabschieden.

Die beiden Polizisten ließen eine verstörte Evi Fichtner zurück. Als Anne im Auto saß und ihr zuwinkte, sah sie, dass die vermeintlich so gefühllose Frau wieder weinte. Dann zeigte Anne ihrem Kollegen den Brief und fragte ihn nach seiner Einschätzung: Ob da eine Frauengeschichte dahinterstecke? Ob das die Erklärung für die mysteriösen Geldabflüsse sei – und vielleicht auch für Fichtners Tod?

»Vielleicht hat der sich eine Bedienung geangelt«, meinte Kastner. »Aber so richtig verliebt war die doch nicht in den, oder?«

»Wieso meinst du?«, fragte Anne erstaunt.

»Weil sie ihn am Ende vom Brief bloß umarmt und weil sie sich darüber freut, dass er ein Kind von einer anderen bekommt ... das würde die doch nicht tun, wenn sie ihn wirklich lieben tät'! Die wollt' doch dann sicher, dass sie selber ein Kind von ihm bekommt, und nicht eine andere!« Kastner dachte kurz nach, weil ihn plötzlich die Befürchtung überfiel, dass das, was er gerade gesagt hatte, seine Chancen bei Anne nicht gerade steigern würde, und schob deshalb hinterher: »Was anderes ist es natürlich, wenn schon ein Kind da ist, das schon größer ist, also eines, das bereits früher gemacht worden ist. Da ist das eine völlig andere Situation, und ein neuer

Partner kann sich über so ein Kind natürlich genauso freuen und es mit der Zeit quasi auch als sein eigenes sehen ... wenn er sich anstrengt.«

Bereits während Kastner dies sagte, hatte Anne sich abgewandt, um auf den See hinunterzublicken, der still und wellenlos dalag, als hätte jemand die Welt im Tal für einen Augenblick angehalten. Dass Kastner immer alles auf sich beziehen musste! Und auch diese ganze Anbaggerei fand sie unerträglich.

»Und, habt's was g'funden?«, rief ihnen Nonnenmacher auf dem Flur der Dienststelle entgegen, noch bevor sie ihr Zimmer betreten konnten.

»Ja, schon«, erwiderte Anne und erzählte ihm von dem Brief.

»Aber keine Sexspielsachen?«, hakte Nonnenmacher nach und wirkte dabei fast ein bisschen erleichtert.

»Na, nix«, antwortete Kastner. »Und ob das ein Brief von einer Geliebten ist, das muss sich auch noch erst herausstellen.«

»Ist doch prima«, meinte Nonnenmacher, wobei er kurz stutzte, was für ein komisches Wort er da verwendet hatte. »Prima« sagte man in Bayern genauso wenig wie »lecker«, »gut« war ein völlig ausreichendes Wort zur Bezeichnung herausragender Zustände, aber dass er jetzt schon so daherredete, hatte sicher mit der Kollegin zu tun. Dann sagte er noch: »Na dann mal los«, was im Nachhall irgendwie genauso seltsam klang und sogar Sepp Kastner irritierte.

»Was bist'n heut so gut drauf?«, fragte er den Chef erstaunt.

»Ich?«, begehrte Nonnenmacher auf, als fühle er sich ertappt. »Ich bin doch immer gut drauf.«

Sepp Kastner schwieg kurz, lauschte – von unten waren die gedämpften Gespräche aus dem Eingangsbereich zu hören –, dann rief er: »Aha! Verstehe! Dein Herr Magen schweigt. Da liegt der Hund begraben!«

Nonnenmacher schwieg und strich sich nur ein wenig verlegen mit der Hand über den Bart. Kastner bohrte frech nach: »Haben die Gelben Rüben doch gewirkt, ha?«

»Ess' ich nicht, bin kein Hase«, erwiderte Nonnenmacher knapp und bestimmt. Dass die Reisdiät aus der Frauenzeitschrift ihm tatsächlich geholfen hatte, wollte er keinesfalls preisgeben. Kollegen mussten nicht alles wissen. Lieber wollte er zu den wirklich wichtigen Themen zurückkehren und fragte deshalb: »Was steht jetzt ermittlungstechnisch als Nächstes an?«

»Ich dachte mir«, sagte Anne, »dass wir jetzt auch noch die Stammtischbrüder zu der Strangulationsthematik vernehmen sollten. Schließlich haben die vermutlich mehr Zeit mit Fichtner verbracht als seine Frau. Und was ich immer so höre, tauschen sich Männerfreunde ja auch manchmal über sexuelle Themen aus.«

Darauf wollte Nonnenmacher nun nicht direkt antworten, deshalb meinte er nur: »Gut, warum nicht« und fasste insgeheim den Plan, bei dieser Sexvernehmung lieber nicht dabei zu sein, denn aus seiner Erfahrung war der Tegernseer Mann, von einem Tegernseer Stammtisch ganz zu schweigen, in Sexthemen eher nicht so gesprächig, bestenfalls zotig. Das konnte schon mal lustig sein, aber vermutlich eher nicht, wenn diese Loop mit dabei war. »Und diese Vernehmung wollen also Sie durchführen, Frau Loop?«, wollte er noch wissen, was aber natürlich nur rein rhetorisch gemeint war.

Anne nickte. »Gemeinsam mit Sepp. Es soll ja auch keine richtige Vernehmung werden ... nennen wir es ein informelles Gespräch. Die drei sitzen vermutlich sowieso wieder im Bräustüberl.«

»Das Helle möge ihnen die Zunge lockern, aber nicht die Triebe«, merkte Nonnenmacher noch an und wandte sich rein alibimäßig seinem Computer zu. Mit dieser letzten Aussage konnte Anne allerdings überhaupt nichts anfangen. Manchmal redete ihr Chef einfach wirres Zeug.

Wie ein glänzender Magnet erstrahlte die ockerfarbene Fassade des Tegernseer Bräustüberls in der Frühlingssonne. Es war wieder ein sommerlich warmer Frühlingstag, und Anne Loop und Sepp Kastner erkannten bereits von Weitem, dass heute nicht nur die üblichen Stammgäste der Traditionswirtschaft gekommen waren, um ihren Durst und Hunger zu stillen: Die beiden Polizisten hatten die Bänke und Tische des unmittelbar an der Hauswand liegenden Biergartens noch nicht erreicht, als Anne von einem ziemlich betrunkenen Trupp junger Männer in gelben T-Shirts umringt wurde.

Zuerst dachte Anne, es handle sich um Bundeswehrausscheider, doch die lallenden Biernasen erklärten ihr euphorisch, dass es sich um den Junggesellenabschied vom Toni handle, und wie dabei üblich habe der Bräutigam eine Aufgabe zu lösen.

Anne wollte weitergehen, aber die Jungs ließen sie nicht durch. Stattdessen bekam sie zu hören, dass sie dem Toni helfen müsse. Anne blieb widerwillig stehen und erfuhr, dass er es schaffen müsse, mit achtundzwanzig Frauen fotografiert zu werden, die wie Filmstars aussähen, denn seine Zukünftige sei achtundzwanzig Jahre alt. Anne erschloss sich der Zusammenhang zwischen dem Alter der angehenden Ehefrau und der Anzahl der abzulichtenden Frauen nicht ganz, schon gar nicht der Querverweis zur Filmkultur; auch ärgerte sie, dass sie und Sepp sich aus Gründen der Tarnung dazu entschlossen hatten, diesen heiklen Ermittlungsauftrag ohne Uniform anzugehen, doch ehe sie noch fliehen konnte, erläuterte der Dickste der Mittzwanziger ihr mit generalstabsmäßiger Stimme, dass der Toni die Filmstarfrau natürlich auch busseln müsst, weil schließlich sei es ein Junggesellenabend, und der Toni sollt' ja wenigstens heut noch eine Gaudi haben, wo er doch ab morgen quasi weg vom Fenster sei. Anne spielte kurz mit dem Gedanken, sich als des Deutschen nicht mächtige Holländerin auszugeben, doch diese Jungs waren bereits in einem derart desolaten Zustand, dass sie garantiert vor keiner Grenze haltgemacht hätten, geschweige denn vor einer Sprachbarriere.

»Wer von euch ist denn der Toni?«, fragte sie daher betont sachlich. Unter Johlen – die Männer riefen »Da To-ni knutscht die Angelina! Da To-ni knutscht die Angelina!« – öffnete sich die Mauer der besoffenen Männer, und Anne bekam einen völlig durchnässten Hänfling zu Gesicht. Das also war der Toni, der sich augenscheinlich gerade von einem Bad im doch noch recht frühlingsfrischen Tegernsee erholte. An einem seiner weißen, spärlich behaarten Beine hing an einer schmiedeeisernen Kette ein grober Holzklotz.

»Auf geht's Toni, pack's!«, schrie der Dicke und zückte seine Kamera, während die anderen ihre Bierkrüge erhoben und den Toten-Hosen-Song »Eisgekühlter Bommerlunder« anstimmten.

Anne Loop spürte die Andeutung eines Brechreizes. Wo, verflucht noch mal, war der Sepp? Der musste sich doch mit solchen Bräuchen auskennen. Musste sie da mitmachen? Diesen Toni küssen?

»Einen Moment«, rief Anne so bestimmt, dass die besoffenen Kerle bis auf einige herzhafte Rülpser verstummten. »Ich bin mit einem Kollegen da. Wir haben eine wichtige Sache zu erledigen. Kann ich erst mal fragen, ob eure Wünsche überhaupt in unseren Zeitplan passen?« Weil sich diese Bitte für die Gelbhemden logisch anhörte und Anne im Übrigen ein außergewöhnlich schönes Exemplar von Frau war, öffnete sich der Ring, und der Dicke stimmte den Ruf »An-ge-lina, die ist a Supabraut, An-ge-lina, die ist a Supabraut!« an.

Schnell fragte Anne, ohne dass es Toni und seine Freunde hören konnten, den gestresst aussehenden Sepp Kastner, was sie denn machen solle.

»Ich kann ja einschreiten«, meinte dieser übereifrig. »Soll ich mich als dein Mann ausgeben?«

Anne verdrehte die Augen, fällte eine Entscheidung, ging zum Bräutigam, forderte den Dicken auf, seine Kamera bereitzuhalten, berührte kurz Tonis Wange, die daraufhin noch röter erglühte als vorher, und verließ mit einem knappen »Ciao« die Szenerie.

Während sie mit Sepp Kastner im Schlepptau das Wirtshaus betrat, hörte sie noch, wie die Meute zur Melodie des Biene-Maja-Lieds »Es war 'ne sexy flotte Biene, die hieß Angelina, eine Stute zum Knutschen, Angeliiiina …« sang.

Im Bräustüberl war zum Glück wegen des schönen Wetters wenig los, lediglich ein Teil der rund zwanzig Stammtische und einige andere Tische waren belegt. Aber wie Anne erwartet hatte, saßen versammelt am einstigen Fichtner-Stammtisch der Bootsführer Klaus Amend, der Fischer Wastl Hörwangl und der Bauer Pius Nagel. Als die drei Anne und Sepp Kastner sahen, glaubte Anne zu hören, dass Hörwangl den anderen beiden noch etwas zuzischte, konnte aber wegen des bajuwarischen Geräuschpegels nicht verstehen, was es war. Als Anne an den Tisch trat, schaute keiner der drei sie direkt an, alle konzentrierten sich auf ihr Bierglas, als schwämme darin eine unbekannte Fischart.

»Guten Morgen, die Herren«, sprach Anne sie an.

»Grüß Gott«, kam es im Chor zurück. Die Blicke blieben allerdings gesenkt.

»Das ist mein Kollege Sepp Kastner«, stellte Anne ihren Kollegen vor. »Den kennen Sie, glaube ich, noch nicht.« Keine Antwort. »Gibt's irgendein Problem?«

Die Männer schüttelten schweigend den Kopf. Anne erschloss sich das seltsame Gebaren der drei Stammtischbrüder in keinster Weise. Dies war aber auch nicht weiter verwunderlich, schließlich wusste sie nicht, dass Fichtners Freunde damit rechneten, hier und jetzt wegen Mordes am Milliardär Kürschner festgenommen zu werden. Dass Anne gekommen war, um mit ihnen über das geheime Sexleben von Ferdl Fichtner zu reden, ahnten die Alt-Tegernseer nicht. Sie dachten nur an die jahrelange Gefängnisstrafe, die sie nun erwartete.

»Dürfen wir uns setzen?«, fragte sie etwas genervt, weil die drei sich gar so ablehnend verhielten. Die Männer zuckten mit den Schultern, und Anne setzte sich. Auch Sepp Kastner nahm nach einem schüchternen »Grüß Gott« Platz.

»Wir sind gekommen, um mit Ihnen noch einmal über den Tod Ihres Freundes Ferdinand Fichtner zu sprechen«, begann Anne vorsichtig das Gespräch und war überrascht, weil die drei plötzlich wie ausgetauscht wirkten.

»Ach so, bloß dem Ferdl wegen sind Sie da?« Hörwangl schnaufte erleichtert. »Was wollen's denn wissen?«

»Nun, heute geht es um etwas sehr Privates.«

»Ja, was denn?«, fragte Amend so verdächtig kooperativ, dass Anne ihn misstrauisch anblickte.

»Wollen Sie auch ein Helles?«, so Hörwangl, fast schon unterwürfig. Anne nickte. »Reserl, ein Helles für die Dame – und für den Herrn auch eines, das geht auf meinen Deckel.«

»Ich mag ein Spezi«, sagte Sepp Kastner, was aber übergangen wurde.

»Können Sie uns«, Anne fixierte die drei der Reihe nach, »etwas über die sexuellen Vorlieben Ihres Freundes Ferdinand Fichtner sagen, was wir nicht wissen?«

Der Satz schlug am Stammtisch ein wie ein Meteorit. Erneut hingen die eben noch so freien Blicke im Bierglas fest, Fischforschung.

»Würde mir jetzt vielleicht mal jemand antworten?«, fragte Anne ungeduldig, war doch das Theater mit Toni und den Junggesellen nicht spurlos an ihr vorübergegangen.

»Was ...«, übernahm Hörwangl vorsichtig das Wort, »... an was hätten Sie denn da so gedacht?«

»Hat der Ferdinand Ihnen je davon erzählt, dass er mit seiner Frau schläft?«

Die drei rissen die Augen auf, Amend nahm sein Glas und trank es in einem Zug leer, Nagel klopfte sich hastig die halbe Schachtel Zigaretten aus dem Karton. Dass man im Bräustüberl wegen der neuen Gesetze nicht mehr rauchen durfte, hatte er völlig vergessen. So eine Frage hatten sie von einer Frau noch nie gestellt bekommen, und schon gar nicht von einer Polizistin, die aussah wie ein Filmstar.

Als wieder keine Antwort kam, flippte Anne aus. »Ja verdammte Scheiße, sprechen Sie denn an diesem Scheißstammtisch niemals über Sex oder was? Da sitzen Sie fast jeden Tag zusammen und reden nie darüber, wie es mit der Frau zu Hause klappt, oder wie? Das gibt's doch gar nicht, das kann doch überhaupt nicht sein!«

Jetzt schauten die drei sie an, betreten, wie Schüler, die von ihrer Lehrerin aufgefordert worden waren, sich frei zu machen.

»Nein, ja, nein«, kam Hörwangls zögerliche Antwort, während sich Nagel eine Zigarette nahm und meinte: »Ich geh' mal kurz eine rauchen.«

»Einen Scheiß tun Sie«, schrie Anne ihn an. »Sie bleiben jetzt sitzen, verdammt, das ist ein Verhör!«

Plötzlich waren alle Gespräche an den Tischen ringsum verstummt. Alle blickten zu der schönen Frau, die nun derart vulgäre Wörter verwendete. War das die echte Angelina Jolie? Konnte die Deutsch? Wurde hier ein Film gedreht, ohne dass man etwas gesagt hatte? Und schon wurde überall getuschelt.

Anne, die sich etwas beruhigt hatte, fuhr nun leiser fort: »Denken Sie nach, bitte, es geht um den Tod Ihres Freundes. Wir müssen erfahren, was Sie wissen.«

»Mir wissen nix«, ergriff nun, ein wenig trotzig, erstmals Nagel das Wort. »Über so was, da red't man doch nicht.«

»Das glaube ich nicht«, sagte Anne. »Sie kennen sich doch alle schon seit Ihrer Jugendzeit.«

»Kindheit«, korrigierte sie Nagel.

»Dann eben Kindheit«, berichtigte Anne genervt. »Haben Sie denn nie über Frauen geredet?«

»Über Frauen schon ...«, warf Hörwangl ein, »... aber halt nicht über ... das ... also Dings ... ja Sex halt.«

»Und was haben Sie über Frauen geredet?«, fragte Anne, mittlerweile richtig böse.

»Ja, welche halt schön sind und welche nicht«, erklärte Nagel.

»Welche fleißig sind und welche nicht, das Übliche halt«, fügte Amend hinzu.

»Und halt auch über Frauen, die wo in der Öffentlichkeit stehen«, ergänzte Hörwangl. »Solche wie die ...«, er räusperte sich und brach ab. Im Hintergrund johlte der Junggesellenabschied, weil er eine Amy Winehouse gefunden zu haben glaubte. »Amy geht noch, Amy geht noch rein ...«

Anne sah kurz zu dem anderen Opfer der Kampftrinker hinüber, schüttelte den Kopf und hakte nach: »Solche wie welche?«

»Na ja«, fuhr Hörwangl gehemmt fort, und Anne spürte, dass er es bereute, sich so weit vorgewagt zu haben, »ja also, halt zum Beispiel, also zum Beispiel die hähm ...«

»Sie meinen halt so berühmte Frauen«, schaltete sich Sepp Kastner ungewohnt schnell ein, ihm war es unangenehm, wie offensiv Anne mit den Tegernseer Männern ein eindeutiges Männerthema besprechen wollte, das man mit einer Frau, insbesondere mit einer schönen Polizistin, schon aus Rücksichtnahme nicht besprach.

»Du verstehst das wohl, wie?«, ging Anne aggressiv auf ihn los. »Na, dann sag mir doch mal so eine berühmte Frau, über die unter euch Männern gesprochen wird!«

»Na ja«, druckste jetzt Kastner seinerseits herum, unsicher suchte er den Blick der drei Stammtischbrüder, mit denen er nun, ohne es zu wollen, unter einer Decke gelandet war, »ich nehme mal an, dass das halt zum Beispiel so Frauen sind wie die Freundinnen vom Boris Becker oder vom Dieter Bohlen, nicht?«, meinte er um Unterstützung heischend in Richtung der dreiköpfigen Verschwörertruppe.

Diese nickten heftig, und Hörwangl bestätigte erleichtert: »Zum Beispiel die, genau, vom Bohlen und vom Becker.«

»Zum Beispiel die Naddel«, sagte Amend nickend.

»Und die Babs«, fügte Nagel hinzu.

»Die Paris Hilton«, ergänzte Hörwangl.

»Die war aber nicht mit dem Becker zusammen«, wusste Nagel.

»Ich mein' ja nur als Beispiel«, meinte Hörwangl.

»Aber wir reden auch über so intelligente wie die Pauli«, wagte sich jetzt auch Amend aus der Deckung.

»Ach, die Gabriele Pauli auch?« Anne zog die Augenbrauen

hoch. »Ja, haben Sie sich da vielleicht auch über die Fotos unterhalten, die die Frau Pauli einmal machen ließ?«

»Ja klar. Da hat ja jeder drüber geredet, haha!« Hörwangl lachte verlegen.

»Das waren ja Fotos, auf denen die Frau Pauli Latexhandschuhe, eine rote Perücke und so was trug«, stieß Anne listig vor.

»Ja, ganz schön gewagt«, tönte Hörwangl, jetzt beinahe ein wenig entspannt.

»Das sind ja eigentlich Accessoires, wie sie von Prostituierten getragen werden, oder wie sehen Sie das?«, fragte sie nun etwas schärfer.

»Ja, nicht unbedingt, oder?«, meinte Hörwangl. »Die Frau Pauli ist ja keine vom horizontalen Gewerbe, oder? Die ist zwar g'spinnert, aber trotzdem noch ein intelligentes Weib.«

»Und ansehnlich«, fügte Nagel anerkennend hinzu.

»Haben Ihnen die Fotos gefallen?«, wollte sie nun wissen.

»Wen meinen Sie jetzt?«, fragte der Bauer.

»Ja, Sie zum Beispiel, Herr Nagel«, antwortete Anne.

»Joa«, druckste der herum, »nicht schlecht waren die, oder, was meint's ihr?«, gab er die Frage weiter. »Gut gemacht, oder?«

Ohne eine Antwort abzuwarten, bohrte Anne nach: »War der Herr Fichtner bei Ihrem Gespräch über die Latexfotos von der Frau Pauli auch dabei?«

»Höchstwahrscheinlich«, so Hörwangl.

»Ist Ihnen in Erinnerung, ob er da etwas Besonderes dazu gesagt hat?«

»Na, bloß das Übliche, denk' ich«, tat Hörwangl die Frage ab.

»Das Übliche?«

»Ja halt, ob es gut ausschaut oder nicht«, erwiderte Hörwangl, jetzt seinerseits genervt. »Was soll denn diese saudumme Fragerei?«

»Wurde da an Ihrem Stammtisch auch einmal in Erwägung

gezogen, dass einer von Ihnen mit der Frau Pauli ...« Anne ließ den Satz offen.

Die drei und Kastner starrten sie an. »Schnaxelt?«, fragte Hörwangl nun und lachte gleichzeitig mit seinen Kumpanen los. »Das wär' was, wenn du, Pius, mit der Pauli schnaxeln tätst, das wär' was fürs Fernseh'n, da wärst ein echter Star, Pius, haha!«

Anne schüttelte den Kopf. Die Bedienung kam mit zwei Hellen und wollte sie den Polizisten hinstellen, aber Anne forderte sie auf, die Biere den drei Stammtischbrüdern zu servieren, legte sechs Euro auf den Tisch und stand auf. Mit Tegernseer Männern über Sex zu reden, war ganz offensichtlich ein Unterfangen, das man sich sparen konnte. »Morgen zerlegen wir den Grundnerhof«, sagte sie im Auto zu ihrem Kollegen. Es klang wie das drohende Knurren einer Raubkatze vor dem Sprung.

Doch als sie um kurz nach sechs nach Hause kam, fand sie einen Zettel an der Haustür:

Gehirntumor wieder aktiv. Musste weg.
Lisa bei Schimmler. Gruß B.

Anne konnte es nicht fassen. Ging das jetzt schon wieder los? Hatte Bernhard in den letzten Tagen nicht psychisch stabil gewirkt? Hatte er ihr nicht erzählt, wie er mit seiner Arbeit weiterkomme? Und nun wieder der ganze hypochondrische Quatsch! Und wie kam er dazu, Lisa bei den Schimmlers abzuladen, ausgerechnet bei denen! Während sie zu den Nachbarn lief, malte sie sich aus, was jetzt wieder passieren würde: Bernhard würde ein Elektroenzephalogramm anfertigen lassen. Die Untersuchung würde ohne Befund bleiben. Dann würde es Bernhard besser gehen, bis ihm einfiel, dass er Pfeiffer'sches Drüsenfieber oder Borreliose haben könnte oder Leukämie oder weiß der Teufel was.

Anne stand vor dem Haus der Schimmlers. Der Garten war fein säuberlich gepflegt, als handle es sich um eine überdimensionierte Modelleisenbahnlandschaft. Das Gras sah aus wie ein makelloser, zwei Zentimeter dicker Teppich, ohne auch nur die Andeutung einer Schattierung oder eines Unkrauts. Offensichtlich hatten die Schimmlers sämtliche wilden Blumen mit Akribie ausgerottet. Anne hatte den kleinen Weg vom Gartentor zur Haustür noch nicht zurückgelegt, da riss Herr Schimmler bereits die Tür auf – als hätte er die ganze Zeit durch das kleine Fenster geschaut und nur auf sie gewartet.

»Hereinspaziert, hereinspaziert, die junge Mutter«, tönte er begeistert. Anne lief es eiskalt über den Rücken.

»Ist Lisa …?«

»Ja, natürlich ist das verlorene Kind bei uns, gell, wir haben doch ein Herz für Kinder, ein großes!«, meinte Schimmler mit pastoraler Stimme. »Kommen Sie doch herein.«

Anne betrat den braun gefliesten Flur, in dem es nach Desinfektionsmittel roch. Sofort nachdem sie eingetreten war, schloss Schimmler die Tür und sperrte ab. Anne versuchte, sich nicht irritieren zu lassen, und wartete, bis er die vor ihnen liegende Tür mit dem Glaseinsatz öffnete. Im nächsten Raum, es war die Küche, saß Lisa vor zwei Schalen – einer mit Gummibärchen und einer mit Schokoladenkeksen.

»Hallo, Mama«, sagte sie mampfend.

»Na«, sagte Anne und grüßte Frau Schimmler, die am Herd stand.

»Grüß Gott, Frau von Rothbach, wir haben ihr halt was zum essen gegeben, weil's so hungrig war, gell.«

»Loop heiße ich«, korrigierte Anne schnell. »Guten Tag, Frau Schimmler, da bin ich Ihnen und Ihrem Mann aber dankbar, dass Sie sich meiner Tochter angenommen haben«, log sie.

»Ja, wie geht es denn dem jungen Herrn von Rothbach?«, fragte die Schimmlerin.

»Das weiß ich ehrlich gesagt noch gar nicht, Frau Schimmler, ich bin direkt zu Ihnen gekommen, um nach Lisa zu sehen, ich habe noch gar nicht mit ihm gesprochen.«

»Dass er einen Gehirntumor hat, hat er halt g'sagt, gell. Das ist schlimm, gell.«

»Ja, wenn es sich bewahrheiten sollte«, meinte Anne. »Aber bislang hat er sich das doch Gott sei Dank meist nur eingebildet.«

»So etwas bildet man sich doch nicht ein!«, wandte Herr Schimmler ein und runzelte streng die Stirn. »Sie sollten schon zu ihm halten, schließlich können Sie froh sein, dass ...«

»Dass was?«, fragte Anne scharf.

»Dass er Sie ... er ist immerhin aus gutem, ich meine adeligem, tadellosem ...«

»Jetzt geh, Hans«, versuchte die Alte ihren Mann zu bremsen, »das haben wir doch gesagt, dass uns das nichts angeht.«

Doch Schimmler hatte Fahrt aufgenommen. »... und Sie, Sie sind alleinstehend, uneheliches Kind, oder? Früher hat man da ... also uns geht's ja nix an, aber ...«

»Hans, jetzt reicht's aber«, verbot Frau Schimmler dem Mann das Wort.

Anne fühlte sich hin- und hergerissen zwischen der Peinlichkeit dieses lächerlichen Auftritts und riesiger Wut. Doch dann beschloss sie, das dumme, beleidigende Gerede einfach zu übergehen, und sagte ruhig: »Ich weiß nicht, ob Sie davon schon gehört haben, aber Bernhard leidet an einer Krankheit, die sich Hypochondrie nennt.«

»Kenn' ich, kenn' ich«, Schimmler nickte, »die eingebildete Krankheit, nicht?«

»Genau.«

»Dann hat er also gar keinen Gehirntumor, der Bernhard, und scheucht uns so im Viereck!«, schimpfte Schimmler nun. So plötzlich konnten Stimmungen wechseln.

»Nein, einen Tumor hat er wahrscheinlich nicht«, erwiderte Anne, nun doch hilflos, »aber krank ist er trotzdem. Er hat halt Angst um sein Leben.«

»Wer hat das nicht«, sagte Schimmler nun mit ernstem Blick und rückte Anne so nahe, dass sie den Mundgeruch des alten Mannes riechen konnte. »Die Rumänenbanden kommen immer öfter hierher für ihre Überfälle. Zuerst die Banküberfälle in Gmund, und jetzt auch noch der Kürschner. Der Iwan wird uns noch umbringen!«

Anne nickte, aber eigentlich wollte sie nur noch raus, weg, mit Lisa nach Hause. Bernhard, dieser Idiot.

Als Anne am nächsten Morgen um kurz vor sieben die Tür öffnete und Hans Schimmler vor ihr stand, bekam sie einen gehörigen Schreck. In T-Shirt und Slip stand sie vor dem alten Mann, der ein kurzes »Oha!« ausstieß und sich die linke Hand vor die Augen hielt – die rechte konnte er nicht nehmen, denn in dieser trug er eine Plastiktüte. Mit der Hand vor den Augen teilte er Anne mit, dass er gerade vom Fischen komme, vier Renken und zwei Saiblinge. Und da er so viel nicht essen könne, auch zusammen mit seiner Frau nicht, die allerdings schon ziemlich viel esse, habe er sich gedacht, Anne könne ja zwei Fische haben, gratis, das versteht sich. Ob Anne sich vielleicht etwas anziehen könne, weil dann könne er die Hand von den Augen nehmen und ihr die Fische überreichen, sie seien in der Plastiktüte. Anne meinte, dass er ruhig schauen könne, schließlich sei sie nicht nackt.

Ob der Herr von Rothbach noch nach Hause gekommen sei, heute Nacht, wollte Schimmler nun, da er die Tüte überreicht hatte, wissen. Nein, meinte Anne, leider nein. Dass sie ihn am Vorabend auch telefonisch nicht erreichen hatte können, behielt sie lieber für sich.

»Vielen Dank für die Fische«, fügte sie noch hinzu.

»Sperren Sie eigentlich Ihre Haustür zu, nachts? Das würde ich Ihnen schon empfehlen, auch in Tegernsee gibt's allerhand Gesindel, und mir wohnen hier ja schon in feiner Gegend, gell, das zieht das Gesindel ja geradezu magisch an. Und Sie, als Frau, allein, nur mit Kind«, er blickte auf Annes schlanke Beine, »da sind Sie ganz besonders gefährdet.«

»Ja, also vielen Dank für die Fische, darf ich Ihnen die wirklich nicht bezahlen?« Doch Schimmler winkte ab.

»Also dann.« Und weg war er.

Anne schob die Fische in die Tiefkühltruhe und rief erneut in Bernhards WG an. Als sie am Vorabend die Nummer seines Mobiltelefons gewählt hatte, hatte es in seinem Arbeitszimmer geklingelt. Wieder hatte er sich nicht an ihre Bitte gehalten, das Telefon mitzunehmen! Warum liebte sie diesen Typen eigentlich? Ehe sie den Gedanken weiterspinnen konnte, hörte sie, wie am anderen Ende der Leitung der Hörer abgenommen wurde, eine verschlafene Frauenstimme »Arschloch, es ist Nacht« sagte und wieder auflegte.

»Fuck«, fluchte Anne, was Lisa hörte und umgehend mit einem »Das sagt man nicht, Mama« verurteilte.

»Okay, Entschuldigung. Was magst du frühstücken?«

Anstatt die Frage zu beantworten, stellte Lisa fest, dass sie heute nicht in den Kindergarten wolle. Sie habe keine Lust.

»Aber warum denn nicht?«

»Weil!«, sagte Lisa und schwieg. Anne fasste ihrer Tochter an die Stirn, um zu sehen, ob sie fiebrig war.

»Weißt du, das geht gerade heute überhaupt nicht, dass du zu Hause bleibst, weil Bernhard nicht da ist und ich eine ganz wichtige Durchsuchung machen muss.«

»Was für eine Durchsuchung«, fragte Lisa trotzig.

»Einen großen alten Bauernhof müssen wir durchsuchen, der liegt genau auf der anderen Seite des Sees.« Anne zeigte durchs Wohnzimmerfenster schräg hinüber nach Wiessee.

Lisa, grimmig: »Und warum musst du den durchsuchen?«

»Weil da jemand eingebrochen ist, und wir herausfinden müssen, wer es war.«

»Räuber?«

»Einbrecher. So, und jetzt machen wir uns fertig. Magst du ein Marmeladenbrot?«

»Wo ist Bernhard?«, wollte das Mädchen wissen.

Sehr darauf konzentriert, ihre eigene Ratlosigkeit wenigstens nicht durch den Tonfall ihrer Stimme zu offenbaren, meinte Anne, dass sie das auch nicht wisse, dass er aber sicher bald wiederkomme.

»Darf Bernhard einfach so abhauen, ohne zu sagen, wohin er geht?« Lisa runzelte die Stirn.

»Das ist eine gute Frage«, sagte Anne und dachte nach. »Nun, Bernhard ist unser Freund. Als Freund ...«

Lisa wartete nicht, bis ihre Mutter die Ausführungen beendet hatte, sondern überfiel sie mit der Frage: »Warum heiratet ihr eigentlich nicht?«

»Das fragst du mich zum ersten Mal«, sagte Anne verdutzt.

»Ja, weil im Kindergarten haben die mich gefragt, ob Bernhard mein Papa ist, da habe ich gesagt ›Ja‹, aber da hat die Rosa gesagt, dass ihre Mutter gesagt hat, dass das nicht stimmt, weil ihr nicht verheiratet seid. Wo ist eigentlich mein Papa?«

»Ach Lisa, das habe ich dir doch schon so oft erklärt, dein Papa ist weggegangen, als du noch ganz klein warst.«

»Warum?« Das Kind sah sie mit großen, nach einer Erklärung verlangenden Augen an.

Anne musste gegen eine Welle von Tränen kämpfen. »Weil er uns nicht haben wollte.« Schnell schob sie hinterher: »Aber jetzt haben wir ja Bernhard«, bemerkte aber im selben Augenblick, dass das ja auch nicht stimmte, denn Bernhard war sonst wo. »Also, komm, es ist schon so spät, wir ziehen uns jetzt ganz schnell an. Du kannst das, glaube ich, schon selbst, oder? Und dann lassen wir das Frühstück heute ausfallen und gehen in die Bäckerei. Und dort darfst du dir ausnahmsweise was Süßes zum Frühstück aussuchen. Und ich bekomme einen Kaffee. Magst du ein Kleid anziehen?«

Nachdem sie Lisa im Kindergarten abgeliefert hatte, schwang sich Anne auf ihr Mountainbike und radelte los, so schnell es ging. Sie wählte die Südroute über Rottach-Egern, und als sie die Passage am See erreicht hatte, war sie froh, dass es mit einem Mal zu schütten begann wie aus Kübeln, so fielen wenigstens die Tränen nicht auf, die ihr über die Wangen liefen. Irgendwie hatte der Regen auch etwas Reinigendes. Und die Regentropfen, die auf den See prasselten wie kleine Edelsteine, vermittelten Lebendigkeit und Fröhlichkeit. Kurz vor Bad Wiessee hatte sie sich wieder im Griff. Und in der Dienststelle merkte nicht einmal der einfühlsame Sepp Kastner, dass Anne Loops Morgen nicht ganz reibungslos verlaufen war.

In der Umkleide im Keller der Polizeiinspektion zog sich Anne trockene Kleider an und ging nach oben, um ihrem Chef Nonnenmacher einen guten Morgen zu wünschen. Der begrüßte sie mit einem »Pfundiger Sommer, das«, und Anne spürte gleich, dass seine Laune eher nicht gut war. Nonnenmacher erklärte, dass die Bürgermeister von Tegernsee und Wiessee soeben kurz nacheinander angerufen und gefragt hätten, ob man denn nun endlich ein Ermittlungsergebnis zum Einbruch in den Grundnerhof habe, einen Verdacht, wer es gewesen sein könnte, weil es ein ungutes Gerede gebe, sogar Prominenz habe sich schon zu Wort gemeldet und gefragt, ob der Tegernsee denn eigentlich noch sicher sei oder ob man seine Anwesen insgesamt aufrüsten müsse, wach- und alarmtechnisch. Ob die Polizei sich eigentlich in der Lage sehe, die Sicherheit der Menschen im Tal zu gewährleisten, und und und.

»Sind die Ergebnisse aus Miesbach schon gekommen?«, fragte Anne, ohne auf die Ausführungen ihres Chefs einzugehen.

»Nein, die Kollegen von der Kripo nehmen uns ja auch gar nicht ernst«, erwiderte Nonnenmacher. »Dieser Schönwasser ...«

»...wetter«, unterbrach ihn Anne.

»Dann halt Schönwetter«, sagte er unwirsch und setzte an zur Jagd auf eine Fliege, die sich ihm auf die Nase gesetzt hatte, »der ist halt in erster Linie ein Wichtigtuer. Segelkurse für Schönheitschirurgengattinnen oder russische Millionäre kann der meinetwegen schon geben, aber hier den großen Max spielen und dann nix, aber auch gar nix zuwege bringen – der Mann, der ist ein wandelnder Treppenwitz, das ist er.« Wegen der Fliege, die er nicht erwischt hatte und die ihn weiterhin ärgerte, hatte er angefangen, wild herumzufuchteln. Jetzt rief er sogar noch »Sauviech« und schlug mit der Hand so fest auf den Computerbildschirm, dass das darauf stehende Familienfoto zu Boden segelte.

»Sepp Kastner und ich wollen gleich den Grundnerhof noch einmal gründlich umkrempeln, vielleicht finden wir ja was«, sagte Anne, um Nonnenmacher auf andere Gedanken zu bringen.

»Gut, da bin ich dabei«, entgegnete er und kroch unter den Schreibtisch, um das Foto wieder heraufzuholen.

Im Auto erkundigte er sich in betont unverfänglichem Ton, wie die gestrige Vernehmung im Bräustüberl verlaufen sei. Doch die Antworten, die er erhielt, waren auffällig wortkarg.

»Haben's nix reden wollen über Sex, der Pius, der Klaus und der Wastl, ha?«, fragte Nonnenmacher, jetzt angesichts des Themas schon besserer Stimmung.

»Na«, verneinte Sepp Kastner kurz.

»Das hätt' ich euch gleich sagen können«, meinte Nonnenmacher jetzt selbstbewusst. »Der Tegernseer Mann ist von Natur aus stark und verfügt schon aus diesem Grund über ein gesundes Sexleben, aber reden tut er darüber natürlich nicht. Das wär' ja noch schöner!« In das darauf folgende Schweigen und das leise Fahrgeräusch, das der Dienstwagen im Nieselregen verursachte, mischte sich ein anschwellendes Heulen, das eindeutig aus Nonnenmachers Leib kam, weshalb er seine starken Sprüche gleich wieder bereute.

Als sie am Grundnerhof ankamen, verzog er sich auch gleich in den Saunabereich, mit der Anweisung an die anderen, das Wohnhaus und das Schwimmbad unter die Lupe zu nehmen. Frau Gsell öffnete den Beamten alle Türen und half Anne beim Durchforsten der einzelnen Räume des von Kürschner nur zu einem geringen Teil bewohnten Wohnbereichs.

In Kürschners Schlafzimmer konnte Anne nichts Außergewöhnliches entdecken, außer, dass Kürschner offensichtlich ein Fan von Playmobileisenbahnen war, denn der Nebenraum, in dem Anne sein Ankleidezimmer vermutet hatte, entpuppte sich als gigantisches Spielzimmer. In Kürschners Kleiderschrank wartete eine nigelnagelneue Golfausrüstung, die aufgrund ihres Designs aus den Achtzigerjahren stammen musste, auf einen Einsatz, der nun nie mehr stattfinden würde. Die Schublade von Kürschners Nachtkästchen war bis oben hin gefüllt mit Werbekugelschreibern, und in den Ablagefächern darunter stapelten sich – das erkannte Anne an den Aufdrucken – unzählige Notizblöcke von Hotels aus der ganzen Welt. Herr Kürschner, erklärte die Haushälterin, sei sehr sparsam gewesen und habe deshalb stets alle Werbegeschenke und was es sonst kostenlos gab, mitgenommen. Das bewies auch der Inhalt des Garderobenschranks, der ausschließlich Handtücher, Bademäntel und Badeschlappen mit Hotelaufdruck enthielt. Darüber hinaus fand Anne eine große Wanne vor, in der kleine Shampoofläschchen, Seifen und Duschhauben versammelt waren. Während sie und die Haushälterin die Schränke durchsuchten, erläuterte Elisabeth Gsell, dass Herr Kürschner nie in den teuersten Hotels abgestiegen sei, obwohl er sich dies natürlich hätte leisten können. Außerdem habe er sie und seine anderen Mitarbeiter stets angewiesen, Hoteliers und andere Dienstleister zu drängen, nicht den vollen Preis zu verlangen, egal um welche Leistung es ging.

»Er hat immer gesagt: ›Ich bin ein guter Geschäftsmann, und ich weiß, dass jeder gute Geschäftsmann in seinem Preis noch einen Spielraum für einen Rabatt einkalkuliert hat. Und diesen Spielraum will ich haben.‹ Und wenn einer sich geweigert hat, ihm Rabatt zu geben, dann hat er bei dem auch nicht gebucht«, erklärte Gsell.

»Passt das für Sie zusammen, dass er einerseits so sparsam war und sich andererseits als Mäzen hervorgetan hat?«, fragte Anne vorsichtig.

»Ja mei, er hat es halt von den Geschäftsleuten genommen und den Bedürftigen gegeben, gell, so seh' ich das. Warum meinen Sie?«

»Ach, nur so«, sagte Anne gedankenverloren, während sie gerade den Spiegelschrank im Schlafzimmer des toten Milliardärs öffnete. Dann fragte sie aber wie elektrisiert: »Und was ist das?« Sie hielt eine Packung mit der Aufschrift »Cymbalta« in der Hand.

»Oh, das hat der Herr Kürschner immer genommen, wenn er Angst bekommen hat.«

»Wie meinen Sie das: ›Angst bekommen‹?«, fragte Anne erstaunt nach.

»Der Herr Kürschner hat immer Angst gehabt, dass er kein Geld mehr haben könnt'. Da ist er dann ganz traurig geworden, und dann hat er dieses Medikament genommen. Auch, weil er nicht mehr hat schlafen können wegen der Angst. Aber das Medikament hat ihm dann immer geholfen, und dann ging's ihm schon gleich besser«, erklärte die Haushälterin in einem um Verständnis heischenden Tonfall. Als sie Annes verstörten Blick wahrnahm, fügte sie hinzu, dass sich Anne das doch einmal vorstellen müsse, wie viel Verantwortung der Herr Kürschner gehabt habe, schon von jungen Jahren an. Schließlich hätten ja Tausende von Menschen von seinem Erfolg und seiner Arbeit gelebt. Da sei es ja wohl klar, dass das einem manchmal Angst mache und man nicht schlafen könne wegen all der Sorgen.

»Ja schon«, meinte Anne. »Aber wissen Sie, Frau Gsell, Cymbalta ist ein richtig schweres Geschütz, das geht direkt ins zentrale Nervensystem. Hat der Herr Kürschner das oft genommen? War er davon abhängig?«

»Nein, nein, Herr Kürschner war nicht süchtig«, beschwichtigte die Haushälterin hastig, »er hat es halt genommen, wie unsereins eine Kopfschmerztablette nimmt. Das müssen Sie doch verstehen, dass, wenn man eine solche Verantwortung trägt die ganze Zeit, dass das kein normaler Mensch aushalten kann, gerade auch heutzutage … mit der Wirtschaftskrise. Der Herr Merckle ist doch auch vor den Zug gesprungen.« Sie zögerte. »Wobei ich ja vermute, dass das überhaupt kein Selbstmord war«, jetzt flüsterte sie, während Anne die Augenbrauen hochzog. »Ich glaube, dass hinter dem Merckle seinem Tod die Mafia steckt.«

Anne nickte verschwörerisch und gab der Tür des von einem

Goldrahmen gefassten Spiegelschranks einen Stups, woraufhin sie sich fast lautlos schloss.

Unter dem Waschbecken stand ein zylinderförmiges goldenes Gefäß. Als Anne fragte, was das sei, antwortete Gsell hastig: »Oh, das ist nur der Badezimmerabfalleimer, aber warten Sie, den habe ich, glaube ich, noch gar nicht geleert. Da ist vielleicht noch etwas drin.«

»Na, umso besser«, sagte Anne und hob, ehe die Haushälterin sie daran hindern konnte, den Goldeimer hoch und stellte ihn auf dem Schrank aus Teakholz ab.

»Sie werden doch jetzt nicht ...«, begann Elisabeth Gsell entsetzt, »... Sie werden doch jetzt nicht ... nicht im Müll eines Verstorbenen wühlen? Das ist doch nun wirklich privat!«

»Frau Gsell, es geht hier um einen Einbruch, in dessen Folge einer der reichsten Männer Deutschlands gestorben ist. Da gibt es nichts Privates, das nicht interessant wäre für uns.«

»Aber der Müll!«, jammerte Gsell wie über eine frische Wunde.

Anne achtete nicht auf die Haushälterin, sondern schnappte sich ein großes weißes Handtuch aus dem Regal, auf dem sie den Abfall ausbreitete. Sie fand eine weitere, dieses Mal leere Verpackung des Antidepressivums, außerdem einen Herrennylonstrumpf mit Loch, einige zerknüllte Papiertaschentücher, einen leeren Nasenspray und mehrere zusammengeknüllte Zettel. Der erste war eine Restaurantquittung von Alfons Schuhbecks Südtiroler Stuben am Münchner Platzl. Der zweite war eine Einladung zu dem Vortrag »Clever und diskret anlegen in der Finanzkrise« einer bekannten Münchner Privatbank, vermutlich Kürschners Konkurrenz. Beim dritten handelte es sich um eine Seite aus dem Programmheft zu einem Konzert in der Münchner Philharmonie. Den vierten Zettel, den Anne fand, hätte sie beinahe übersehen, so klein war er. Als sie das Papierknäuel, das nicht größer als eine Murmel war, auseinanderfaltete, erkannte sie, dass es sich um den Teil eines größeren Blatts handelte. Auch sah der Schnipsel aus, als wäre er aus einem Block herausgerissen worden, der als Werbegeschenk gedient hatte, denn am unteren Rand entlang lief ein roter Strich.

Als Anne die drei Wörter las, die einzig auf dem Abriss zu erkennen waren, weil der Rest des Textes vermutlich auf dem wesentlich größeren, fehlenden Teil des Papiers stand, war sie wie elektrisiert. Sofort sprang sie auf und rannte durch den Flur, das Treppenhaus hinab und hinüber in den Saunabereich. Völlig außer Atem erreichte sie Nonnenmacher in der Saunakabine. Er saß auf der untersten Bank und löffelte verstohlen etwas Weißes aus einer lilafarbenen Tupperdose.

»Was machen Sie denn da?«, fragte Anne den Leiter der Polizeiinspektion Bad Wiessee verdutzt.

»Das sehen Sie doch, Frau Polizeihauptmeisterin, ich esse«, antwortete dieser ärgerlich. Da es aber in der Kabine relativ dunkel war, konnte Anne nicht sehen, dass Nonnenmacher rot geworden war. Obwohl die Reisdiät seiner Frau gegen das Magengrimmen zu helfen schien, wollte er partout vermeiden, dass sich sein neues Ernährungskonzept in der Inspektion herumsprach. Ein Tegernseer, der während der Arbeit kalten Reis löffelte, obendrein noch ein leibhaftiger Dienststellenleiter, das ließ sich nicht mit der Außendarstellung in Einklang bringen, die Nonnenmacher bei der öffentlichen Positionierung seiner Polizeieinheit im Sinn hatte, der Reis war kein heimisches Gewächs.

»Was gibt's denn, dass Sie mich so beim Brotzeiten aufhetzen?«, wollte er nun wissen und versuchte hastig, den Deckel auf die Kunststoffdose zu drücken, was dazu führte, dass dieser ihm entglitt und unter die Saunabank kullerte.

Nonnenmacher machte Anstalten, ihn dort hervorzuholen, doch Anne kam ihm zuvor.

»Warten Sie«, sagte die junge Polizistin, glitt geschmeidig auf den Boden und kroch unter die Bank. Sekunden später konnte man nur noch ihren perfekt geformten Po und die Beine sehen.

Nonnenmacher war sich nicht sicher, wer nun mehr über das sonderbare optische Arrangement in der Sauna – Dienststellenleiter thront über vor ihm kniender, sehr attraktiver Mitarbeiterin – staunte, Elisabeth Gsell oder Sepp Kastner, der, wie er gleich betonte zu sagen, »komische Geräusche« gehört habe und deshalb auch herbeigeeilt sei.

»Was macht's ihr denn da?«, wollte er eifersüchtig wissen.

»Mir machen gar nix. Mir ist nur der Deckel von der Tupper runtergefallen«, sagte Nonnenmacher bestimmt. Und zu Anne: »Finden Sie ihn, Frau Loop?«

Alle drei schauten auf Annes Hintern, was ihnen aber erst bewusst wurde, als dieser sich langsam wieder zurück in Richtung Saunatür bewegte.

Als Anne aufschaute, sah sie die Blicke und kombinierte sofort: »So, war das rund und gut? Dann darf ich euch jetzt etwas zeigen, was euch vielleicht noch mehr interessiert als mein Po.« Sie drückte Nonnenmacher mit der linken Hand den Deckel seiner Box in den Schoß und hielt zwischen Daumen und Zeigefinger der rechten Hand den kleinen Zettel mit der abgerissenen Kante in die Höhe. »Ein kleiner Schritt für die Menschheit, ein großer Schritt für uns.« Nonnenmacher, Kastner und Gsell schauten ungläubig auf den Papierschnipsel.

»Und warum?«, fragte Kastner.

»Weil da draufsteht *Die Tegernseer Kammerjäger*.«

Nonnenmacher, Kastner und Gsell starrten Anne Loop an, als wäre sie verrückt geworden.

»Ach so, das wisst ihr noch nicht: Der Sebastian Hörwangl, der Klaus Amend und der Pius Nagel nennen sich selbst die ›Tegernseer Kammerjäger‹. Das haben die mir mal – ich glaube eher aus Versehen – bei einem informellen Gespräch gesagt. Dieser Zettel ist also wohl Teil eines Briefs oder einer Nachricht an Herrn Kürschner. Den Rest vom Brief habe ich zwar nicht gefunden, aber immerhin haben wir mit diesem Papierfetzen ganz klar eine Spur. Warum sollte von denen denn gerade jetzt ein Zettel in einem Mülleimer Kürschners liegen? Zufall? Sicher nein! Da muss es also irgendeine Verbindung geben.«

»Also mir sind keine Kammerjäger bekannt«, merkte Elisabeth Gsell an. »Wie sollen diese Herren heißen?«

»Hörwangl, Amend und Nagel«, antwortete Anne bestimmt.

»Wenn die mal bei uns gewesen wären, dann wüsste ich das«, sagte Frau Gsell selbstbewusst. »Wir hatten auch nie Probleme mit Ungeziefer. Überhaupt nie.«

»Ja genau, wieso nennen die sich überhaupts Kammerjäger?«, wollte Kastner wissen. »Haben die nebenbei noch eine Rattenbekämpfung oder was?«

Anne zuckte mit den Schultern. »Das weiß ich nicht, aber das ist jetzt auch fürs Erste egal. Hauptsache, wir haben einen Anknüpfungspunkt.«

»Der da wäre?«, fragte Nonnenmacher.

Dass der Chef so gar nichts kapierte! »Was ist denn der Pius Nagel von Beruf, hä?«, so Anne genervt.

»Bauer.« Nonnenmacher schaute sie verständnislos an.

»Und was stellt ein Bauer her?«

»Milch«, sagte Kastner.

»Genau«, stimmte Anne zu. »Und wir waren doch die ganze Zeit auf der Suche nach einer Milchprobe, die wir als Vergleichsmaterial zur Milch aus dem Pool an das Labor in Kempten schicken können. Diese Probe haben wir jetzt.«

»Die Probe vom Nagelhof!« Kastner lächelte.

Nur Nonnenmacher fand das Ganze nicht gut. Er glaube nicht, grummelte er, dass wer vom Tegernsee mit dem Einbruch beim Kürschner was zu tun habe, schon gar nicht der Pius, der Wastl oder der Klaus. Und wieso denn auch? Schließlich sei man dem Kürschner im gesamten Tal für seine Wohltaten dankbar. »Der Kürschner hatte keine Feinde.« Warum sollte da jemand, vor allem drei harmlose, absolut unbescholtene Männer, die ihm, Nonnenmacher, persönlich bestens bekannt seien, bei ihm einbrechen und ihn umbringen? Das sei doch Unsinn. Kürschners Haushälterin Elisabeth Gsell nickte heftig. Er sei gegen die Einsendung einer Probe von

Pius Nagels Hof, sagte Nonnenmacher mit Donnerhall in der Stimme.

»Aber Kurt!« Der sonst so harmlose Sepp Kastner wurde jetzt richtig böse. »Das ist doch wirklich eine eindeutige Spur! Die dürfen wir uns doch nicht durch die Lappen gehen lassen. Und außerdem ist das doch für uns auch total einfach: Probe einpacken, hinschicken, abwarten. Wenn's nix war, dann war's halt nix. Aber wenn die Proben übereinstimmen, dann haben wir vielleicht ein Indiz, das uns weiterhilft.«

Nonnenmachers gesenkter Blick war auf die noch offene Dose mit kaltem Reis gerichtet.

»Kurt, wir müssen das machen, das sag' ich!«, insistierte Kastner.

»Das darf doch nicht sein!«, sagte Nonnenmacher mit leiser Verzweiflung in der Stimme. »Das darf doch nicht sein, dass unsere eigenen Männer am Ende in so einer Sache drinstecken. Die Russenmafia, ja. Die rumänischen Banden, ja. Aber warum sollten unsere eigenen Männer beim Kürschner einbrechen? Warum sollten ausgerechnet die so einen Schmarren mit der Milch machen, wo's eh fast nix mit ihr verdienen?«

»Ja vielleicht liegt ja gerade darin der Sinn der ganzen Aktion«, warf Anne ein.

»Aber deswegen muss der Kürschner doch nicht sterben! Das gibt doch alles keinen Sinn.«

»Das können wir ja dann beurteilen, wenn wir wissen, ob die Proben übereinstimmen«, erwiderte Anne Loop mit um Konsens bemühter Stimme. »Vielleicht haben Sie ja recht, und wir sitzen hier einer völlig falschen Spur auf. Aber testen müssen wir die Milch von Nagel auf jeden Fall. Dazu sind wir schon wegen des gefundenen Zettels verpflichtet.«

»Mir könnten aber auch noch warten«, brachte Nonnenmacher noch halbherzig vor.

Nein, das würden sie jetzt sicher nicht tun, denn jetzt sei es Zeit zu handeln, »time to handle«, sagte Sepp Kastner und wunderte sich im selben Augenblick über seinen Mut, gegenüber dem Chef seine eigene Meinung vorzubringen. Das hatte er noch nie gewagt.

Alle vier schwiegen, verharrten regungslos in ihrer Position. Von draußen drang das Gewieher der Pferde des toten Milliardärs herein.

»Also, dann ist die Aktion für heute hier beendet«, unterbrach Nonnenmacher das Schweigen. Er klang niedergeschlagen. »Dann fahrt's ihr jetzt zum Pius und bittet's ihn um eine Milchprobe. Aber fasst ihn nicht zu hart an. Noch ist nix bewiesen. Unschuldsvermutung!«

Doch Kastner meinte, dass man gar nicht zu Nagel müsse, denn seine Mutter hole sich jeden Tag etwas frische Milch vom Hof des Verdächtigen. Also werde er gleich bei ihr welche für die Analyse besorgen.

Ehe Anne Loop den Grundnerhof verließ, bat sie, unbemerkt von ihren Kollegen, Kürschners Haushälterin noch um einen Gefallen: »Frau Gsell, falls Sie den Rest von dem Zettel, den wir im Mülleimer gefunden haben, finden sollten, dann wäre mir das eine riesengroße Hilfe.«

Elisabeth Gsell nickte eifrig: »Ja klar, ich schau' gleich noch einmal nach. Vielleicht find' ich ja was.«

Nach einem Telefonat mit dem Labor in Kempten war klar, dass Anne übers Wochenende würde warten müssen, bis die Ergebnisse vorlägen. Als sie den Hörer aufgelegt hatte, stellte sie erschrocken fest, dass es bereits ein Uhr war und nur sie Lisa vom Kindergarten abholen konnte, weil Bernhard ja nach wie vor verschollen war.

»Sepp, ich muss schnell Lisa abholen. Liegt heute Nachmittag sonst noch etwas an?«

»Ja, der Kurt hat g'meint, mir machen heut eine Geschwindigkeitskontrolle.«

»Ach, da kann ich die Lisa ja vielleicht mitnehmen.«

»Ist dein ... äh ... Freund schon wieder weg?«

»Ja, zur Recherche«, log Anne hastig.

Obwohl Kastner spürte, dass das nicht stimmte, sagte er

nichts. Als Anne weg war, ging er zu Nonnenmacher und erzählte ihm, dass die Frau Loop ihn gerade gefragt habe, ob sie ihre Tochter mit zur Radarkontrolle nehmen könne.

Was denn mit der los sei, dass da am Nachmittag niemand auf das Kind aufpassen könne?, so der Chef.

Kastner erklärte ihm, dass, soweit er das verstanden habe, der sogenannte Lebensgefährte von der Anne nachmittags auf das Mädchen aufpassen müsse, dass der aber wohl ein bisschen ballaballa sei und deswegen oft nicht könne.

Ob der nichts arbeiten müsse, wollte Nonnenmacher wissen, und Kastner erläuterte, dass der sogenannte Lebensgefährte an seiner Doktorarbeit schreibe.

»Also Arbeit in Anführungszeichen«, stellte Nonnenmacher fest.

»Halt ein adeliger G'studierter«, fügte Kastner hinzu.

»Und sie, sie muss dann aber unbedingt ganztags arbeiten?«, fragte Nonnenmacher.

Kastner, vorsichtig: Von irgendwas müssten die Frau Loop und ihre Tochter ja auch leben. Und wenn kein Ernährer da sei, dann müsse das halt sie machen.

»Und Unterhalt kriegt's keinen?«

Kastner zuckte die Schultern. »Keine Ahnung.«

»Wer ist denn der Kindsvater?«

»Den hat sie bis jetzt nie erwähnt.«

Nonnenmacher schüttelte den Kopf. »Das ist doch eine Scheißzeit, oder? Es gibt keine Ehepaare mehr; die wo's noch gibt, die lassen sich scheiden; um die Kinder kümmert sich keiner, weil auf einmal jeder arbeiten muss. Dann soll's das Kind halt einer Kindsmagd geben.«

»Meine Mutter tät's ja machen, sogar umsonst«, sagte Kastner hilflos, »aber die Anne will's ja nicht.«

»Besser ist's natürlich, wenn die Mutter sich drum kümmert.«

»Schon«, meinte Kastner. »Aber das will ja nicht einmal unsere Regierung.«

Nonnenmacher schaute ihn erstaunt an. Kastner erklärte:

»Wenn'st du schaust, was da jetzt familienpolitisch alles geplant wird, dann ist doch klar, was die Regierung will: dass die Erwachsenen alle arbeiten und die Kinder von wildfremden Leuten in irgendwelchen Horten aufgezogen werden. Darauf lauft's raus. Und warum will die Regierung das?«

Nonnenmacher zog die Mundwinkel nach unten und zuckte mit den Schultern.

Kastner brauste auf: »Weil, je mehr Leut' arbeiten, umso mehr Leut' zahlen Steuern. Das ist der Grund. Mehr Kühe zum Melken, mehr Milch. Hast du schon gebrotzeitet?«

Jetzt hätte sie bald die Polizei gerufen, meinte die Erzieherin aufgebracht, als Anne völlig außer Atem die Tür zum Kindergarten aufstieß.

Dann fiel der Kindergärtnerin aber wieder ein, dass Frau Loop ja selbst Polizistin war. »Frau Loop, ich muss Sie bitten, in Zukunft pünktlicher zu sein, sonst bekommen wir da ein Problem.«

»Ich weiß, ich weiß, es tut mir leid«, sagte Anne ehrlich bedauernd. »Aber wir hatten heute Morgen eine wichtige Hausdurchsuchung, und mein Freund konnte nicht.«

Sie habe es ihr aber schon einmal gesagt, erwiderte die Erzieherin angesäuert, dass sie *auch* eine Familie zu Hause habe und man nicht von ihr erwarten könne, dass sie immer die mangelnde Organisation anderer ausbade. Anne sah die Erzieherin ernst an, nickte, beschloss, nichts mehr zu sagen.

»Haben's denn keine Großeltern, die auf die Lisa aufpassen können?«

Anne schüttelte den Kopf.

»Und wenn Sie's vielleicht mal mit einer Tagesmutter probieren?«

»Ja, wenn das mit meinem Freund so weitergeht, müssen wir das machen, wobei, da würde ich vielleicht sogar lieber nur Teilzeit arbeiten.«

»Ja, vom Geld her lohnt sich's ja sowieso nicht, wenn mir

Frauen arbeiten, nicht? Tragen die ganze Verantwortung und stehen am End' allein da.«

»Na ja, ganz so schlimm ist's auch nicht, aber ... wissen Sie, wir müssen schon wieder weiter, weil – unter uns ...«, Anne senkte verschwörerisch die Stimme, »... wir machen heute Nachmittag eine Radarfalle.«

»Was? Wo?«, wollte die Kindergärtnerin wissen.

»In Rottach-Egern, auf der Tegernseer Straße, aber das behalten Sie für sich!«

»Ja klar«, raunte die Erzieherin. Als Anne draußen war, rief sie sofort ihren Mann und ihre drei besten Freundinnen an.

Die Radarfalle war wegen des strahlenden Sonnenscheins ein voller Erfolg. Weil es so oft blitzte, hatte sogar Lisa ihren Spaß dabei. Sie zählte die Geblitzten und kam auf hundertunddrei Autos. Zwischendurch rief Anne mehrmals in Bernhards WG an. Die ersten drei Mal hob niemand ab, dann war eine Frauenstimme am Apparat zu hören, und Anne sagte: »Hier spricht das Arschloch von heute Morgen.«

Die Frau am anderen Ende: »Waaas?«

»Na, du hast doch vorhin ›Arschloch‹ zu mir gesagt«, antwortete Anne ruhig.

»Hab' ich das? Äächt?«

»Mhm. War aber auch wirklich ein bisschen früh, mein Anruf«, meinte Anne versöhnlich. »Ist Bernhard da?«

»Nö, der war doch schon seit letzter Woche oder länger nicht mehr da. Warst du da nicht auch dabei, mit deiner Tochter?«

Anne wurde nervös. »Bernhard war seitdem nicht mehr da?«

»Nö«, sagte die WG-Frau spitz. Auch gestern sei er nicht da gewesen, sie könne aber vorsichtshalber mal in seinem Zimmer nachsehen. Anne hörte ein Klopfen, eine Tür, dann wieder die Stimme am Telefon: Nein, Bernhard sei nicht da, und sein Zimmer sehe auch unberührt aus. »Ruf ihn doch mal auf dem Handy an.«

»Hab' ich schon, hat er hier liegen gelassen.« Anne hörte Sepp Kastner mit jemandem laut diskutieren und beendete deshalb schnell das Gespräch mit den Worten: »Okay du, danke, ciao.«

Auch Lisa beobachtete das Geschehen gespannt vom Streifenwagen aus. Offensichtlich war ein Porsche geblitzt worden, nach dem Blitzen aber gleich umgekehrt, und der Fahrer stand nun bei Kastner und Nonnenmacher, um mit ihnen zu diskutieren. Anne näherte sich dem Trio und hörte, wie der Mann sagte: »Binne Arzte, musse zu bekannte Moderatorin Nina, musse untersuchen.«

»Ja und?«, fragte Nonnenmacher grantig.

»Isse meine Patient, Nina von Fernseh, moderierte mal Sendung ›Alles wird gute‹. Nina fühlt sich nix gut, ich komm' sofort, muss snell gehe undesoweiterundesoweiter.«

»Auch für einen Arzt gelten unsere Geschwindigkeitsbegrenzungen«, meinte Nonnenmacher und klang dabei wie ein Pfarrer.

Jetzt warf sich der kleine gebräunte Mann, teure Uhr, lockiges graues Haar, platinfarbener Designeranzug im Mao-Schnitt, vor Anne auf die Knie und faltete die Hände: »Sie habe Verständnisse, Frau Polizist, Sie habe sicher Verständnisse. Sind auch schöne wie Nina. Sag, Kollega Carabiniere, wenn Frau krank, musse Hilfe schnell ... iste so?«

»Schon, schon«, beschwichtigte Anne, »aber wir müssen uns ja auch an unsere Vorschriften halten. Und die besagen, dass, wenn jemand zu schnell fährt, er dafür einstehen muss. Jetzt stehen Sie mal wieder auf. Wie viel sind Sie denn zu schnell gefahren?«

»Ach nixe viel, zwanzige, dreißige, weiße nix!« Er griff nach Annes Hand und wollte sie küssen.

Anne zog die Hand energisch weg. »Nein, nein, das lassen wir jetzt aber schön bleiben. Wir haben ja noch anderes zu tun hier. So wie ich das sehe, müssen Sie, weil Sie in Italien gemeldet sind, jetzt sowieso nur ein Bußgeld zahlen. Und das werden Sie als Arzt von der berühmten Moderatorin Nina ja wohl begleichen können.«

»Genau«, pflichtete Kastner bei und schob sich zwischen den italienischen Prominentenarzt und Anne, um diese vor weiteren Handküssen zu bewahren. Nonnenmacher ging der ganze Promischeiß gewaltig gegen den Strich, weshalb er sich schimpfend zum Streifenwagen zurückzog, in dem Lisa auf Annes iPod mittlerweile »Kalle Blomquist« anhörte. Wie verrückt sein Beruf heutzutage eigentlich sei, dachte Nonnenmacher sich insgeheim: Morgens in einem Todeshaus Papierschnipsel entziffern, die falsche Verbrechensspur zu altehrwürdigen Bauern legen, und nachmittags mit italienischen Promiärzten herumdiskutieren. Wo war überhaupt seine heutige Ration kalter Reis?

Auf dem Weg zurück zur Polizeiinspektion fragte Sepp Kastner vorsichtig, ob Anne denn ihren – »ähm« – Freund schon erreicht habe.

»Warum machst du eigentlich immer ›ähm‹, wenn du von Bernhard redest?«, fragte daraufhin Lisa den verdutzten Sepp Kastner.

Wahnsinn, wie schlau die Kinder heutzutage sind, dachte sich Kastner, der bei Lisa auf der Rückbank des Kombis saß, erwiderte aber nichts, sondern zog nur etwas den Kopf ein. Das Mädchen spürte die Unsicherheit des Kollegen ihrer Mutter und fragte nun, ob er denn eigentlich keine Freundin habe, woraufhin Kastner den Kopf noch weiter einzog, wie eine Schildkröte. Nonnenmacher, der das Gespräch vom Fahrersitz aus mitverfolgt hatte, fragte belustigt nach hinten, ob er Kastner zum Hals-Nasen-Ohren-Arzt fahren solle, weil er auf einmal kein Wort mehr herausbringe. Da fand Kastner seine Contenance wieder und meinte, dass er solche Verhörsituationen schließlich nur von der anderen Seite her kenne.

»Und Kinder hast du wohl auch keine«, meinte Lisa jetzt triumphierend, was Anne dazu veranlasste, nun doch einzuschreiten, obwohl sie es nicht schlecht fand, wenn ihre Tochter Kastners Eifer, sich als Ersatzvater aufzudrängen, etwas bremste.

»Weißt du, Lisa«, sagte sie, »es ist gar nicht so einfach, jemanden zu finden, der zu einem passt. Hast du denn eigentlich einen Freund im Kindergarten?«

»Ja«, sagte Lisa, »der Quirin. Der hat gesagt, er will mich heiraten. Aber ich weiß nicht, ob ich überhaupt heiraten will.«

Weil es Freitag war und wieder eine Menge Wochenendurlauber den See überschwemmten, brauchte das ungewöhnliche Quartett fast eine halbe Stunde von der Tegernseer Straße zur Dienststelle. Dort angekommen, verabschiedete sich Nonnenmacher gleich in den Feierabend. Kastner fragte Anne noch, ob er sie beide zum Eisessen einladen dürfe, aber Anne winkte ab. »Wir fahren übers Wochenende nach München.«

»Och«, jammerte hierauf Lisa, »ich will aber nicht nach München, ich will lieber Eis essen, und morgen will ich Minigolf spielen. Der Quirin geht auch.«

»Wir müssen aber nach München.«

»Wiesooo?«

»Weil«, sagte Anne. Den Grund wollte sie vor Sepp Kastner nicht aussprechen, denn natürlich ging es nur um eines: um die Suche nach dem verschollenen Bernhard.

Teil 5

Anne betrat am Montagmorgen mit so auffällig geröteten Augen die Polizeidienststelle, dass Nonnenmacher sie entsetzt fragte, was denn los sei, ob jemand gestorben sei? Nein, sagte Anne, es gehe schon, ihr tränten nur die Augen vom Radfahren, die Morgenluft auf dem Seeradweg sei im Frühsommer doch noch ganz schön kühl.

In Wahrheit hatte Anne fast das ganze Wochenende über geweint. Denn Bernhard war nicht aufzufinden gewesen. Anne war mit Lisa am Freitagabend zu seiner Wohnung im Glockenbachviertel gefahren, und sie hatten in seinem Zimmer übernachtet. Aber Bernhard war nicht nach Hause gekommen. Anne hatte alle Freunde abtelefoniert, doch niemand hatte etwas von ihm gehört. Am Samstag hatte sie in den Münchner Kliniken angerufen, was aber auch nichts ergeben hatte. Sogar hingefahren war sie zu einigen. Keine hatte einen Bernhard von Rothbach auf ihrer Aufnahmeliste stehen. Wäre sich Anne nicht so sicher gewesen, dass Bernhards Verschwinden mit seiner Hypochondrie zusammenhing, hätte sie längst eine Vermisstenfahndung ausgelöst. Allmählich mischten sich allerdings immer mehr Zweifel in ihre Gewissheit. War Bernhard vielleicht doch etwas zugestoßen?

Gut, dass es Lisa gab. Ohne ihre Tochter wäre sie wohl selbst längst reif für die Nervenklinik. Lisa machte zwar vieles komplizierter, aber sie war auch eine Stütze, ein Grund, sich nicht unterkriegen zu lassen, nicht zu verzweifeln. Das Mädchen war es auch gewesen, das Anne dazu überredet hatte, nicht auch noch den Sonntag in Bernhards Zimmer zu verharren, sondern wieder nach Hause an den Tegernsee zu fahren. »Da haben wir's doch viel schöner, Mama.«

Bereits um acht Uhr morgens waren die beiden in Annes

Kleinwagen gesessen und vor den ganzen Sonntagsausflüglern auf der Salzburger Autobahn in Richtung Oberland geflitzt. Anne hatte die Musik laut gestellt, und beide hatten mitgesungen. Als sie die Tür zu ihrem Häuschen in der Schwaighofstraße öffnete, hatte sie für eine Sekunde gehofft, dass Bernhard in der Küche stünde. Doch diese unsinnige Hoffnung verdrängte sie sofort erfolgreich, indem sie sich vorstellte, wie es wäre, hier und jetzt und ohne jede Vorwarnung auf Hans Schimmler zu treffen. Diese Vorstellung erheiterte sie so sehr, dass sie sogar kurz laut lachen musste. Als Lisa fragte, was sei, sagte Anne nur: »Ach nichts, ich musste an etwas Lustiges denken.« Und dann gingen die beiden an den See.

Doch als Lisa am Abend im Bett lag und Anne allein im Wohnzimmer saß, überrollte sie wieder die ganze Verzweiflung über Bernhards Verschwinden. Nicht einmal die Abendsonne, die über den See und durch die großen Fensterscheiben des Wohnzimmers glitt, konnte Anne genießen. Sie versuchte, sich mit Fernsehen auf andere Gedanken zu bringen – keine Chance. Um zehn legte sie sich ins Bett und heulte sich in den Schlaf.

In der Nacht träumte sie vom schlimmsten Tag ihres Lebens, damals, als dieser junge Lehrer mit ihr zu weit gegangen war. Mit Schmerzen im Unterleib wachte sie morgens auf und wäre am liebsten liegen geblieben. Dann kam aber Lisa in ihr Zimmer gehopst und wollte ein Sommerkleid anziehen, mit Rüschen unten dran, und ein Marmeladenbrot frühstücken und einen Kaba trinken und ein Buch vorgelesen bekommen – und so begann der Tag.

Auf dem Weg vom Kindergarten in die Polizeiinspektion hatte der Kummer Anne noch einmal richtig durchgeschüttelt, aber dann hatte sie sich vorgenommen, sich zusammenzureißen. Im Dienstzimmer saß Sepp Kastner und, das sah Anne gleich, dachte nach. Was er denn so angestrengt denke, fragte sie ihn deshalb.

»Ich frage mich, wieso der Bauer Nagel und seine Kollegen

beim Kürschner eingebrochen sein sollten. Was haben die da gesucht? Und warum haben sie die viele Milch vergeudet? Die hätten's doch besser bei einer dieser Milchdemos, die zurzeit überall sind, auf einen öffentlichen Platz gekippt als wie bei einem Milliardär ins Schwimmbad. Das ist doch komisch.«

»Vielleicht hatte der Kürschner auch irgendwas mit Milch zu tun. Irgendwelche Milchgeschäfte…«, antwortete Anne und schnäuzte sich. Jetzt erst sah Kastner Annes Augen und fragte besorgt: »Was ist mit dir? Hast du Heuschnupfen?«

»Nein! Es ist nichts.« Anne wollte alles, nur nicht mit Kastner über den verschollenen Bernhard sprechen. Das Glück kam ihr zur Hilfe. Ein Kollege klopfte und trat ein, in seiner Hand ein Fax.

»Für euch«, sagte er und reichte Anne das Blatt, worüber Kastner sich kurz ärgerte, was er mit einem Schnaufen zum Ausdruck brachte, schließlich war er hier schon viel länger am Start als sie. Da sollte es eigentlich klar sein, dass ihm wichtige Dokumente übergeben werden mussten!

Derweil überflog Anne das Blatt und jubelte: »Bingo, jetzt machen wir den Sack zu.« Ein fragender Blick Kastners, und Anne erklärte: »Die Vergleichsproben stimmen überein. Die Milch kommt vom Nagelhof.«

»War irgendwie ja auch klar«, sagte Kastner cool, er wollte den Kollegen vom Bereitschaftsdienst, der noch im Zimmer stand und gar nichts kapierte, beeindrucken. »Dann werden wir jetzt dem Herrn Nagel mal aufs Zahnfleisch fühlen.«

»Jawoll, Mister Bond«, sagte Anne und stand auf. »Das müssen wir gleich dem Chef zeigen.«

Nonnenmacher hatte noch Reispampe im Mund, als Anne und Kastner sein Zimmer betraten. Weil sie sah, dass er kaute, reichte ihm Anne nur schweigend das Blatt. Schnell schluckte er, las und schwieg. Dann blickte er auf. »Die Milch stammt also vom Nagel Pius.«

»Dann wissen wir jetzt, wer da eingebrochen ist«, meinte Anne triumphierend. Auch Kastners Augen strahlten.

»Das wissen wir nicht genau«, warf Nonnenmacher leise ein. »Oder steht hier auf dem Gutachten, dass der Pius in das Schwimmbad eingebrochen ist?« Zornig blickte er auf. »Nein, es steht hier nur, dass Probe A, die aus dem Schwimmbad stammt, mit Probe B, die vom Hof vom Pius stammt, dass also diese beiden Proben übereinstimmen. Not more.«

Anne und Kastner schauten sich an, als hätte ihnen ihr Chef eben eröffnet, sich ein Bauchnabelpiercing machen lassen zu wollen. Anne wusste gar nicht, was sie blöder fand, dass er versuchte, die Eindeutigkeit des Befunds infrage zu stellen, oder dass er seine lächerliche Einlassung mit »not more« beendet hatte.

»Aber Kurt«, schaltete Kastner sich ein, »die Sache ist doch eindeutig, oder? Wer soll denn die Milch da reing'fahren haben, wenn nicht der Nagel Pius? Das passt doch jetzt alles zusammen: die Milchproben, der Kammerjägerzettel...«

Nonnenmacher riss die Augen auf und zog die Stirn nach oben. »Und was ist, wenn einer die Milch dem Pius abgekauft hat?«

»Wer sollte das denn machen?« Kastner war fassungslos.

»Was weiß denn ich, vielleicht jemand von der Molkerei? Oder der Milchfahrer? Who knows?«

Kastner schüttelte den Kopf. »Na ja, mir werden ja sehen, was der Pius uns erzählt, wenn mir ihm sagen, dass die Milch aus dem Pool die seine ist. Dann laden mir den zur Vernehmung. Willst du da dabei sein, Kurt?«

»Ja klar will ich dabei sein«, sagte Nonnenmacher.

»Meinen Sie, das ist so schlau, wo Sie sich dem Herrn Nagel doch auch persönlich verbunden fühlen? Ich meine: Fühlen Sie sich nicht ein wenig... befangen?«, gab Anne zu bedenken.

»Iwo, ich bin total unabhängig, ich möcht' da natürlich dabei sein, schließlich geht's um einen toten Milliardär, da können mir uns keine falschen Verdächtigungen erlauben. Ich ruf' den Pius gleich mal an. Der soll herkommen, am besten sofort.«

Obwohl es Montag war, erschien etwa eine Stunde später der Bauer Pius Nagel in schönster Sonntagstracht in der Polizeiinspektion Bad Wiessee. Sogar seinen Hut mit dem langen Gamsbart hatte er sich aufgesetzt, den trug er normalerweise nur zu Hochzeiten und hohen kirchlichen Feiertagen, weil das gute Stück, wie er immer wieder betonte, nicht etwa aus Hirsch-, Dachs- oder Wildsauhaaren und schon gar keine billige Gamsbartfälschung sei, sondern vom Rücken mehrerer echter Tegernseer Gamsböcke stamme und seinerzeit dreitausend Mark gekostet habe.

Man traf sich am runden Tisch in Nonnenmachers Zimmer. Nagel saß mit Blick zur Tür, am linken Ende Nonnenmacher, am rechten Kastner und dem zu Befragenden gegenüber Anne Loop.

»Du kennst unsere Frau Loop ja, glaube ich, Pius, gell?«, eröffnete Nonnenmacher die Vernehmung.

»Ja, ja, sie hat uns schon ein paarmal besucht im Bräustüberl, sie g'hört ja schon fast zu unserm Stammtisch, nicht?« Nagel lachte unsicher.

»Pius«, sagte Nonnenmacher ernst und sog wichtigtuerisch einen gefühlten halben Kubikmeter Luft ein, »es geht um den Kürschner. Du weißt ja, dass der tot ist.«

Pius Nagel nickte.

»Weißt du da irgendwas, was da passiert ist?«

»Na, also praktisch gar nix«, antwortete Nagel schnell. Als Nonnenmacher ihn mit gerunzelter Stirn anblickte, schob er rasch hinterher: »Also klar, das, was in der Zeitung gestanden hat, und das, was man sich erzählt, das natürlich schon.«

»Und das wäre?«, fragte Anne streng.

»Ja, dass er halt in seinem Schwimmbad tot aufgefunden worden ist.«

Vielleicht hätte Nagel noch mehr zu dieser Thematik gesagt, aber Nonnenmacher wollte um jeden Preis verhindern, dass Anne Loop noch eine Frage stellte, weshalb er sofort, nachdem Nagel den Satz beendet hatte, erneut das Wort ergriff. »Pius, wir haben leider herausgefunden, dass die Milch, die wo beim

Kürschner im Schwimmbad drin war, dass die von deinem Hof stammt.«

»Was für eine Milch?«, fragte Nagel hastig. »Wie wollt's ihr so was rausfinden?« Plötzlich stand ihm Angstschweiß auf der Stirn.

»Ach komm, Pius«, entgegnete Nonnenmacher freundschaftlich, der nicht wollte, dass Nagel die Nerven verlor, »dass da Milch im Schwimmbad war, das hast du doch sicher auch schon g'hört.«

»Also in der Zeitung ist des nicht gestanden«, sagte Nagel eifrig.

»Aber gewusst hast du's, oder?«, fragte Nonnenmacher ruhig.

»Ja, schon«, gab Nagel zu.

»Na siehst du. Jetzt haben wir da die Situation, dass die Frau Loop, die neu ist bei uns hier, dass die sich was von der Milch herausgenommen hat und diese Milch verglichen hat mit der deinigen. Und jetzt hat so ein schwäbisches Labor herausgefunden – man kann darüber denken, was man will –, dass das also dieselbe Milch ist. Aber sicher hast du eine Erklärung dafür.«

»Na«, verneinte Nagel, »da habe ich keine Erklärung nicht dafür. Weil ich mit dem Ganzen nix zum tun hab' und auch nicht will.«

Nonnenmacher ließ sich Zeit, dann fügte er begütigend hinzu: »Nun ist's halt so, dass, wenn du jetzt quasi alles leugnest, dass du dann wahrscheinlich was mit dem Tod vom Kürschner zum tun hast – was wir, also ich, aber gar nicht glauben und mir auch nicht vorstellen mag. Wenn du andererseits jetzt was zugeben tätst, was im Zusammenhang mit der Milch steht, dann bist du schon aus dem Schneider, jedenfalls halb.«

Pius Nagel war den Ausführungen Nonnenmachers aufmerksam gefolgt.

»Also noch mal, kannst du dir erklären, wie deine Milch in den Pool vom Kürschner kommt?«

»Na, also wirklich keine Ahnung«, sagte Nagel und zupfte

nervös an den grünen Bändchen seiner kurzen schwarzen Lederhose herum.

»Herr Nagel, wissen Sie, es wäre für Sie besser, jetzt die Wahrheit zu sagen«, ergriff Anne das Wort. »Es ist für uns kein Problem, mithilfe eines Fingerabdruckabgleichs festzustellen, ob Sie in der Todesnacht in Kürschners Haus waren.«

»Mit dem Tod hab' ich nix zum tun!«, stieß Nagel jetzt energisch hervor. »Überhaupt gar nix!«

»Das glauben mir ja auch nicht, aber mit was dann?«, mischte sich Nonnenmacher nun wieder ein. »Warum ist da die Milch von dir drin gewesen? Hast du die wem verkauft?«

»Ja, genau, die hab' ich wem verkauft«, sagte Nagel, dankbar, dass ihm jemand eine derart golden glänzende Brücke baute, die es ihm ermöglichte, geradewegs der vor seinem inneren Auge bereits entstandenen Gefängniszelle zu entfliehen.

»Das ist doch Quatsch, Herr Nagel«, sagte Anne aufgebracht, weil Nonnenmacher das Verhör sabotierte. »Wenn Sie uns hier Märchen erzählen wollen, dann nehmen wir jetzt sofort Ihre Fingerabdrücke und fordern von der Kripo Miesbach alle Abdrücke an, die beim Kürschner festgestellt wurden. Dann werden wir ja sehen, ob Sie *auch* dort waren. Wenn die Fingerabdrücke übereinstimmen, sind Sie dort gewesen. Und dass Sie dort gewesen sind, spricht dann ja wohl eindeutig dagegen, dass Sie die Milch irgendwem verkauft haben. Die Milch diente doch einem völlig anderen Zweck, oder etwa nicht?«

Anne machte eine kurze Pause, in der sie sah, wie bestürzt Nonnenmacher über ihren plötzlichen barschen Tonfall war, schließlich ging es hier um einen Mann des Tegernseer Tals, der sich schon auf vielen Feuerwehrübungen und anderen Anlässen bewährt hatte. Doch sie beschloss, darauf nun keine Rücksicht mehr zu nehmen.

»Herr Nagel. Die Sachlage sieht wie folgt aus: Ihre Milch wurde in einem Haus gefunden, in dem ein Milliardär unter mysteriösen Umständen zu Tode gekommen ist. Allem Anschein nach war es ein Unfall. Vielleicht aber auch nicht. Es könnte auch ein fingierter Unfall gewesen sein. Herr Nagel, wir reden hier über ein mögliches Verbrechen. Und Sie hängen mittendrin. Das Klügste, das Sie jetzt tun können, ist, zu sagen, wie Ihre Milch in den Pool kam. Vielleicht können wir Sie dann noch aus dem Schlimmsten heraus...«

Im selben Augenblick klingelte Annes Handy. Erleichtert atmete Nonnenmacher auf. Auch Nagel wiegte zur Lockerung ein wenig seinen Oberkörper hin und her, der sündhaft teure Gamsbart wackelte.

Anne, deren Wangen nun gerötet waren, zog schnell ihr Mobiltelefon aus der Tasche, las auf dem Display »unbekannter Anrufer«, überlegte kurz und drückte ihn weg.

Pius Nagel hatte die kurze Unterbrechung genutzt, um mit sich ins Reine zu kommen. Offensichtlich hatten ihn die Grünen am Wickel. Also entschloss er sich, auszupacken, und berichtete, wie alles gewesen war. Dass die Milch tatsächlich von ihm sei, dass er aber, und dies schwöre er bei Gott – Nagel hob dabei tatsächlich die Hand –, mit dem Tod vom Kürschner nichts zu tun habe. Als er in das Schwimmbad eingebrochen sei, sei niemand im Haus gewesen, der Kürschner schon gar nicht, deshalb habe er den Milliardär auch nicht umbringen können. Auf die Frage, warum er dort überhaupt eingebrochen sei, warum er seine wertvolle Milch verschwendet habe, um sie in das Becken zu pumpen, wusste Nagel zunächst keine Antwort, die in der jetzigen Situation noch plausibel geklungen hätte.

»Es ging halt um eine Art Druckmittel«, meinte er deswegen nur kraftlos. »Der Kürschner hat uns, ich meine mir, Geld geschuldet, das wo er mir nicht hat zurückzahlen wollen. Da habe ich ihm halt versucht klarzumachen, dass es so nicht geht. Deswegen hab' ich ihm die Milch in sein Bad hineingeschüttet, als ein Zeichen.«

Nonnenmachers Magen heulte auf. Um ihn zu übertönen und auch aus Verzweiflung über die Verwicklungen, in die der Bauer sich da gebracht hatte, fragte der Dienststellenleiter sehr laut, es war beinahe geschrien: »Und warum? Was sollte das Ganze? Du brichst da ein, und dann ist der Kürschner tot, immerhin ein Milliardär und *der* Wohltäter im Tal! Das musst du mir schon erklären, Pius, da komm' ich nicht mehr mit!«

»Ja sakra«, wurde Nagel nun seinerseits laut, »mir haben keinen anderen Weg mehr gesehen. Der Kürschner, der Sauhund, hat uns um unser ganzes Vermögen gebracht. Dass mal klar ist, von was mir hier reden: Eine Million ist weg wegen dem gescherten Finanzheuschreck. So einem Hundling wird man ja wohl noch ein paar Liter Milch ins Schwimmbad schütten dürfen!«

»Ja, aber für was soll das denn gut sein? Milch im Schwimmbad!«, fragte Nonnenmacher, der gar nicht fassen konnte, dass man als alteingesessener und daher von Natur aus mit Vernunft ausgestatteter Tegernseer auf solch eine abwegige Idee kommen konnte.

»Dass der Hund Angst bekommt, das haben mir gewollt. Dass er uns unser Geld zurückgibt!«

»Und woher willst du eine Million hergehabt haben?«, bohrte Nonnenmacher jetzt ungläubig nach.

»Es bin ja nicht ich allein, der wo geschädigt ist«, druckste Nagel herum.

»Sondern eine ganze Bauernarmee, oder was? Das sind mir so Seilschaften!«, sagte Nonnenmacher fassungslos.

»Na, halt ein paar andere. Mir haben eine Anlage von dem Kürschner seiner Scheißbank gekauft. Und dann kommt auf einmal der Finanzberater daher und sagt, dass das jetzt alles leider nix mehr wert ist.«

»Was für ein Finanzberater? Der Kürschner ist doch kein Finanzberater!«

»Nein, der Bichler Josef, der war's, der hat uns das Gelump verkauft.«

»Und warum habt's dann nicht beim Bichler eingebrochen?«

»Weil bei dem nix zu holen ist – und der auch keinen Schwimmingpool hat.« Nagel sprach das Wort tatsächlich mit »Sch«.

»Und warum sind Sie nicht zur Polizei gegangen?«, stellte Anne eine aus ihrer Sicht längst überfällige Frage, die nun wiederum Nonnenmacher als zweitrangig empfand.

»Wisst's ihr, ihr von der Polizei könnt's ja viel machen, aber bei so was, da könnt's ihr auch nix ausrichten. Diese Finanzhaie, das sag' ich euch, die drehen die krummsten Dinger so, dass hintenrum alles legal ausschaut. Wisst's ihr überhaupts, wie man so eine Anlage macht? Die geben dir einen Vertrag, der besteht aus tausend Seiten. Da stehen lauter klein gedruckte Spezialbedingungen, die wo kein Mensch versteht. Und wenn die Sache dann schiefläuft, dann zeigen's dir irgendeinen Satz, den wo erst recht kein Mensch versteht, und sagen, dass wegen dem Satz du kein Geld mehr kriegst. So machen die das! Und vor Gericht: null Chance.«

Für einen Augenblick herrschte Ruhe am Tisch. Alle dachten nach. Wenngleich klar war, dass ein Einbruch bei einem Milliardär eine schlimme Straftat darstellte, zumal, wenn der Mann in der Folge des Einbruchs starb, war man sich auch einig, dass die Welt der Anlageberatung und Vermögensverwaltung ihre eigenen komplizierten Gesetze hatte, die nicht immer zu gerechten Ergebnissen führten.

»Was genau wollten Sie in Kürschners Haus?«, fragte Anne, um Sachlichkeit bemüht.

»Ja, genau genommen nix.« Pius Nagel merkte selbst, wie unsinnig sich das anhörte. »Es sollte halt ein Zeichen sein, dass es jetzt bald zwölf schlägt: Der soll nach Hause kommen, und da ist dann Milch anstatt Wasser im Schwimmbecken. Das Wasser haben mir ihm ja auch abgestellt.«

Nagel wirkte ein wenig stolz, als er allmählich den Plan der vier Kammerjäger entfaltete und erläuterte, weshalb es jetzt, auf dem Höhepunkt der Wirtschafts- und Milchkrise, an der Zeit sei, dass das Volk aufstehe und sich wehre.

»Mir müssen zeigen, dass mir nicht alles mit uns machen lassen«, sagte er. »Sonst wird alles immer ungerechter. Mir Bauern bekommen nicht einmal dreißig Cent für jeden Liter Milch, obwohl mir mindestens vierzig bräuchten, damit's sich ...«

»Aber Herr Nagel, deswegen darf man trotzdem nicht bei anderen Leuten einbrechen«, unterbrach ihn Anne Loop, die diese Milchpreisgeschichte allmählich nicht mehr hören konnte.

»So, ja, meinen Sie, Frau Kommissar? Und was ist dann zum Beispiel mit dem Zumwinkel? Was war der gleich, Chef von der Post, oder nicht? Hat der nicht eine Million Steuern hinterzogen, ist deswegen rausgeflogen und hat dann trotzdem zwanzig Millionen als Rente bekommen – und das auf einen Schlag! Und jetzt hockt der da in seinem Schloss in Südtirol, der Sauhund. Und der Kürschner war doch ganz der Gleiche. Für diese Finanzverbrecher ist eine Million wie für unsereins zehn Euro.«

»Aber nochmals: Herr Zumwinkel und Herr Kürschner sind nicht bei wildfremden Menschen eingebrochen und haben durch ihr Handeln auch keine Todesfälle herbeigeführt«, formulierte Anne etwas kompliziert.

Doch das ließ der Bauer, der nun richtig in Fahrt gekommen war und dem zudem bewusst wurde, dass er aus diesem Schlamassel nicht mehr so leicht herauskommen würde, nicht gelten. Ob die Frau Kommissar denn glaube, dass man so viel Geld verdienen könne, ohne über Leichen zu gehen?

»Zwanzig Millionen! Ich sag' euch: Diese Typen bekommen so viel Geld, weil es ihnen wurscht ist, was mit einem Landwirt wie mir oder auch einem von ihren Angestellten passiert. Die vernichten Existenzen, wenn's sein muss. Die sind knallhart und brutal, das sag' ich.«

Nonnenmacher nickte zustimmend, was ihm einen bösen Blick von Anne einbrachte.

»Das Volk muss sich da wehren!«, sagte Nagel abermals. Dann wischte er sich mit einem weißen Taschentuch den Schweiß von der Stirn und griff sich vorsichtig mit der Hand an den Hut, um zu sehen, ob der Gamsbart noch intakt war.

Dann fragte Anne ihn, wer seine Komplizen gewesen seien.

»Das kann ich nicht sagen«, meinte Nagel zögerlich. »Ehrensache.«

Wieder nickte Nonnenmacher, es ging hier auch um die Heimat.

Anne sah das etwas anders: »Herr Nagel, es ist das Beste, wenn Sie die ganze Wahrheit auf den Tisch legen. Das könnte Ihr Strafmaß ganz positiv beeinflussen, glauben Sie mir. Wir haben ohnehin Hinweise, die uns eindeutig belegen, wer Ihnen bei der Tat behilflich war.« Bei diesen Worten war Anne an die Tischkante gerückt und hatte ihren Oberkörper in Richtung Nagel geschoben.

»Und was sollen das für Hinweise sein?«, wollte Nagel nun wissen.

»Herr Nagel«, meldete sich nun Sepp Kastner zu Wort, »mir haben einen Zettel g'funden, auf dem steht was von Kammerjägern. Das sind doch Sie, die Kammerjäger, oder?«

»Wer genau?«, stellte sich Nagel dumm.

»Ach Herr Nagel, jetzt machen's halt keinen Scheiß«, winkte Kastner ab.

»Herr Nagel«, Anne fixierte den Landwirt mit einem stechenden Blick, »haben Ihnen vielleicht Ihre Stammtischbrüder Klaus Amend und Sebastian Hörwangl bei dem Einbruch in den Grundnerhof geholfen?«

Nagel wich dem Blick der Polizistin aus, suchte Augenkontakt zu Nonnenmacher, der seine Hände bestaunte, als wären sie seltene Pflanzen, und blieb schließlich mit seinen Augen an dem Kruzifix hängen, das im Eck befestigt war. Dann sagte er einfach nur: »Ja.«

Nach einer kurzen Pause fügte er verschwitzt, leise, schwach hinzu: »Es ist uns aber immer nur um unser eigenes Geld gegangen. Mir wollten niemand etwas wegnehmen und schon gar niemandem etwas zuleide tun.«

»Gut.« Nonnenmacher atmete nun erleichtert auf. »Dann ist der Fall Kürschner also aufgeklärt. Und zwar ohne dass die Gescheithaferln aus Miesbach groß was getan haben. Sehen Sie, Frau Loop, es ist manchmal gar nicht so verkehrt, wenn man die Sachen *vom* Tal *im* Tal klärt.«

Ohne auf diese kleine Stichelei einzugehen, meinte Anne:

»Dann sollten wir jetzt aber schleunigst die Komplizen von Herrn Nagel festnehmen.«

Pius Nagel schaute empört auf, vermutlich, weil er sich gar nicht recht schuldig fühlte und das Wort »Komplizen« seine Tat in die Nähe eines Verbrechens rückte.

Doch schon sagte Nonnenmacher, beruhigend, wie zu einem Kind: »Na, Frau Loop, das machen mir gewiss nicht.« Als er Annes fragenden Blick sah, fügte er hinzu: »Ich sehe hier null Fluchtgefahr, Geld haben's auch keins mehr – die rennen uns nicht davon.«

Wieder zurück im Dienstzimmer, klingelte erneut Annes Handy. In der Hoffnung, es wäre noch einmal Bernhard, zog sie es aus der Tasche. Doch es zeigte eine Tegernseer Nummer an.

»Ja, Frau Loop, wo bleiben Sie denn?«, erklang am anderen Ende der Leitung eine aufgebrachte Frauenstimme. Annes Blick streifte die Uhr, die auf ihrem Schreibtisch stand, und siedend heiß wurde ihr bewusst, dass sie schon wieder vergessen hatte, Lisa pünktlich vom Kindergarten abzuholen. Mit den Worten: »Bin gleich wieder da« huschte sie aus dem Raum und ließ einen erstaunten Sepp Kastner zurück.

Eine halbe Stunde später kam Anne mit Lisa und zwei halben gegrillten Hähnchen zurück.

»Magst du auch eins?«, fragte sie Kastner, bevor der Lisa mit einem seiner hilflosen Sprüche begrüßen konnte. Kastner nahm das Angebot an, und während alle drei mit den Fingern die Hähnchen verzehrten, beschlich Anne große Angst: Was, wenn der Anruf während des Verhörs von Bernhard gekommen war und er, aus welchem Grund auch immer, sie nicht noch einmal anrufen konnte? Was, wenn er doch krank war und im Sterben lag? Oder wenn ihn jemand entführt hatte? Im nächsten Augenblick wunderte sie sich über sich selbst: Wie konnte sie nur auf derart paranoide Gedanken kommen? Brannten bei ihr jetzt auch schon die Sicherungen durch? – Gut, sicher war der Anrufer Bernhard gewesen, aber der hatte schlimmstenfalls einen hypochondrischen Anfall. Er würde bestimmt wieder anrufen. Aber was, wenn er nur anrufen wollte, um ihr mitzuteilen, dass er sich von ihr trennen wolle? Sich von ihr trennen wegen einer Jüngeren – einer ohne Kind, dafür mit Geld?

»Was denkst'n du so?«, unterbrach Sepp Kastner ihr Gedankengewitter.

»Ach nichts, nur, ob der Fall Fichtner vielleicht doch auch etwas mit dem Fall Kürschner zu tun hat.« Erst als Anne den Satz ausgesprochen hatte, wurde ihr klar, was sie da unbewusst vor sich hingeredet hatte, um sich Sepp Kastners Fragen vom Leib zu halten. Na klar! Warum hatte sie daran nicht schon früher gedacht! Gehörte Ferdinand Fichtner ursprünglich nicht auch zu dem Stammtisch der drei, die sich »Die Kammerjäger« nannten? Hatte nicht auch Fichtner Geld verloren? Das war doch das Motiv, das ihnen die ganze Zeit gefehlt hatte!

»Darüber habe ich auch schon nachgedacht«, sagte Kastner und schob sich ein großes Stück Hähnchen in den Mund, um dann kauend fortzufahren: »Da würde man zumindest verstehen, warum er sich umgebracht hat. Jetzt, in der Wirtschaftskrise, wäre der Fichtner Ferdl nicht der Erste, der Selbstmord begeht, weil er sich verspekuliert hat.«

Als Pius Nagel die zwei Polizisten und das Mädchen auf seinen Hof zulaufen sah, hätte er sich am liebsten in der Tenne im Heu versteckt, wo die alte Katze gerade ihre getigerten Jungen abschleckte. Aber auch wenn er kurz mit diesem Gedanken gespielt hatte, war er dann doch stehen geblieben, es half ja nichts. Gott würde ihm in der andern Welt hoffentlich ein leichteres Leben geben, da musste er halt hier und jetzt den Kopf hinhalten.

»Grüß Gott«, sagte er abwartend und verkniff sich jegliche Bemerkung zu dem Mädchen, das anscheinend wie selbstverständlich die Polizisten begleitete. Vermutlich war es die Tochter dieser komischen Anne Loop.

»Herr Nagel«, eröffnete Kastner das Gespräch, »uns ist da noch etwas aufgefallen.«

Der Bauer, der inzwischen wieder seine blauen Stallkleider und einen fleckigen, einst hellbraunen Hut trug, sah ihn abweisend an, erwiderte aber nichts. »Sie haben ja gesagt, dass der Hörwangl und der Amend Ihnen geholfen haben, beim Grundnerhof einzubrechen. Aber gab es da vielleicht nicht auch noch einen vierten Kammerjäger?«

»Nein, da gab es keinen mehr«, log Nagel. »Für was denn auch?«

Anne spürte die in ihm aufkeimende Nervosität und setzte nach: »Seit wann hatten Sie denn eigentlich diesen Kammerjägerverein?«

»Ach, schon ewig«, antwortete Nagel mit gespielter Gelassenheit. »Aber das war ja auch bloß so eine Idee, ein Hirngespinst. Dass man sich sein Geld selbst zurückholen kann, gell. So ist die Welt natürlich nicht. Gerechter wär's zwar, aber…«, er zögerte einen Augenblick, »Gerechtigkeit gibt's nicht.« Dann murmelte er noch irgendetwas von »vielleicht im Himmel«.

»Haben Sie die Kammerjägersache vielleicht schon am Laufen gehabt, als der Ferdinand Fichtner noch lebte?« Diese Frage, das sah Anne gleich, bewirkte etwas im Bauern. Er hatte sich in seinem Netz verfangen.

»Nein, nein«, versuchte er noch abzuwiegeln. »Das haben mir uns erst später ausgedacht.«

»Aber eben sagten Sie, dass Sie die Kammerjägersache schon länger verfolgt hatten. Wie lange genau?«

»Ach, das weiß ich nicht, aber das hat nix mit dem Tod vom Ferdl zum tun, wenn Sie darauf hinauswollen. Damit hat das nix zum tun. Ich weiß nicht, warum der Ferdl sich um'bracht hat.«

»Könnte es nicht sein«, fasste Anne nach, »dass der Herr Fichtner auch Geld verloren hat mit der Geldanlage von Kürschners Bank und dass er sich deshalb das Leben nahm?«

»Das weiß ich nicht«, antwortete Nagel kurz. Er habe jetzt auch keine Zeit mehr, weil er Zäune ausbessern müsse. Die Kühe müssten längst raus auf die Weide. Und heute sei das Wetter noch gut, morgen solle es regnen.

In der Dienststelle liefen sie Nonnenmacher in die Arme. Der sparte sich jegliche Bemerkung zu Lisas Anwesenheit, aber an seinem Blick spürte Anne, dass er es allmählich nicht mehr in Ordnung fand, dass das Mädchen sich dauernd in der Inspektion aufhielt.

»Die Frau Gsell hat für Sie angerufen, Frau Loop, sie hätt' da noch was für Sie. Mir wollt' sie nicht sagen, was es ist. Wahrscheinlich eine Frauensache.«

Anne merkte, dass er es unmöglich fand, dass eine Zeugin ihm, dem Dienststellenleiter, Informationen vorenthalten hatte und nur ihr geben wollte. Waren alle Männer Gockel? Jedenfalls die meisten. Bernhard war nicht so, aber dafür ließ er sie hängen. Wäre sie mit einem Gockel glücklicher?

Nach einem kurzen Telefonat mit Elisabeth Gsell jubelte Anne innerlich, denn die Haushälterin hatte tatsächlich noch einen abgerissenen Zettel gefunden, der zu jenem mit der Kammerjägerunterschrift passen konnte.

»Sepp, wir müssen noch mal zum Grundnerhof. Kommst du mit?«

Erneut setzte sich das kuriose Trio, Anne, Lisa, Sepp Kastner, in Bewegung.

Was sie nicht mehr hörten, war, dass der Diensthabende an der Pforte seinem Kollegen im Dienstgruppenleiterraum zurief: »Und sie ermitteln wieder – die Kindergarten-Cops!« Alle Anwesenden lachten schallend.

Elisabeth Gsell trug heute ein dunkelblaues Kostüm, das vom Schnitt her an die Dienstuniformen der Stewardessen in den Sechzigerjahren erinnerte. Sie sah hübsch aus. Und sie war sehr aufgeregt. Das hier habe sie gefunden – sie zeigte Anne das Blatt in ihren Händen. Sie habe dafür aber ganz schön suchen müssen. Im Sekretär von Herrn Kürschner habe sie es gefunden, in einem Geheimfach.

Die Polizistin sah sich den Zettel genauer an. Er trug den Werbeaufdruck der Private LogicInvest Bank.

»Ist das die Bank von Herrn Kürschner?«, fragte Anne die Haushälterin, was diese heftig nickend bestätigte. Aber, so die Haushälterin, das Entscheidende sei doch die Brutalität, die aus dem Brief spreche.

»Diese Unholde haben dem Herrn Kürschner nach dem Leben getrachtet!«

Anne hatte zum Abgleich den Schnipsel mit der Kammerjägerunterschrift mitgenommen. Sowohl die Abrisskante als auch die Handschrift stimmten überein. Auf dem Zettel stand folgender Text:

Sehr geehrter Herr Kürschner,
mir sinds leid. Das Geld (1 Million!) muss jetzt her.
Entgültig! Diese Warnung ist die lezte. Nächstes
mal tun wir keine Milch mehr in ihr Schwimmbad,
sondern Blut!!!!

»Das ist doch Erpressung, die reinste Erpressung!«, regte sich Elisabeth Gsell auf. »Und wenn man das schlechte Deutsch liest, ist auch klar, woher diese Menschen kommen.«

Anne sah die Haushälterin erstaunt an. Diese bemerkte den Blick und schob erklärend hinterher: »Na ja, von der Russenmafia halt, oder? Kein Deutsch können, aber Deutsche umbringen, so schaut's doch aus.«

Im Auto beklagte sich Lisa, dass sie hungrig sei. Anne gab ihr einen Fruchtriegel, den sie in weiser Voraussicht eingesteckt hatte.

»Den mag ich aber nicht, ich mag was richtiges Süßes«, beschwerte sich die Fünfjährige.

»Ein Fruchtriegel ist was Süßes«, sagte Anne bestimmt. Dann wolle sie lieber gar nichts essen, kam es von ihrer Tochter zurück.

Sepp Kastner schüttelte den Kopf. Der Kleinen fehlte ganz offensichtlich ein Vater, dachte er bei sich. Dafür, dass Kinder ohne vernünftigen männlichen Erziehungsanteil Saufratzen wurden, war Lisa Loop das beste Beispiel.

Als die drei ausstiegen, wollte Lisa wissen, wo denn eigentlich Bernhard sei. In München, gab Anne zurück.

»Und warum kommt er nicht mehr zu uns?«

»Der kommt schon wieder zu uns«, erwiderte Anne und sah, wie Sepp Kastner die Ohren spitzte.

»Aber als wir ihn in München gesucht haben, da war er doch gar nicht da«, entlarvte Lisa die gespielte Gewissheit der Mutter. »Ist der Bernhard von uns abgehauen?«

»Nein, Lisa, ich habe dir doch erklärt, dass Bernhard krank ist und erst wieder gesund werden muss.«

»Ist dein Freund immer noch weg?«, fragte Kastner und versuchte dabei nicht zu interessiert zu klingen, was ihn linkisch wirken ließ. Anne nickte und spürte, wie ihr schon wieder die Tränen in die Augen drückten.

»Also wenn ich dir, euch…«, begann Kastner, aber Anne würgte ihn mit einem »Schon gut, ich weiß, du hilfst uns, wenn wir Hilfe brauchen, aber wir brauchen keine Hilfe!« ab, nahm ihre Tochter an die Hand und ging entschlossenen Schritts ins Dienstgebäude.

Kastner blieb kopfschüttelnd zurück. Frauen sollte mal einer verstehen, dachte er sich. Da habe eine keinen Mann, und da wäre einer, der wie gemacht wäre für sie, und dann wolle sie den aber nicht… Ganz absichtlich ließ er sich länger Zeit, hielt noch einen Schwatz mit den Kollegen an der Pforte, ehe auch er ins Dienstzimmer hochging.

Lisa kniete auf einem Stuhl an dem kleinen Ablagetisch, der zwischen Kastners und Annes Schreibtisch stand, und malte. Anne, die an ihrem Schreibtisch saß, hatte die beiden Teile des zerrissenen Blatts vor sich liegen und betrachtete sie konzentriert. Es musste aus einem Block Kürschners stammen. Doch hatten ganz offensichtlich die Kammerjäger es beschrieben. Warum hatten sie dazu ein Blatt des Milliardärs verwendet?

»Und, was hat euch die Frau Gsell Wichtiges zum Zeigen g'habt?«, fragte Nonnenmacher in die Stille hinein. Beinahe lautlos war er eingetreten. Seit sein Magen sich still verhielt, konnte er sich an Kollegen anpirschen wie schon lange nicht mehr. Er beschloss, bei nächster Gelegenheit eine Lanze für Frauenzeitschriften zu brechen.

»Den Rest vom Brief«, antwortete Kastner.

Nonnenmacher trat hinter Anne und las den Text. »Die Kammerjäger«, murmelte er zum Schluss belustigt, dann, bitter: »Das bringt uns genauso wenig weiter wie der Brief, den wo ihr bei der Evi gefunden habt.«

»Wie meinen Sie das?«, fragte Anne interessiert.

»No ja, ich hab' diese Rosenheim-Connection vom Ferdl halt einmal abgecheckt, während ihr da so wichtig herumg'schaftelt habt's.«

»Ja und?«, bohrte Kastner ungeduldig nach. »Was hast du rausgefunden?«

»Dass da nix war. Das hab' ich mir gleich gedacht, dass der Ferdl keiner ist, der wo sich ein G'spusi leistet.«

»Ja, aber was war mit der Frau?«, wollte Anne wissen.

»Es war halt eine entfernte Cousine vom Ferdl, die wo in einem Café bedient hat, aber da war nie was zwischen den beiden«, erklärte er.

»Und die Strümpfe?«, fragte Kastner.

»Das waren warme Socken für den Winter – nix Seide, ihr seid's mir so Sex-Phantasten.« Eine Weile lang schaute Nonnenmacher zufrieden aus dem Fenster und ließ seinen Blick über den Polizeiparkplatz und den Freisitz für die Polizisten streifen, da platzte ein Kollege in die beinahe andächtige Ruhe hinein: Nonnenmacher müsse sofort runterkommen, sein Typ werde verlangt. Dann drang schon Geschrei vom Erdgeschoss der Dienststelle herauf. Was denn los sei, wollte Nonnenmacher wissen.

»Ein Landwirt, der sagt, dass er dich kennt, und so ein Cabriodepp«, antwortete der Kollege, »ich wollt' die Sache aufnehmen, aber der Bauer will, dass du das klärst.«

Nonnenmacher schüttelte den Kopf, folgte aber seinem Untergebenen nach unten. Im Hinausgehen rief er noch über die Schulter, ob die Frau Loop bitte auch mitkommen könne, der Sepp Kastner könne ja auf das Kind aufpassen.

Unten stand ein großer, dünner Mann, den Nonnenmacher sofort als den Silbertaler Erwin ausmachte und mit Handschlag begrüßte. Der andere, ein braunhaariger Jungspund mit blonden Strähnchen im Haar, bekleidet mit weißen Slippers, weißer Hose, weißem T-Shirt und mit wahrscheinlich teurer, aber, wie Nonnenmacher fand, lächerlich riesiger Sonnenbrille, wartete vergeblich auf den Handschlag.
Anne hielt sich im Hintergrund, weil ihr nicht klar war, wieso Nonnenmacher sie überhaupt mitgenommen hatte.
»Was gibt's denn?«, fragte dieser nun seinen Untergebenen.
»Der junge Mann hier – wie war noch der Name?«
»Armin Müller-Bartholdy«, antwortete der Weißgekleidete mit überdeutlicher Aussprache.
»Also, der Herr Müller«, fuhr Nonnenmachers Mitarbeiter fort, »der wo übrigens aus Hamburg kommt, meint, dass der Silbertaler Erwin ihn genötigt hat mit seinem Traktor.«
»Müller-Bartholdy«, sagte dieser, »nicht nur Müller. In der Tat verhält es sich so, dass dieser Herr hier vor mir mit seinem Traktor samt Heuanhänger fuhr, und immer, wenn ich zum Überholen ansetzte, scherte er mit seinem Gefährt aus, sodass ich den Überholvorgang wieder abbrechen musste. Das tat er mehrere Male, was ich durchaus als bedrohlich empfand. Da er mich an meiner freien Fahrt hinderte, erfüllt dies aus meiner Sicht ganz klar den Tatbestand der Nötigung.«
»Stimmt das, Erwin?«, fragte Nonnenmacher streng.
Der lange Silbertaler, den Anne auf mindestens achtundachtzig schätzte, runzelte sein aus unzähligen Falten bestehendes, braun gegerbtes Gesicht und meinte: »Ja also so ganz kann man das nicht sagen, gell.«
»Sondern?«

»Ich glaube, dass der junge Mann halt vielleicht immer grad' Pech g'habt hat, wenn er überholen hat wollen.«

»Pech gehabt!«, schnaubte der Cabriofahrer.

»Na ja, Herr Silbertaler«, schaltete sich Anne nun ein, um die Emotionen etwas zu bremsen, denn wozu hätte Nonnenmacher sie sonst mitgenommen? »Sind Sie nun mit Ihrem Traktor ausgeschert oder nicht?«

»Es kann schon sein, junges Fräulein, dass gerade dann, wenn der junge Herr Sportwagenfahrer mich hat überholen wollen, ich mit meinem Traktor ein Ausweichmanöver hab' machen müssen.«

»Ein Ausweichmanöver?«, fragte Anne ungläubig.

»Ja, wegen einem Schlagloch zum Beispiel«, erwiderte Silbertaler durchaus ernst. »Aber wenn das so war, dann war das natürlich reiner Zufall und niemals Absicht.«

Müller-Bartholdy schüttelte aufgebracht den Kopf und sagte schnaubend: »Also so viele Schlaglöcher gibt's ja gar nicht auf der Straße, die um den See führt.«

»Ja, vielleicht hab' ich auch einmal wegen einer Mücke einen Ruckler machen müssen«, entgegnete Silbertaler immer noch bierernst. Auch Nonnenmacher behielt seine Gesichtszüge unter Kontrolle.

»Es gibt jetzt ja doch schon wieder einige Mücken, weil's vom See her so feuchtwarm herdrückt«, erklärte der Bauer. »Und da hat der Hänger wenig Toleranz. Wenn ich jetzt, nur als Beispiel, wegen einer Mücke mit dem Traktor so einen leichten Schlenkerer mach'«, Silbertaler deutete eine abrupte Lenkbewegung an, »dann wirkt sich das natürlich auf den Hänger gewaltig aus. Das kann der junge Herr Rennfahrer durchaus vielleicht zum spüren bekommen haben, gell.«

»Eine Unverschämtheit!«, schimpfte Müller-Bartholdy, der auch für Annes Begriffe, die als Rheinländerin am Tegernsee sprachlich natürlich glatt als Preußin durchging, ein sehr reines Hochdeutsch erklingen ließ. Aus ihrer Sicht war diese ganze Angelegenheit völlig blödsinnig, aber wie sollte man mit einer solchen Sache verfahren?

Nonnenmacher bemerkte, dass Anne nicht weiterwusste, und fragte deshalb den Cabriopreußen nicht gerade freundlich: »Und, was wollen's jetzt eigentlich?«

»Dass der Herr hier eine angemessene Strafe wegen Nötigung im Straßenverkehr erhält. Eingeräumt hat er den Tatbestand ja.«

»Na, also eingeräumt hab' ich gar nix, gell, ich bin einfach bloß mit mei'm Hänger aufs Feld gefahren. Und eine Strafe, das geht gar nicht, weil eine Strafe tät' mich ja vollends ruinieren«, stöhnte der alte Bauer völlig übertrieben auf. »Ich bin ja schon zweiundneunzig.«

Nonnenmacher dachte eine Weile nach, dann polterte er: »Ja Herrschaftszeiten, können mir das nicht anders lösen? Der Landwirtschaft geht's grad' nicht so gut, Herr Müller, das haben Sie ja vielleicht auch schon mitbekommen, zumal es ja auch überhaupts keine Zeugen gibt, die wo die Nötigung bestätigen könnten.«

Silbertaler nickte Nonnenmacher dankbar zu, doch als hätte der junge Blonde nur darauf gewartet, zog er sein Mobiltelefon aus der Tasche und meinte: »Ich kann alles beweisen. Ich habe alles mit meinem Handy aufgenommen, alles. Das kann ich Ihnen gerne zeigen, Herr Kommissar.«

Anne sah ganz deutlich, wie ein schuldbewusster Schreck Silbertalers langen Körper durchfuhr. Nonnenmacher ignorierte die Reaktion des Bauern und fragte ruhig: »Soso, dann haben Sie also alles aufm Handy aufgenommen?«

»Ja, das habe ich. Die Beweislage ist also kein Problem. Ich studiere Jura, und mein Vater ist im Übrigen Anwalt, mir ist also durchaus bekannt, wie man eine Beweislage festzurrt.«

»Soso, Sie wissen also, wie man eine Beweislage festzurrt.« Der Dienststellenleiter kratzte sich am Bart. »Und das«, er zeigte auf das Handy, »haben Sie während der Fahrt aufgenommen?«

»Ja, Gott sei Dank«, antwortete der Anwaltssohn. »Sonst würde man ja nicht sehen, wie gefährlich sich Herr Silbertaler im Straßenverkehr benimmt. Immerhin gibt es außer mir ja noch andere Bundesbürger, die hier Urlaub machen.«

»Und Sie saßen am Steuer?«, fragte Nonnenmacher jetzt in einem Tonfall, als hätte er es mit einem Mordverdächtigen zu tun.

»Ja, natürlich«, antwortete sein Gesprächspartner, nun doch leicht verunsichert.

»Tja, dann, Frau Loop«, sagte Nonnenmacher und wandte sich Anne zu, »nehmen Sie jetzt bitte die Personalien von dem jungen Herrn Müller auf und schreiben ihm ein Bußgeld über vierzig Euro aus. Zusätzlich gibt's auf Handy am Steuer auch noch einen Punkt in Flensburg, glaube ich, das überprüfen's dann halt noch einmal.«

Der Sportwagenfahrer, der Bauer und Anne sahen Nonnenmacher ungläubig an. Der Junge in der weißen Kluft reagierte als Erster. »Aber das können Sie doch nicht machen, ich habe das Handy doch nur deshalb verwendet, um den Verstoß von diesem Herrn hier festzuhalten!«

»Warum Sie das gemacht haben, ist bei dem Tatbestand vom Handytelefonieren im Auto wurscht«, entgegnete Nonnenmacher. »Außerdem ist es bei uns am Tegernsee so, dass Verstöße noch immer von der Polizei festgehalten werden und nicht von Cabriofahrern aus norddeutschen Tiefebenen.«

Der sportliche Hamburger war sprachlos.

»Das finde ich jetzt aber nicht fair«, wandte Anne vorsichtig ein.

Nonnenmacher lächelte sie an, als hätte er auf diesen Kommentar gewartet, und erwiderte: »Sie meinen, mir könnten da noch ein Auge zudrücken, auch weil der junge Mann vielleicht grad' im Urlaub ist und es doch schade wär', wenn er hier mit einem Flensburger Punkt heimfahren tät'?«

Sie nickte.

»Ja, da haben Sie vielleicht recht«, stimmte der Dienststellenleiter gütig zu. »Dann schlage ich vor, wenn alle Seiten – Sie, Herr Müller, Sie, Herr Silbertaler, und Sie, Frau Kollegin

235

Loop – einverstanden sind, dass der ganze Vorfall einfach unter uns bleibt, ganz unbürokratisch.«

Ohne eine Antwort abzuwarten, gab er dem jungen Mann zur Verabschiedung sogar noch die Hand und wünschte ihm einen schönen Urlaub und bestes Wetter. Mit Erwin Silbertaler tauschte er sich dagegen noch über den anstehenden Feueralarm der Tegernseer Freiwilligen Feuerwehr aus, bei der beide Mitglieder waren.

Bereits auf der Treppe in den ersten Stock hörte Anne, dass es in ihrem und Kastners Dienstzimmer laut geworden war. Als sie die Tür öffnete, kauerte Sepp Kastner in der Ecke zwischen Wand und Fenster, direkt vor der Büropalme, die er vor einigen Tagen angeschleppt hatte, und hielt stöhnend beide Hände über seinen Hosenladen. Lisa stand etwas ratlos neben dem Tisch, auf dem sie eben noch gemalt hatte. Das Blatt zeigte auf der linken Seite ein Schiff mit See, in der Bildmitte ein Brautpaar und auf der rechten Seite einen Baum, an dem ein Mann hing. Allerdings war das Seil nicht an seinem Hals befestigt, sondern an einem seiner Beine. Der Kopf hing nach unten, und der Mann lachte.

»Na, was ist denn hier los?«, fragte Anne.

»Die hat mir in die Eier getreten«, schimpfte Sepp Kastner laut. »Das gibt's ja wohl gar nicht, so ein Luder!«

Sie sah ihre Tochter ernst an. »Stimmt das, Lisa?«

Die Kleine nickte und fing plötzlich an zu weinen. Anne nahm sie in die Arme. »Aber warum denn?«

»Der hat, der hat ...«, schluchzte sie, »... der hat mich nicht in Ruhe gelassen.«

»Ich habe bloß mit ihr reden wollen«, verteidigte sich Kastner, immer noch am Boden kauernd.

»Na, deshalb wird sie dich ja wohl nicht getreten haben«, entgegnete Anne leicht aggressiv.

»Der hat mich festgehalten«, presste Lisa jetzt hervor.

»Ja, aber nur, weil sie mir eine reingehauen hat, in den Bauch.«

Es überstieg für den Augenblick Annes Fähigkeit, sich das Szenario vorzustellen, das sich in der kurzen Zeit, in der sie Nonnenmachers beachtliche Mediatorenfähigkeiten hatte kennenlernen dürfen, aus dem Nichts hochgeschaukelt haben musste.

»Aber das musste ich ja auch, weil der hat mich gefragt, wo mein richtiger Papa ist.«

Anne sah Kastner strafend an. »Stimmt das, Sepp?«

»Ich habe nur gemeint, ob sie nicht vielleicht einmal einen richtigen Papa haben will.« Nach kurzem Zögern fügte Sepp, der im Grunde ein ehrlicher Mensch war, hinzu: »Es kann sein, dass es dabei auch zu einem Gespräch darüber kam, wo ihr leiblicher Vater ist, das stimmt schon, aber deswegen muss sie mir ja nicht gleich an meine empfindlichste Stelle treten.«

»Vielleicht hast du sie ja auch an ihrer empfindlichsten Stelle getroffen?«, erwiderte Anne, nun schon versöhnlicher. Dann forderte sie Lisa auf, Kastner die Hand zu geben und sich zu entschuldigen. Doch das lehnte diese mit energischem Kopfschütteln ab und verbarg ihren Kopf an Annes Seite.

»Lisa«, sagte Anne streng, »du hast Sepp wehgetan. Gib ihm die Hand und entschuldige dich.«

Nach einer kurzen Pause kam es leise zurück: »Aber nur entschuldigen, nicht Hand geben.«

Während Anne sich fragte, womit sie sich diesen ganzen Alltagswahnsinn verdient habe, hatte Sepp Kastner sich wieder aus der Hockstellung aufgerafft und seine Beine ausgeschüttelt. Mit bösem Blick hatte er Mutter und Tochter umrundet und war zu Annes Platz gehumpelt, wo die beiden Kammerjägerblätter lagen. Stehend starrte er auf den in zwei Teile gerissenen Zettel.

Genau in diesem Augenblick kämpfte sich ein Sonnenstrahl durch die dichte Wolkendecke des Regentages hindurch und erhellte das kleine Stück Schreibtisch, auf dem das Dokument lag. Und plötzlich murmelte Kastner leise: »Das gibt's doch nicht, Anne, das gibt's doch nicht. Schau mal, komm mal schnell her!«

»Was ist denn?«, fragte seine Kollegin, rührte sich aber nicht vom Fleck, weil Lisa sich noch immer an sie drängte.

»Jetzt komm halt mal her, das gibt's ja gar nicht, unglaublich, das ist die Lösung vom Fichtner-Fall!«

Schnell löste sie sich aus der Umklammerung ihrer Tochter, ging zu ihrem Kollegen hinüber und blickte auf den Zettel. Doch Anne konnte darauf nichts entdecken, was sie nicht schon vorher gesehen hätte.

»Was meinst du?«, fragte sie verständnislos.

»Schau, dort, da kann man eine Schrift unter der Schrift lesen«, erklärte Kastner. »Also, wenn der Lichteinfall stimmt und man richtig steht, dann kann man es lesen, da oben, in dem weißen Bereich, wo nichts geschrieben steht, da hat's doch den Namen ›Fichtner‹ eingedrückt, oder was meinst du?«

Anne schob ihn ein wenig beiseite, und dann erkannte auch sie es: Auf dem Blatt waren zarte Abdrücke einer Schrift, die vermutlich auf ein anderes, darüber liegendes Blatt geschrieben worden war und sich durchgedrückt hatte. Und tatsächlich konnte sie das Wort »Fichtner« erkennen. Außerdem »Herr Nagel«, »Herr Hörwangl«, und ganz am Ende stand »Gez. Kürschner«. Den Mittelteil konnten sie leider nicht lesen, weil dort der Brief der Kammerjäger an Kürschner das Durchgedrückte überdeckte.

»Das ist ein Brief von Kürschner an die Kammerjäger«, schlussfolgerte Anne. »Der Fall ist noch nicht abgeschlossen.«

»Genau, und der Brief wurde auf ein Blatt geschrieben, das sich weiter oben in dem Block von dieser Bank befand«, ergänzte Kastner.

Und Anne sinnierte: »Jetzt wäre es nur noch interessant, herauszufinden, was in dem Brief steht.« Sie hielt das Blatt in unterschiedlichen Winkeln ins Licht, doch wegen der Kammerjägerinschrift ließ sich auch unter Einsatz höchster Phantasie der eingedrückte Kürschner-Brief nicht entziffern.

»Jetzt brauchen mir die Kripo doch noch«, stellte Kastner trocken fest. »So was ist für die Miesbacher ein Kinderspiel.«

Fünf Minuten später saßen die drei im Streifenwagen, auf

dem Weg nach Miesbach. Sebastian Schönwetter hatte Anne am Telefon seine vollste Unterstützung zugesichert, auch wenn er nicht ganz verstanden hatte, was die Kollegin genau von ihm wollte. Annes Gefühl sagte ihr zudem, dass die bereitwillige Unterstützung nicht in erster Linie durch sein Interesse an dem Fall motiviert war.

Der schlanke, muskulöse Kripomann begrüßte Anne mit zwei Küsschen auf die Wangen, Sepp Kastner mit Handschlag. Auch Lisa, die er sofort als Annes Tochter identifiziert hatte, versuchte er zu begrüßen, doch Lisa versteckte sich hinter ihrer Mutter und ließ sich dort nicht hervorlocken.

Schönwetter stellte keine Fragen darüber, warum Lisa mit dabei war, sondern führte die drei in sein Arbeitszimmer, das etwa doppelt so groß wie das von Anne und Sepp war und in dem eine Wand komplett mit Tierpostern bedeckt war. Anne und Sepp Kaster waren ziemlich überrascht, denn eher hatten sie mit Bildern von Surfern und braun gebrannten Bikinimädchen gerechnet. Als Schönwetter die Blicke sah, bemerkte er, fast entschuldigend: »Unsere heimischen Tiere, meine große Leidenschaft.«

Sepp Kastner nickte anerkennend, und Lisa rief, indem sie auf ein Foto deutete: »Ein Hirsch!«, was Sebastian Schönwetter aufrichtig zu freuen schien. Dann forderte er die drei auf, sich zu setzen, schenkte jedem Wasser ein und fragte, was genau sie von ihm wollten.

Anne zeigte ihm das Blatt, das sie zur Sicherheit in eine Klarsichthülle gesteckt hatte, und wollte wissen, ob sie hier in der Kripodienststelle die Möglichkeit hätten, die eingedrückte Schrift sichtbar zu machen.

»No problem«, entgegnete Schönwetter, telefonierte kurz einen Kollegen herbei, der das Blatt abholte und eine Viertelstunde später mit diesem und einem zweiten Zettel zurückkehrte.

In der Zwischenzeit hatte Schönwetter seine Tegernseer Kollegen über die Erkenntnisse der Spurensicherung im Fall

Kürschner unterrichtet: dass alle vorgefundenen Fingerabdrücke mit keinem aus der Verbrecherkartei übereinstimmten; dass an der Leiche, außer den Verletzungen, die vermutlich vom Sturz herrührten, keine Spuren von Gewaltanwendung festzustellen waren, dass man aber im Körper des Milliardärs eine Menge medizinischer Wirkstoffe vorgefunden habe. Er berichtete sachlich, nur zum Schluss zeigte er sich erstaunt: »Dass sich Menschen das antun – dass sie einen Beruf ausüben, der sie derart quält, dass sie sich mit Medikamenten und Beruhigungsmitteln, also Gift, vollpumpen müssen, um ihn überhaupt zu ertragen! Sollen sie halt weniger arbeiten und mehr wandern gehen, die Berge sind doch das beste Beruhigungsmittel, das es gibt.«

Sepp Kastner und Anne schwiegen beeindruckt. Zumindest in diesem Moment konnten sie sich dem Charisma des Kripobeamten nicht entziehen. Schönwetter war zwar beim letzten Einsatz hochnäsig gewesen, aber jetzt zeigte er sich von seiner sympathischen Seite.

Dann lasen sie gemeinsam den Text, den Schönwetters Kollege entziffert und schnell in den Computer getippt und ausgedruckt hatte:

Sehr geehrter Herr Fichtner, Herr Nagel, Herr Hörwangl und Herr Amend, wenn Sie mich von Ihren unberechtigten Forderungen nicht unverzüglich verschonen, wird das Lied von den Kleinen Negerlein wahr. Sie wissen, dass es da auch erst zehn waren und dann immer weniger wurden. Lassen Sie mich in Ruhe! Gez. Kürschner

»Können Sie damit etwas anfangen?«, fragte Schönwetter, dem Kürschners Zeilen ganz offensichtlich überhaupt nichts sagten.

Anne spielte ihre Aufregung herunter und erwiderte: »Ja schon, aber das ist für den Kürschner-Fall, glaube ich, nicht mehr von Bedeutung, oder, was meinst du, Sepp?«

Ihr Kollege nickte zustimmend.

Dann hatte Schönwetter es auf einmal sehr eilig. »Brauchen Sie noch etwas, sonst müsste ich jetzt ...«

Schnell verabschiedeten sie sich, und das Trio machte sich wieder auf den Weg zurück an den Tegernsee.

»Der Kürschner hat also die Kammerjäger bedroht«, konstatierte Anne, als sie wieder neben Sepp Kastner im Dienstwagen saß. »Oder wie verstehst du das mit den Negerlein?«

»Ich weiß nicht, ob ich da zu weit gehe«, tat Kastner seine Meinung kund, »aber ich denke, dass er damit klargemacht hat, dass er sie auch umbringen tät', wenn's drauf ankäm'.«

»So sehe ich das auch. Eine Art Morddrohung.«

»Und dann«, ergänzte Kastner, »ist plötzlich einer von den Kammerjägern tot: der Fichtner.«

Anne nickte. »Genau, und alles sieht nach Selbstmord aus.«

Kastner kombinierte weiter: »Es ist aber keiner, sondern nur der Beginn einer Mordserie – einer nach dem anderen sollte sterben.«

»Es sei denn, sie hätten den Kürschner in Ruhe gelassen«, fügte seine Kollegin hinzu.

»Genau«, bestätigte Kastner, und beide schwiegen zufrieden.

So einen Schmarren habe er schon lange nicht mehr gehört, empörte sich Nonnenmacher, als Anne Loop und Sepp Kastner ihn mit ihrer brandneuen Theorie konfrontierten. Wie sie sich das denn vorstellten, dass der klein gewachsene Milliardär, der zudem noch gebrechlich gewesen sei, den großen Fichtner am helllichten Tag an einem Baum aufgehängt habe?

»Der Kürschner war nur eins achtundsechzig groß und der Ferdl mindestens über eins neunzig. Das geht nicht zusammen.« Weil alle drei schwiegen – Lisa malte derweil allein in Annes und Kastners Zimmer –, gewann Nonnenmacher Zeit zum Nachdenken und fügte bestimmt hinzu: »Er muss es natürlich nicht selber gemacht haben.«

»Eben, Kurt, ein Milliardär macht sich die Finger doch nicht selbst schmutzig«, stimmte Kastner ihm zu.

Der Dienststellenleiter sinnierte weiter: »Er hat sich einen Handlanger, einen Profikiller gekauft.« Nun blickte er Anne und Kastner direkt an. »Leute, das schaut gut aus. Das ist eine Spur, die müssen mir verfolgen. Habt's das Umfeld vom Kürschner schon abgecheckt? Gibt's da einen, der wo infrage kommt?«

»Der kann auch einen von der Russenmafia beauftragt haben«, meinte Kastner. »Ich hab' gelesen, dass die teilweise aus Sibirien eingeflogen werden, einen Auftragsmord begehen und dann gleich wieder weg sind. So hinterlassen die null Spuren. Verfolgung zwecklos.«

»Jetzt schaut's doch erst mal in Kürschners Umfeld – ob da nicht einer infrage kommt, bevor mir die Ermittlungen nach Sibirien verlagern«, brummte Nonnenmacher.

In den nächsten Tagen überprüften Sepp Kastner und Anne Loop alle engen Mitarbeiter des Milliardärs. Grundlage der Überprüfung war eine Liste, die sie gemeinsam mit Kürschners Haushälterin Elisabeth Gsell erstellt hatten, ohne ihr zu sagen, worum es genau ging. Sie hatten Gsell nur gebeten, alle wichtigen Männer in Kürschners Umfeld aufzuzählen und kurz zu beschreiben. Vor allem interessierte die beiden Ermittler bei der Beschreibung, wie groß und sportlich der jeweilige Mitarbeiter sei, was die Haushälterin aber nicht zu erstaunen schien.

Anne machte die gemeinsame Arbeit mit Sepp Kastner so viel Spaß, dass sie auch abends noch bei ihr zu Hause zusammensaßen und, wenn Lisa ins Bett gegangen war, über ihrer Liste brüteten. So war Anne nie allein und hatte auch keine Zeit, darüber nachzudenken, was mit Bernhard sein mochte. Und Kastner spürte, dass es unklug wäre, jetzt, da ihre Zusammenarbeit so harmonisch funktionierte, private Annäherungsversuche zu unternehmen. Er hatte den Eindruck, dass die Zeit für ihn lief. Denn dieser vermeintliche Lebensgefährte war ja eh nie da. Und wer saß bei Anne abends um zehn noch auf dem Sofa? Natürlich er.

Auf der gemeinsam erstellten Liste standen anfangs vierzehn enge Mitarbeiter Kürschners. Dazu zählten einige Geschäftsführer und Vorstände der in seinen Konzern eingegliederten Unternehmen, dazu gehörten die Gärtner der Grünwalder und der Tegernseer Villa des Milliardärs, außerdem sein Leibwächter, der gleichzeitig sein Fahrer war, der Hausmeister, der hauptsächlich für das Grünwalder Anwesen zuständig war, manchmal aber auch an den Tegernsee musste, um nach dem Rechten zu sehen, und sein persönlicher Assistent, der sich in erster Linie darum kümmerte, das Privatleben des Milliardärs von der Öffentlichkeit abzuschirmen und zu organisieren.

Die Geschäftsführer und Vorstände sortierten Anne und Kastner gleich zu Beginn aus, da sie davon ausgingen, dass diese für einen Auftragsmord nicht infrage kamen.

Interessant erschienen ihnen aber die Gärtner, der Leibwächter, der Hausmeister und der aus Argentinien stammende persönliche Assistent, der, wie sie nach mehrmaliger Befragung von Elisabeth Gsell herausfanden, eher als eine Art Diener Kürschners fungierte.

Aber auch in diesem engeren Kreis gab es Männer, die wohl nicht für die Tat infrage kamen: Der Tegernseer Gärtner war bereits im Pensionsalter, ihm war es nicht zuzutrauen, einen schweren Mann wie Ferdinand Fichtner an einem Baum aufzuhängen.

Der Hausmeister aus München-Grünwald war zwar noch nicht sehr alt, aber mit seinen 1,73 Metern recht schmächtig. Der persönliche Assistent war erst sechsunddreißig Jahre alt und immerhin über 1,80 Meter groß, doch nach einigem Herumgedruckse hatte die Haushälterin des Milliardärs damit herausgerückt, dass der Herr Jean-Pierre sich mehr für Männer interessiere als für Frauen und dass er obendrein einen Waschzwang habe. Anne hätte ihn aus diesen Gründen nicht von der Liste der infrage kommenden Mörder genommen, doch Sepp Kastner fand es unvorstellbar, dass ein schwuler

Argentinier mit einer Dreckphobie imstande sei, einen gestandenen Tegernseer Bauern zu überwältigen und dann auch noch an einem Baum am Leeberg aufzuhängen. Das würde geradezu an ein Wunder grenzen.

Am Ende beschlossen Anne und Sepp Kastner, sich zunächst auf den Münchner Gärtner und den Leibwächter zu konzentrieren. Der Leibwächter hieß Frank Hundt und wohnte, wie auch der auf der Liste verbliebene Gärtner, in einem Kürschner gehörenden Mehrfamilienhaus in Unterhaching, einer Nachbargemeinde des Münchner Nobelvororts Grünwald.

Hundt war vierundvierzig Jahre alt, fast zwei Meter groß und hatte vor seiner Zeit bei Kürschner als Feldwebel der Bundeswehr gedient. Er hatte eine Frau und zwei Kinder, und Gsell glaubte, dass er bereits seit elf Jahren, oder sogar schon länger, für Kürschner tätig sei. Da Kürschner wegen seines weitverzweigten Firmennetzes viel reisen hatte müssen, schätzte Gsell, dass Hundt der Mann war, der von allen engen Mitarbeitern des Milliardärs am meisten Zeit mit Kürschner verbracht hatte. Denn der Assistent Jean-Pierre sei in erster Linie im Grünwalder Haus und telefonisch für Kürschner tätig gewesen.

Der Grünwalder Gärtner hieß Alfred Endlkramer, war zweiundfünfzig Jahre alt und lebte allein. Von ihm wusste Frau Gsell nicht viel, da sich ihre Wege selten kreuzten, für den Grundnerhof am Tegernsee gab es ja noch den anderen Gärtner.

»Was sagt dein Gefühl, Seppi – war es der Gärtner oder der Leibwächter?«, fragte Anne ihren Kollegen eines Abends, als sie gerade wieder über dem Fall brüteten.

»Es ist doch eigentlich immer der Gärtner, oder?«, scherzte Sepp Kastner, dem nicht entgangen war, dass Anne ihn als »Seppi« angesprochen hatte, was sie schon lange nicht mehr getan hatte.

»Wollen wir morgen mal nach Unterhaching fahren und die beiden besuchen?«, schlug Anne vor.

»Ja, schon«, meinte Sepp. »Aber was machst du mit Lisa?«

Anne war völlig überrascht, wie ihr Kollege auf einmal für sie mitdachte, sagte dann aber: »Wir müssen halt gleich los, wenn sie im Kindergarten ist, und mittags wieder zurück sein. Das müssten wir doch schaffen, oder?«

Das Haus, in dem Frank Hundt und Alfred Endlkramer wohnten, befand sich in einem Wohngebiet. Anne schätzte, dass es Anfang der Achtzigerjahre erbaut worden war. Den Klingelschildern nach zu urteilen, lebten noch zwei weitere Mietparteien darin. Frank Hundt bewohnte die Wohnung im Erdgeschoss, Alfred Endlkramer die ganz oben.

Als sie bei Hundt klingelten, öffnete ihnen eine Frau, etwa in Annes Alter. Da die beiden Polizisten keine Uniform trugen, schlug die Frau die Tür gleich wieder mit dem Hinweis zu, dass sie nichts kaufen wolle. Hinter ihr war ein Kind in der Wohnung zu hören.

Durch die geschlossene Tür erklärte Anne, dass sie von der Polizei seien und Herrn Hundt zu sprechen wünschten. Da öffnete Frau Hundt die Tür, und die beiden Ermittler betraten den weiß gefliesten Flur, der sehr aufgeräumt wirkte. Als das Kind die Fremden sah, wollte es von seiner Mutter auf den Arm genommen werden, was diese unverzüglich tat. Dann forderte sie die beiden Besucher auf, ihr durch die Wohnung nach hinten zu folgen, da ihr Mann auf der Terrasse sitze.

Hundt machte auf Anne einen sympathischen Eindruck. Er studierte gerade die Stellenanzeigen einer Zeitung und stand sofort auf, um die beiden Polizisten mit kräftigem Handschlag zu begrüßen.

»Wir wollten uns mit Ihnen ein wenig über Herrn Kürschner unterhalten«, erklärte Anne freundlich.

»Ja, da hab' ich jetzt ein richtiges Problem«, entgegnete Hundt. »Es muss ja irgendwie weitergehen bei uns, auch wenn der Herr Kürschner tot ist. Ich brauch' eine neue Arbeitsstelle. Such' gerade.«

Das Gespräch plätscherte dahin, Hundt kam Anne überhaupt nicht wie ein Leibwächter vor, eher wie ein Arzt. Er strahlte nichts Gewalttätiges aus und erzählte in den höchsten Tönen von den Jahren, die er für den Milliardär hatte arbeiten dürfen. Es sei eine Ehre gewesen, und Kürschners unerwarteter Tod sei für ihn persönlich wie beruflich eine Katastrophe.

Nach einer halben Stunde verließen die Polizisten die Hundts und stiegen hinauf zu Alfred Endlkramers Wohnung, in der es stark nach dem Rauch billiger Zigarren roch. Außerdem klebten überall, auf dem Sofa, den Stühlen, dem Teppich und den Vorhängen, Haare eines Tiers. Im Lauf des Gesprächs stellte sich heraus, dass Endlkramer bis vor einem Dreivierteljahr einen Hund gehabt hatte, den er dann aber habe einschläfern lassen müssen, weil er zu alt gewesen sei. »Irgendwann ist's halt leider für jeden aus«, merkte der Gärtner lapidar an.

Auf die Frage, wie oft er am Tegernsee gewesen sei, erwiderte Endlkramer hastig, dass er da eigentlich gar nie hin sei, weil der Kürschner dort ja einen eigenen Gärtner gehabt habe. Er habe zwar immer angeboten, diesen Job auch mitzuerledigen, aber der Kürschner habe das nicht gewollt. Warum, wisse er nicht. Im Übrigen halte er den Gärtner vom Tegernsee für einen ausgemachten Deppen, jedenfalls danach zu urteilen, was die Frau Gsell ihm am Telefon immer erzählt habe. Der habe zu völlig unsinnigen Zeiten Pflanzen eingesetzt, die dann natürlich nicht gewachsen seien. Wenn man ein Gärtner sei, müsse man behutsam mit der Natur umgehen, schließlich sei sie ebenso Bestandteil der Schöpfung wie der Mensch. Ob er sehr gläubig sei, wollte Kastner von ihm wissen.

»Ich bin Zeuge Jehovas«, gab der Gärtner freimütig zu. »Was wollen Sie eigentlich von mir?«

»Wir ermitteln in einer Straftat, die möglicherweise mit dem Tod von Herrn Kürschner zusammenhängt«, antwortete Anne etwas nebulös.

»Ist was weggekommen?«, fragte der Gärtner neugierig, erhielt darauf aber keine Antwort.

Anne blickte sich in der Wohnung um. »Dürften wir uns noch ein bisschen bei Ihnen umsehen?«

»Ja schon«, meinte der braun gebrannte Mann. »Wenn ich gewusst hätte, dass Sie kommen, hätte ich halt noch aufgeräumt.«

Er führte die beiden durch die stickige Zweizimmerwohnung. Sein Schlafzimmer wirkte, als hätte er die Rollläden bereits seit Jahren nicht mehr geöffnet. Der faulige Geruch raubte den beiden Polizisten den Atem. Die Glühbirne der Deckenlampe war kaputt, ein Nachttischlämpchen sorgte für spärliches Licht in dem muffigen Zimmer. Türklinken und Schränke klebten. Anne fand es so eklig, dass sie die Wohnung schnell wieder verlassen wollte, und ging zur Haustür.

Auch Sepp Kastner war schon fast im Hausflur, da fiel ihm noch etwas ein: »Ach, Herr Endlkramer, könnten wir denn noch einen Blick in Ihren Keller werfen?«

»In den Keller?«, fragte Endlkramer und wirkte kurz irritiert. Dann fing er sich aber und folgte mit einem »Ja klar« den Polizisten nach unten. Auf dem Weg warnte er Anne und Kastner allerdings, dass er da unten schon lange nicht mehr gewesen sei.

Der Keller bestand aus einem Raum für die Waschmaschinen und zum Wäscheaufhängen, einem Fahrradkeller und drei separaten Kellerabteilen, die jeweils durch Holzlattenverschläge voneinander getrennt waren. Endlkramers Kellerabteil, dessen Lattentür er mit einem alten Teppich blickdicht verkleidet hatte, war so vollgestopft, dass es ihm zunächst nicht gelang, die nach innen gehende Tür zu öffnen. Als er es dann schaffte, flogen ihm ein alter Wäscheständer und ein Motorradhelm entgegen. Im Nachbarkeller standen nur einige Farbeimer und ein Paar Skier, und im dritten Keller, den ein Schild als den der Familie von Frank Hundt kennzeichnete, war auch alles aufgeräumt. Relativ nahe an der Tür stand auf einem Regal ein Paar gebrauchter Trekkingschuhe, und an einem Stück Wäscheschnur hingen mehrere Karabiner.

Die Ermittler bedankten sich bei Alfred Endlkramer und setzten sich wieder in ihren Wagen.

»Was meinst du?«, wollte Anne von ihrem Kollegen wissen.

»War wohl nix«, meinte dieser. Dann schwiegen beide, bis sie auf der Autobahn A8 waren.

Plötzlich schrie Anne so laut »Halt! Wir müssen umkehren!«, dass Sepp Kastner vor Schreck eine Vollbremsung hinlegte.

»Ja, bist du wahnsinnig«, fuhr er Anne wütend an, »was erschreckst du mich so?«, und gab wieder Gas.

»Seppi, wir müssen umkehren, wir haben etwas übersehen«, sagte Anne aufgeregt.

Kastner schüttelte den Kopf: »Das geht jetzt nicht, wir müssen zurück nach Tegernsee, sonst kommen mir zu spät zum Kindergarten. Mir müssen doch die Lisa abholen.«

»Ach ja, die Lisa«, sagte Anne. »Mist!«

»Was haben mir denn vergessen?«, fragte Sepp, während er nun wieder die normale Geschwindigkeit aufgenommen hatte und in Richtung Tegernsee weiterfuhr.

Anne sprach langsam, es wirkte, als überlege sie sich jedes Wort genau: »Seit wir das Haus verlassen haben, hatte ich die ganze Zeit das Gefühl, dass ich etwas gesehen habe, was von Bedeutung ist, aber mir fiel nicht ein, was es war.«

»Ja, und was war es?«, fragte er ungeduldig.

»Ruf dir den Keller ins Gedächtnis«, forderte sie ihn auf.

»Anne, jetzt mach's nicht so spannend!«

Seine Kollegin ließ sich aber nicht beirren, sie wollte testen, ob Kastner selbst draufkam, denn nur dann, glaubte sie, hätte ihre Theorie Hand und Fuß. »Denk an den Keller vom Gärtner. War da irgendwas Besonderes?«

»Ja, ein Riesenverhau war da!«, schrie Kastner jetzt. »Wie in der ganzen Wohnung auch, der Endlkramer ist ein Messie.«

»Genau«, sagte Anne. »Dann denk mal weiter. Wie sahen die anderen Kellerabteile aus?«

»Aufgeräumt!«, schrie Kastner, der Verzweiflung nahe.

»Stimmt, sehr aufgeräumt. Erinnerst du dich noch, was da alles drin stand?«

»Ski, Stöcke, ein Fahrrad, Farbe«, zählte Kastner auf, »Schuhe, bunte Karabinerhaken ...«

»Bingo!«, rief Anne.

»Was, Bingo?«, wollte Kastner wissen.

»Die Schuhe, Seppi, und die Karabiner!«

»Was soll damit sein?«

»Karabiner, die braucht man doch zum Klettern!«

Ihr Kollege schaute sie noch immer verständnislos an.

»Seppi, Mensch, mit was wurde Fichtner erhängt?«

Langsam verstand er.

»Und wie sahen die Schuhe aus? Konzentrier dich, Seppi, bitte!«, flehte Anne.

»Na ja, die waren halt nicht neu, Trekkingschuhe, ganz normal«, kramte er aus seiner Erinnerung hervor.

»Wirklich ganz normal?«, fragte Anne nun scharf nach. »Was war an ihnen anders als an anderen gebrauchten Schuhen?«

Sepp gab auf. Er wusste es nicht. »Keine Ahnung.«

»Sie waren picobello sauber, geputzt, geschrubbt, und das, obwohl es sich um alte, gebrauchte Schuhe handelte. Was sagt uns das?«

»Dass du einen Vogel hast.«.

»Nein, dass sie erst kürzlich picobello sauber geputzt und geschrubbt worden sind, und zwar so lange und ausgiebig, bis keine einzige Dreckspur mehr an ihnen war. So, Seppi, und jetzt sag mir mal, wie war die Bodenbeschaffenheit am Tag von Fichtners Tod?«

»Woher soll ich das wissen?«

»Liest du unsere Ermittlungsakten nicht? Der Boden war feucht und weich«, dozierte Anne jetzt. »Wenn ein schwerer Mann mit Trekkingschuhen durch einen feuchten und weichen Boden geht, vielleicht auch einmal im Matsch versinkt, was passiert dann mit seinen Schuhen?«

»Sie werden schmutzig«, entgegnete Sepp lustlos.

»Genau. Und was macht einer, wenn er nicht will, dass man den Dreck vom Tatort an seinen Schuhen findet?«

Sepp ließ die Frage unbeantwortet und nahm gerade noch die Ausfahrt Brunnthal, um auf der anderen Seite der Autobahn zurück in Richtung München zu fahren.

Doch wieder war er es, der Anne an Lisa erinnerte – und vorschlug, dass seine Mutter das Kind vom Kindergarten abholen solle.

»Das geht nicht«, konstatierte Anne, denn die Kindergärtnerin würde das Kind niemals seiner Mutter mitgeben. Im Kindergarten existiere eine Liste, auf der genau stehe, wer welches Kind abholen dürfe. Wenn da seine Mutter ankomme, würde die Frau sie nicht hergeben. Anne hatte gerade erneut und sehr laut »Mist« gerufen, da klingelte ihr Handy. Es war ihre Telefonnummer von zu Hause, Tegernsee. Ihr Herz klopfte.

»Hallo?«

Es war Bernhard. Doch Anne, die voll in Fahrt war, ließ ihn nicht zu Wort kommen: »Bernhard, erzähl mir das bitte alles später. Der Sepp und ich stehen gerade kurz vor dem Durchbruch. Tu mir einen Gefallen, hol die Lisa vom Kindergarten ab. Ich komme so schnell wie möglich nach Hause!« Pause. »Ja, du musst sofort los. Ciao!«

Wenige Minuten später nahmen sie den Leibwächter des toten Milliardärs Alfons Kürschner, den ehemaligen Bundeswehrsoldaten Frank Hundt, fest, gerade als dieser seinem eben vom Kindergarten heimgekehrten Sohn ein Stück Pizza klein schnitt. Frank Hundt wehrte sich nicht und ließ sich auch bereitwillig in den Keller führen, um dort seine Trekkingschuhe zu holen.

In der von Anne geführten Vernehmung, bei der auch der Kripomann Schönwetter und der Wiesseer Polizeichef Nonnenmacher anwesend waren, fasste die junge Polizistin den Leibwächter hart an. Dennoch leugnete Frank Hundt alles – bis Anne zum Erstaunen ihrer Kollegen die Trekkingschuhe des Verdächtigen auf den Tisch stellte und aus einer Plastiktüte, die sie unter ihrem Stuhl hervorholte, einen Gipsabdruck zog.

»Herr Hundt, wir sind uns doch einig, dass diese Schuhe hier Ihre sind, oder?« Anne deutete auf die Trekkingstiefel. Hundt nickte irritiert.

»Und würden Sie mir auch zustimmen, wenn ich sage, dass dieser Gipsabdruck hier zu hundert Prozent mit der Sohle Ihres linken Schuhs übereinstimmt?« Sie hielt den Schuh mit der Sohle nach oben neben den Gips. Hundt antwortete nicht, sondern senkte den Blick. Dafür rissen Kastner und Nonnenmacher die Augen weit auf. Ihnen war völlig unerklärlich, wo dieser Gipsabdruck plötzlich herkam.

»Diesen Gipsabdruck habe ich…«, Anne hielt inne, warf Nonnenmacher einen kessen Blick zu und wandte sich dann erklärend an Schönwetter, »… haben wir zwei Tage nach Fichtners Tod am Tatort gesichert.«

Der Rest der Vernehmung war, so sollte es am Abend Nonnenmacher seiner Frau erzählen, »eine g'mahte Wies'n«: Hundt gab unumwunden zu, dass er es gewesen war, der Fichtner im Wald aufgelauert und umgebracht hatte. Auf die Frage, wie es ihm gelungen sei, den schweren Bauern am Baum aufzuhängen, ohne dass an dessen Körper Kampfspuren zu entdecken waren, hatte Hundt erklärt, dass er den Landwirt erst mit einem äthergetränkten Tuch betäubt, ihm dann eine Schlinge um den Hals gelegt und ihn schließlich daran am Baum hinaufgezogen habe.

Erstaunt reagierte Hundt auf Sepp Kastners Frage nach dem Hosenträger im Schritt: »Wie meinen Sie das?«

»Na ja, Sie haben doch den Hosenträger zwischen den Beinen vom Fichtner Ferdl durchgezogen. Warum haben's das gemacht?«, fragte Kastner ungeduldig.

»Ich habe da nichts gemacht«, gab der Leibwächter zurück, woraufhin sich der an sich sachliche Gesprächston in den nächsten Minuten radikal verschlechterte. Erst als Sebastian Schönwetter, der sich bislang zurückgehalten hatte, eingriff und Hundt durch gezielte Fragen zu einer präziseren Darstellung des Tatablaufs zwang, kam heraus, dass Hundt den Bauern überwältigt hatte, als dieser gerade seinen Pullover ausziehen wollte, also zu einem Zeitpunkt, als dessen Hosenträger nicht an ihrem üblichen Platz gewesen waren. Allmählich erinnerte sich Hundt dann auch daran, dass mit den Hosenträgern etwas gewesen war, dass er aber in der Eile und unter dem Einfluss der Angst, entdeckt zu werden, diese wohl an der falschen Stelle zugeknipst haben musste. Sicher könne er das aber nicht sagen.

Als Schönwetter sich mit diesem Ergebnis zufriedengab, wollte Anne Loop jedoch noch wissen, wie es denn überhaupt so weit habe kommen können, dass er, Hundt, sich bereit erklärt habe, den unschuldigen Bauern zu töten, obwohl er Ferdinand Fichtner gar nicht gekannt habe.

Einsilbig antwortete der Leibwächter: Kürschner habe gedroht, ihn hinauszuwerfen, wenn er den Mordauftrag nicht ausführe.

Anne war fassungslos. »Aber meinen Sie, dass man für den Arbeitsplatz einen anderen Menschen umbringen darf? Meinen Sie, das ist in Ordnung?«

»Wissen Sie«, erwiderte Hundt, »ich habe neben meiner jetzigen Frau und den zwei Kindern, die bei uns wohnen, noch drei weitere aus einer früheren Ehe durchzubringen.« Während Hundt weitersprach, blickte er betreten zu Boden: Herr Kürschner habe ihn weit über Tarif bezahlt. Er habe sich gedacht, wenn er jetzt, in der Wirtschaftskrise, arbeitslos werde, könnte er sich gerade umbringen.

Da habe er das kleinere Übel gewählt und den Fichtner aufgehängt. So sei das nun mal in harten Zeiten: Jeder muss selbst sehen, wo er bleibt.

Epilog

Die Sonne strahlte, und Kinderlachen schallte über die Liegewiese des Tegernseer Strandbads.

Anne döste mit geschlossenen Augen vor sich hin, dann holte Sepp Kastners Stimme sie in die Wirklichkeit zurück.

»Hier, dein Eis!«

Sie richtete sich auf, schenkte Seppi ein Lächeln und nahm den Becher entgegen. Neben ihr auf der Decke schleckte Lisa schon fröhlich an ihrem Lutscheis.

»Wahnsinn!«, erzählte Kastner. »Gerade habe ich gelesen, dass am Chiemsee zwei Rentnerehepaare aus Oberbayern und ein Amerikaner einen Finanzberater aus Speyer gekidnappt und ihn vier Tage in einem Keller festgehalten haben, damit er ihnen ihre verlorenen drei Millionen Euro zurückgibt. Aber wir, also die Polizei, haben sie erwischt!« Sepp dachte kurz nach. »Krass, was die Wirtschaftskrise mit den Menschen anstellt! Aber Selbstjustiz ist halt überhaupt gar nicht die Lösung!«

Anne antwortete nicht. Sie genoss ihr Eis und dachte darüber nach, was den Schuldigen nach der Aufklärung der Verbrechen am Tegernsee widerfahren war: Klaus Amend, Sebastian Hörwangl und Pius Nagel standen noch immer vor Gericht, es zeichnete sich aber ab, dass sie mit einer Geldstrafe davonkommen würden. Frank Hundt jedoch erwartete eine Freiheitsstrafe von über zehn Jahren. Derzeit saß er noch in Untersuchungshaft in der Justizvollzugsanstalt München-Stadelheim, zufällig in genau jenem Trakt, in dem auch der Tegernseer Schriftsteller und Rechtsanwalt Ludwig Thoma im Jahr 1906 wegen Beleidigung der Sittlichkeit einsaß – das hatte Seppi ihr erzählt. Ja, Wahnsinn, was das Leben so mit einem anstellt!

Doch an all diese Probleme wollte Anne jetzt nicht denken. Sie genoss den schönen Sommertag, denn sie war glücklich. Bernhard hatte eine Verhaltenstherapie begonnen, und es deutete sich an, dass er damit seine Krankheit endlich in den Griff bekommen würde. Gerade hatte er eine Sitzung in München. Bei einer ausnehmend hübschen Therapeutin. Kurz flammte so etwas wie Eifersucht in Anne auf, die sie aber schnell beiseitedrängte. Sie und Lisa waren begeistert vom Leben auf dem Land. Für ihre Tochter hatte sie auch schon ein Dirndl gekauft, das diese nun unbedingt jeden Tag in den Kindergarten anziehen wollte. Und Sepp Kastner wurde ihr immer mehr zum Freund – auch wenn er ihr ab und zu schon noch gewaltig auf die Nerven ging.

Gerwens & Schröger
Anpfiff in Kleinöd
Ein Niederbayern-Krimi.
320 Seiten. Piper Taschenbuch

In der Nähe des niederbayerischen Weilers Kleinöd wird eine furchtbar zugerichtete Leiche gefunden. Wer war der Tote, der von vielen Frauen des Dorfes als Heiliger verehrt wurde, weil er angeblich die Stimmen der Toten hören konnte? Und warum musste er sterben? Ein Fall für Kommissarin Franziska Hausmann, die es bei ihren Ermittlungen diesmal nicht leicht hat: Seit das Los entschieden hat, dass der prominente Fußballklub Schalke 04 der nächste Gegner der örtlichen Kicker im DFB-Pokal sein wird, haben zumindest die meisten männlichen Kleinöder nichts als das runde Leder im Kopf. Als die Polizei endlich auf eine heiße Spur gerät, ist es fast zu spät, und die Ereignisse überschlagen sich dramatisch ...

»Gerwens und Schröger gelingt eine gleichermaßen rasante wie auch hintergründige Durchdringung menschlicher Abgründe und dörflicher Idylle.«
Heilbronner Stimme

Heinrich Steinfest
Die feine Nase der Lilli Steinbeck
Kriminalroman. 352 Seiten.
Piper Taschenbuch

Das Auffälligste an der ausgesprochen schlanken und eleganten Lilli Steinbeck ist ihre Nase. Eine Klingonennase, die ihr eine Schar stark verunsicherter Bewunderer beschert. Als international anerkannte Spezialistin für Entführungsfragen wird sie von der Polizei in einen brisanten Fall eingeschaltet – in ein Spiel mit zehn lebenden Figuren, um die ein weltweit operierendes Verbrecherteam kämpft. Auf allerhöchstem Niveau und zum Zeitvertreib. Es gewinnt, wer alle zehn Spieler getötet hat ...
Der Kriminalroman des preisgekrönten Erfolgsautors Heinrich Steinfest ist ein Feuerwerk der Sprache voller Humor und philosophischem Hintersinn.

»Heinrich Steinfest ist ein Meister der skurrilen Sprachbilder und alltagsphilosophischen Exkurse.«
Der Spiegel